Né à Brive-la-Gaillarde, ***Jean-Paul Malaval*** *a été journaliste, notamment pour* Le Nouvel Observateur, *avant de se consacrer à la littérature. Inspiré par sa terre corrézienne comme par les Cévennes ou le Luberon, il est l'auteur de plus d'une trentaine de romans qui l'ont imposé comme l'un de nos plus grands observateurs de la France provinciale.*

La Retournade

Du même auteur

Deux Journées à Bassora, Milan
Le Deuil de l'image, Philippe Olivier
Le Vent mauvais, Lucien Souny
Les Eaux profondes (La Folie des justes), Lucien Souny
Les Caramels à un franc, Lucien Souny
Le Domaine de Rocheveyre, Presses de la Cité
Les Vignerons de Chantegrêle, Presses de la Cité
Jours de colère à Malpertuis, Presses de la Cité
Quai des Chartrons, Presses de la Cité
Les Compagnons de Maletaverne, Presses de la Cité
Le Carnaval des loups, Presses de la Cité
La Tradition Albarède :
  1. *Les Césarines,* Presses de la Cité
  2. *Grand-mère Antonia,* Presses de la Cité
Une maison dans les arbres, Presses de la Cité
Une reine de trop, Presses de la Cité
Une famille française, Presses de la Cité
Le Crépuscule des patriarches, Presses de la Cité
La Rosée blanche, Presses de la Cité
L'Homme qui rêvait d'un village, Presses de la Cité, De Borée
L'Auberge des Diligences, Presses de la Cité
Le Notaire de Pradeloup, Presses de la Cité, De Borée
L'Or des Borderies, Calmann-Lévy

Suite de la bibliographie de l'auteur en page 4.

TERRE DE POCHE
45, rue du Clos-Four – 63056 Clermont-Ferrand cedex 2

JEAN-PAUL MALAVAL

LA RETOURNADE

de Borée
TERRE DE POCHE

Suite de la bibliographie de l'auteur.

Soleil d'octobre, Calmann-Lévy
Les Encriers de porcelaine, Presses de la Cité
Les Noces de soie, Calmann-Lévy
La Villa des Térébinthes, Calmann-Lévy
Rendez-vous à Fontbelair, Calmann-Lévy
L'Armoire allemande, Presses de la Cité
La Folie des Bassompierre, Calmann-Lévy
Chronique des Strenquel, Calmann-Lévy
Les Sœurs Querelle, Calmann-Lévy
L'Honorable Monsieur Gendre, Presses de la Cité, De Borée
La Bastide aux chagrins, Calmann-Lévy
Les Larmes de la pinède, Calmann-Lévy
La belle étrangère, Calmann-Lévy
Adélaïde au bord de la falaise, Calmann-Lévy
Les gens de Combeval :
Tome 1, *Les gens de Combeval,* Calmann-Lévy
Tome 2, *La souveraine en son domaine,* Calmann-Lévy
Un si joli mariage, Calmann-Lévy
Rue de la Fontaine-Bleue, Calmann-Lévy
Un cœur solitaire dans une maison trop grande, Calmann-Lévy
Un été sous les tilleuls, Calmann-Lévy
La vallée des eaux amères, Calmann-Lévy
L'Héritière des sables fauves, Calmann-Lévy

Jette donc tout, ne garde que ce peu de chose. Et encore souviens-toi que chacun ne vit que dans l'instant présent, dans le moment ; le reste, c'est le passé ou un obscur avenir. Petite est donc l'étendue de la vie ; petit, le coin de terre où l'on vit ; petite, la plus longue renommée de la postérité ; elle dépend de la succession de petits hommes qui vont mourir très vite et qui ne connaissent ni eux-mêmes ni ceux qui sont morts il y a longtemps.

Marc Aurèle, *Pensées*

1

CHARME S'ENNUIE FERME depuis que sa dulcinée est rentrée sur Toulouse. Les jours n'en finissent plus et, pire encore, il n'a aucune envie d'entreprendre quoi que ce soit. Pourtant, ce ne sont pas les projets qui manquent : des articles et une série de photos pour la revue *Natures*, et surtout ce satané bouquin pour lequel on lui a versé un à-valoir de dix mille euros.

Par cette journée pluvieuse de mars, le journaliste est descendu à Millau, la seule ville au pied des causses où il y a de quoi se distraire, des bistrots, un bowling, une discothèque et enfin des cinémas. À la vérité, difficile à admettre, ça fait trois fois que Frédérik Charme retourne voir le même film, sans qu'il parvienne à s'en expliquer la raison. Pourtant, une histoire nulle dans le style valse lente, avec des plans interminables, comme jadis, chez Antonioni et Bergman... Une resucée des vieux thèmes autour du couple en déshérence, spleen, exaltation, fuite, errance, etc., etc.

Cette fois, il quitte la séance sans attendre la fin, un long monologue filmé en contre-jour mortellement ennuyeux. Ça lui fait l'effet d'une conversation à laquelle il se sentirait étranger, avec en sourdine une succession de phrases dont il ne comprendrait pas le sens. Malaise aidant, on va griller une cigarette gentiment. L'ouvreuse compte ses sous, les coudes appuyés sur un tiroir ouvert.

— Je parie que vous ne m'avez pas remarqué, dit Charme, pourtant, ça fait trois fois que je reviens.

Elle ne lève pas le regard sur lui. Et ça le met mal à l'aise. Il se sent inutile, comme une méduse échouée. Il répète sa phrase en la raccourcissant. On fait trop de littérature dans ce monde.

En s'égrenant dans leurs cases respectives, les pièces font un tintement qui lui tape sur les nerfs. Ça serait une drôle d'idée, tout de même, de lui faire la caisse d'un coup, avec un pistolet à bouchon, histoire de jauger sa réaction. Effroi, cris, gesticulations.

— Que faites-vous après la fermeture ? On pourrait prendre un verre à *La Rhumerie*...

C'est une brunette aux yeux noirs, avec des sourcils bien dessinés. Et de même les lèvres, d'un incarnat brillant. Il n'a rien vu de son corps sous la tenue de circonstance, un uniforme idiot rose avec des soutaches dorées. Un genre hôtesse d'accueil au style passablement démodé. Même à Millau, que n'imaginerait-on pas pour faire venir la clientèle ?

Enfin, elle le regarde, outragée. Charme se sent embarrassé, comme s'il venait de prononcer une insanité.

— Ce que j'en disais... marmonne-t-il. Je ne sais rien de vous. Peut-être êtes-vous attendue, en définitive ?

Elle se met à sourire en inclinant la tête de côté.

— C'est indiscret.

— Un mari ? Un amant ? Non. Deux amants, continue-t-il, comme si cette énumération gratuite pouvait l'encourager à ce jeu. Un pour le jour et un autre pour la nuit. Ils vous attendent à l'hôtel *Bon Séjour*. C'est un endroit minable au bout de la rue Capelle. Mais on ne peut pas passer sa vie dans une chambre, à attendre…

L'ouvreuse l'écoute distraitement. Du moins veut-elle laisser cette douce impression de froide distance. Souvent, lorsque les clients quittent un film au milieu, ils se prennent pour un des personnages. Le destin des autres inspire ce genre d'identification, avec ses logorrhées absurdes. C'est une habitude de l'époque, donner dans la romance pour éclairer sa solitude.

Frédérik Charme s'approche de l'ouvreuse. Il est sûr de son coup, comme d'habitude. Il ne risque pas qu'elle lui échappe, puisque rivée à son siège derrière l'étroit comptoir en plexiglas, travail oblige. Les clients peuvent venir à tout moment, risquer un billet et prendre le film en route, qu'importe. Une moitié d'histoire, c'est parfois plus distrayant que de se taper tout le début avec ses longs préliminaires.

— Je me fous du cinéma, moi, avoue Charme. Je n'ai rien d'autre à faire, et je fais semblant de m'intéresser.

Son petit rire l'encourage à poursuivre d'un regard conquérant.

— J'ai un mari, deux enfants, dit-elle. Que croyez-vous ? Je ne suis pas là pour m'amuser. Je gagne cinquante euros par soirée, vingt heures-une heure du matin.

Elle fait mine de regarder sa montre, comme si elle voulait rendre compte, soudain, du temps qui lui reste.

Le journaliste s'est approché d'elle dans la lueur rouge et jaune des néons. Il veut voir le grain de sa peau. C'est ça qui éveille ses désirs, en général, chez les femmes, le grain de la peau. Ténu, serré ou lisse... C'est une indication. Charme imagine un corps nu blanc avec des marbrures délicates, et là où la caresse se fait insistante une roseur éruptive. L'amour ne laisse aucune trace d'ordinaire, lorsque le corps se livre sans excès. Ni vu ni connu. Un mari, après trois ans de vie conjugale, ne remarque plus rien. Allons, madame, abandonnez-vous un peu, je vous le rendrai, ce corps, comme s'il ne s'était rien passé. Nous ne sommes pas des sauvages, tout de même, un peu intellectuels sans doute. Le goût compassé pour la parlotte, comme si ça devait rassurer, ces phrases alambiquées de cinéma.

— Vous me plaisez.

— Direct, dit-elle en levant les yeux au ciel.

— Ce ne serait pas bien alors de proposer ainsi ? Je comprends.

Elle cache son visage derrière une main molle. Il la prend, elle s'efface vivement.

— Ça ne vous est jamais arrivé de tromper votre mari ?

Elle hausse les épaules. Elle est gênée.

— Bien sûr. Mais pas comme ça.

— Ce sera sans lendemain, rassure-t-il.

— On dit ça, mais ensuite, des choses vilaines finissent par arriver, des choses, vous me comprenez, qu'on n'a pas envie de subir.

— Je comprends, répète Frédérik Charme. Vous craignez que ça fasse des histoires avec votre mari ? Pourtant, vous en avez envie, mais voilà.

L'idée se fait obsédante. Depuis qu'il a quitté Adèle, la chose lui manque. Ce serait possible de trouver une professionnelle au bowling. Mais ça n'a pas d'âme, ces petites gagneuses, passant d'un type à l'autre, sans même les regarder, par gestes automatiques, soupirs et gémissements de commande.

— Voilà, dit-elle. Vous avez tout compris.

— Alors, je n'insiste pas.

Il grille une cigarette nerveusement au bord du trottoir, puis se retire dans la nuit.

Maintenant que tu t'es gavé de cinoche pour les six mois à venir, se dit Frédérik en tirant les rideaux de sa chambre, tu vas enfin te décider à remonter sur le Méjean. Quoi ou merde ? On t'attend là-haut, sur l'île, là où la terre est près du ciel. Un rien en bouleverse l'ordre, passant de la fournaise à la glacière. De la neige au mois de mai, oui, ça s'est vu.

Charme joue avec son Nikon, tout en délicatesse, un bijou de technologie avec une mémoire de vingt gigaoctets, de quoi stocker l'inimaginable et s'y perdre aussi au finish et ne plus retrouver le cliché-choc qui a suscité un brin d'émotion à l'intense seconde de la prise de vue. Mais l'excès de matière est rassurant en définitive, pour un photographe qui ne sait jamais où ses coups de cœur vont se loger.

Il fait défiler les photos, en avant en arrière, parfois s'attarde sur l'une d'elles, mais jamais très longtemps, comme s'il avait peur de se prendre au jeu, déjà. Ce n'est pas l'heure du choix. Il faudra multiplier les tirages, les travailler aussi, surtout les ombres, le point faible des appareils numériques. Remonter les pixels jusqu'à la lumière désirée, un fastidieux équilibre à trouver, en somme, par quoi se révèle l'âme du photographe.

Les clichés arrivent en séries abondantes, tantôt paysages, tantôt botaniques, tantôt natures mortes... À chaque jour suffit sa peine. Le Méjean est une mine inépuisable d'images, de sensations, de couleurs, d'odeurs, mille surprises enchantées surtout lorsque le ciel impose son grain de sel. À certaines heures de la journée, par ciel trop azuré ou pas assez blanc, le bleu de la vipérine vulgaire est insaisissable, tandis que les roses et les mauves d'un champ de bruyère et de callune saturent le cadre.

L'indécision à choisir une soixantaine de photos devant servir à illustrer l'album le tourmente sans répit. C'est une valse-hésitation usante à la longue, parce qu'elle s'en vient révéler toute la trame existentielle d'un Frédérik Charme. Hésitant, velléitaire, irrésolu, c'est un état où il se perd en longueur, jusqu'à ce qu'on finisse par trancher pour lui. Dès lors, l'humiliation est encore plus grande, le monde, l'univers, devient son ennemi intime.

De même aura-t-il cherché une trogne de vieux berger sur le Méjean, entre Hures et Cros-Garnon, sans parvenir à ses fins. Un vieux berger, c'est encore une figure passablement désuète, mais esthétiquement nécessaire, n'est-ce pas ? a-t-il expliqué à son éditeur. Car les bergers d'aujourd'hui passent par les écoles où l'on enseigne le pastoralisme, l'économie alpestre, la protection des troupeaux et le comportement des grands prédateurs... Ils viennent de tous les horizons, certains des grandes villes qu'ils ont voulu fuir pour les vertus de la solitude, de leur banlieue où il n'y a rien à faire que des petits boulots sans lendemain, et d'autres, amoureux des grands espaces où la vie se dessine jour après jour sans contrainte.

Le *Bon Séjour* n'est pas l'hôtel de luxe qu'il aurait rêvé pour traverser sa brève parenthèse. Le chauffage est défaillant et la salle de bains déglinguée. Les chambres voisines sont si peu insonorisées qu'on entend les conversations. Heureusement que la télévision ne fonctionne pas, et du reste Frédérik Charme serait le dernier à s'en plaindre. « Vous êtes bien le seul à ne pas rouspéter… » lui a dit la logeuse avec un sourire appuyé.

À la vérité, le *Bon Séjour* est un hôtel réputé pour accueillir les couples illégitimes, si bien que les chambres sont libérées avant la fin de la nuit. Au matin, il n'est que quelques pensionnaires, comme lui, pour prendre le petit déjeuner, des vieux couples et des hommes seuls. Rien de plus.

Après une promenade vers le Tarn, dans le vent froid et vivifiant, Charme s'en revient à sa besogne. Il étale ses notes devant lui et essaie de bâtir un texte cohérent en tapotant sur son Mac. Il y a belle lurette qu'il n'écrit plus à la main. Il a même perdu le goût des mots calligraphiés sur la page blanche qui se garnit peu à peu avec force ratures. Tout ça est relégué au passé. Peut-être est-ce la machine qui l'a rendu paresseux ? En définitive. Il se plaît à l'imaginer. Une paresse qui s'impose par des phrases monotones, une prose ronronnante et stéréotypée. Que faudrait-il faire pour déstabiliser le texte ? Fastidieuse mécanique. Le traitement de texte est rétif à ces manœuvres, à moins que ce ne soit lui qui se laisse mener par la machine, comme un imbécile.

Frédérik Charme ne peut travailler plus d'une heure sans avoir envie de se dégourdir les jambes. Mais, en vérité, c'est son cerveau qui se refuse à une fixation trop longue sur le sujet. Par superstition, il croit que tout ouvrage un tant soit peu littéraire doit mijoter sur un coin du bureau avant d'être repris, comme si ces contretemps pouvaient l'enrichir. Mais il en va généralement tout autrement. La prose reprise moult fois lui paraît si étrangère à la longue qu'il en vient à se demander anxieusement si celle-ci n'est pas le fruit de quelque autre auteur. Ça jette, ça chiffonne. Bref, rien n'avance. Et le doute subsiste comme une pluie fine d'automne sur les Cévennes avec ses fonds de décor brumeux.

Deux journées à traîner dans la ville, de bar en bar, avec l'angoisse au ventre, l'invitent à comprendre enfin que cette solitude n'est pas faite pour un auteur comme lui. Cette latence sans autre objet que composer de la prose n'apporte aucun fruit. Alors, il finit par donner congé à sa logeuse.

— Vous pourriez aller au Campanile près du bowling ? lui conseille-t-elle. Ça serait plus confortable pour vous, jeune homme, non ?

On aurait enfin compris que la ruelle obscure, froide et humide au cœur de la vieille cité n'est pas de son goût. Mais Charme ne répond pas. Il déteste les conversations inutiles.

Enfin, il finit par se décider à remonter sur le Méjean. Il charge ses bagages dans le 4x4, en vrac.

Sans ménagement. Seuls ses appareils photo et ordinateurs méritent une attention particulière.

Sans se hâter, il ne lui faut guère plus d'une bonne heure pour atteindre Peyreleau et la route en lacets menant à La Parade, sur ces hauteurs désolées où le journaliste a loué une ancienne bergerie caussenarde. À vrai dire, ici rien ne presse, rien ne semble décisif, comme si le paysage, grandiose à ses heures, appelait à prendre son temps. Pourtant, chaque fois, Frédérik Charme est surpris par l'allure folle des voitures autochtones se jouant des précipices. Voici qui fait froid dans le dos, cet acharnement à doubler et redoubler à la faveur d'une courte ligne droite. Serais-je enclin au vertige, se demande-t-il souvent en serrant les virages à l'intérieur et s'attirant les coups de klaxon ? Pourtant son Land Cruiser apporte une impression de sécurité. L'habitacle est spacieux, renforcé, comme tous les engins tout-terrain, et en vérité Charme est fier de sa nouvelle acquisition, une occasion à quinze mille euros et deux cent mille kilomètres seulement…

Une fois sur le Méjean, au ravin des Bastides, le journaliste décide de se dégourdir les jambes. Derrière un écran de buis sauvages, il se soulage avec une volupté sans pareille. Le vent balaie les herbes grises et fait chanter les pins noirs. Charme hésite à trop s'éloigner à cause des clés sur le tableau de bord. Négligence, mauvaise habitude, comment craindre les vicissitudes citadines, ici, si loin des foules ? D'un pas alerte, il contourne une lavogne et profite de l'occasion pour observer le reflet d'un nuage blanc et gris sur le jade de l'eau emprisonnée dans son entonnoir de pierre bisque. Puis Frédérik descend chercher son Nikon. Une envie maladive de saisir cette image, même s'il en possède des multitudes dans son répertoire. Une de plus. Le temps de revenir, de régler l'appareil, de chercher la bonne lumière, trop tard, le nuage est perdu et la magie aussi.

Je ne saurai jamais rien comprendre à ce pays, à cette désolation, se murmure-t-il. Trop d'appétence pour l'esthétisme, se reproche-t-il. Alors qu'il ne me faudrait saisir que la brutale vérité de l'instant, sans calcul, par instinct.

D'un coup de dents, Charme déchire l'enveloppe plastique d'un paquet de pain complet à l'avoine, et glisse entre deux tranches une rondelle de coppa. Ce sera le seul repas de la journée. Il s'assoit au pied d'un genévrier, renifle l'odeur des baies et s'offre même le luxe d'en grignoter.

Tu aurais pu la décider, tout de même, cette fille, se reproche-t-il. Pourtant tu n'as pas insisté. Trois fois rien de boniment et elle serait venue dans ta chambre de la rue Capelle. Mais voilà… Tu as renoncé trop vite, comme d'habitude.

Il ne se souvient plus de la couleur de son uniforme de petite hôtesse de cinéma, rouge ou rose, carmin ou fuchsia. Ce sont les soutaches dorées qu'il se rappelle le mieux, et les petites bottines havane, à mi-mollets, comme celles des danseuses de folklore russe.

J'aurais pris du plaisir à les ôter, se dit-il, tout en douceur, histoire de faire durer le plaisir.

Il ferme les yeux pour imaginer la suite.

Un soir, se dit-il, je redescendrai au cinéma de Millau, rien que pour elle, et cette fois, avec la ferme intention de la séduire. À la condition de bien m'y préparer mentalement... Une femme mariée a toujours un attrait supplémentaire... Existe-t-il une extase plus vive que la ravir un court instant à ses règles conjugales... Et surtout dénicher chez elle quelques gestes intimes... Comme un voyeur posté au trou de la serrure avec vue imprenable sur la chambre à coucher...

Charme écrit ses notes sur un calepin. Ça ne servira peut-être jamais. Mais qu'importe. Il se rassure en se disant que toute réflexion inscrite finit par trouver une place dans le fil d'un récit.

Le vent qui court sur le Méjean, *ostinato*, pousse les nuages vers l'est. Ça fait varier les couleurs du paysage, dont les buis cuivrés par le froid dorant les collines, et même les pinèdes tenues sur le fil du rasoir, oscillant entre le vert et le bleu. Le jaune et le gris dominent sur cette terre pauvre où la roche affleure, calcinant les ombres étirées. La nuit descendra vite, dans un tourbillon de lumière. Elle résistera un coup en flambant le causse de tous ses feux avant de céder à la puissance des ténèbres.

Il jette un œil à son iPhone pour consulter l'heure. Rien ne presse, en vérité. Cette pensée lui vient depuis qu'il traîne son spleen sur ces hauteurs : le temps n'a plus d'importance. À la longue, Frédérik Charme a perdu l'habitude de courir après les heures, de rendez-vous en rendez-vous, comme il le faisait à la ville avant de s'exiler. Néanmoins, l'obsession du temps d'hier l'angoisse quelquefois, de plus en plus rarement, comme une réminiscence d'homme pressé. Surtout la nuit. Il se lève, boit une gorgée d'eau glacée à la pompe du cellier, et marche sur le sentier de Rapuzac, jusqu'à la croix de Peyrière. Même par nuit d'hiver, il y a toujours une clarté sur l'île Méjean, un gris perle qui sourd de l'espace, froid et pétrifié. Tu ne peux pas vivre à contresens de l'histoire, faire fi de la civilisation et du progrès. À moins que cette existence, immobile et statufiée, parvienne à combler tes désirs, ou pire, à les anesthésier.

Maintenant, les nuages se coursent dans un ciel bas. Frédérik est pressé d'arriver à la Charmette – ainsi nommée par ironie –, de craquer une allumette dans l'insert garni de bois sec en prévision de son retour.

Une fois La Parade franchie, on traverse la forêt de pins. Les résineux viennent jusqu'au bord des fossés semer leurs rejetons. Charme songe au berger de Rougerol avec un sourire attendri, comme chaque fois que le vieux Patcha voue ces pins noirs aux gémonies. « Une vérole ! Un cancer ! » maugrée-t-il en mordant le tuyau de sa pipe.

Ainsi la guerre est déclarée, une guerre hors du temps, pense-t-il, contre les bureaucrates du Fonds forestier et les reboiseurs. Laissez-nous notre île telle qu'elle était à l'origine, sortie du ventre de l'univers primordial…

Charme éclate de rire. C'est une querelle qui en vaut bien d'autres, la survie des éléphants d'Asie, des ours bruns des Pyrénées ou des forêts primaires du Brésil… Mais ici, l'envahissement des ligneux, impossible à contenir, menace des espèces rares, les fleurs, les insectes, les oiseaux… Et pour Patcha, impuissant à renverser le cours des choses, chaque jour qui se lève sur le Méjean est un jour de colère.

Mais sa parole se perd dans le vent et l'immensité de la steppe caussenarde. Certes, un vieux fou attire toujours la compassion, mais sans que le promeneur s'attarde. Car la beauté, ici, brouille les discours.

2

Richard Combelle

LORSQUE JE NE PASSE PAS mes journées devant la fenêtre du salon pour zieuter les allées et venues des zonards de Rougerol, je fais tranquillement ma lecture dans un rocking-chair.

Ce n'est pas un délassement, à vrai dire, car depuis mon dernier « pet au casque », comme dirait Lucienne, le sens du texte se disloque à mesure que j'avance. Ce serait comme si un esprit malin effaçait les mots au fur et à mesure de ma lecture. Revenir en arrière, rechercher le nom d'un personnage pour comprendre ce qu'il fait là dans mon histoire, est une épreuve de trop. Les pages sont blanches, à cause de mon esprit dissipé, pour ne pas dire englué dans le néant, comme un avant-goût de la mort. Je fouille, je furète, je glane, je me concentre, et rien ne me reconduit dans le fil du récit. Pourtant, je ne me choisis pas des romans difficiles. Une petite musique sans complication, linéaire, simple, en accord avec l'état de délabrement de mon cerveau.

Forcément, l'ennui me reprend et je vais à la fenêtre. Sur le Méjean, l'hiver est interminable, bien que les jours soient plus courts qu'ailleurs. Heureusement, la nuit est reposante avec ses chiens hurlants. Ça nous fait une belle musique. Les chiens hurlants ? Le vent bien sûr, le vent de traverse. Ça entretient ma rêvasserie, ces rafales qui s'entêtent.

À cinq heures du soir, juste avant que la nuit ne tombe comme un couvercle, le journaleux a regagné ses pénates après une semaine de disparition. J'ai pensé qu'il avait enfin renoncé à l'île, Charme, qu'il avait rejoint le continent. Mais non, le voici de retour. C'est une nouvelle qui me chagrine. Car les gens ne s'incrustent pas ici, à moins d'avoir de bonnes raisons, n'est-ce pas ? Comme le club des suppliantes. Celles-là, nous n'en viendrons jamais à bout. Elles ont pris racine dans la terre pauvre. C'est Mara qui a commencé en 1980, plutôt 81, l'année de la force tranquille. Elle a débarqué avec sa petite caravane tractée par une Coccinelle poussive. Ça ne parlait à personne, hautaine, fière, prétentieuse... C'eût été une compagnie possible, après tout, pour un vieil original comme moi. Mais non, rien. Ça voulait juste faire sa clôture sur un lopin et nourrir des chèvres, des chiens, des chats, et je ne sais quoi. En fait, six mois plus tard, les suppliantes ont rappliqué, par deux, par trois. Des filles vêtues à la va-comme-je-te-pousse. Pas même appétissantes. Forcément... Je me suis dit : Elles sont venues ici pour se cacher, parce que la ville n'en voulait plus, de ces filles-là, sales comme des peignes...

Je vais me servir un petit rhum des Philippines, un Don Papa, pour noyer mon chagrin (le retour du journaleux). Ça me fait vibrer les neurones, ces petits plaisirs-là, tout à fait innocents. Quoi qu'on en dise, j'ai retrouvé une bonne partie de mes facultés après l'AVC, mis à part peut-être un pan entier de mon passé qui a coulé à pic, celui de la guerre d'Algérie. Là, bon Dieu non, je ne regrette rien. Au contraire, si j'ai une bonne raison de louer mon accident vasculaire, c'est pour m'avoir débarrassé de ces saloperies : les fantômes de la rue d'Isly et de Khenchela.

Le petit Charme a fait le tour du propriétaire, histoire de vérifier que tout était en place. Puis il a allumé son feu. Le vent portait la fumée dans ma direction. Mais ça n'a pas duré longtemps, juste une petite demi-heure, le temps que le conduit soit chaud. Alors je suis sorti après m'être recouvert de mon macfarlane et je suis descendu jusqu'à la route. Arrivé à la bergerie, j'ai tapé à la vitre de la petite fenêtre qui donne sur le talus, presque à hauteur d'homme. Je le voyais s'affairer autour de ses appareils photo dans la cahute. Il y faisait frisquet en vérité, tellement frisquet qu'il agitait ses bras pour se réchauffer. Puis il m'a vu et il est sorti, la chevelure en bataille.

— C'est vous, Combelle ?

Je n'ai pas répondu. Je l'ai observé. Il faisait une drôle de tête. Triste et pensif.

— Je croyais que vous ne reviendriez plus à Rougerol.

— Ça vous aurait bien fait plaisir.

— Je ne dirai pas non, dis-je.

Dans la poche de mon macfarlane, j'ai toujours une flasque de cognac au cas où je viendrais à refaire une crise. C'est un remontant qui aide à se relever ou à crever. Dans ce genre d'affaire, il n'y a que deux solutions possibles et autant que ça se passe en bonne compagnie.

Il la saisit avec regret, comme si ça le dérangeait de me prendre quelque chose.

— C'est de bon cœur, dis-je.

— Habituellement, on ne se parle pas, dit Charme. Depuis que vous faites des misères à Patcha... Je vous en veux.

— Pourquoi n'avez-vous pas écrit des articles contre moi ? Vous avez peur des gens du Fonds forestier. Ce sont des petits fonctionnaires, pleutres et frileux. Vous ne risquez rien. Là où il y a de la politique et des politiciens, tout se marchande, l'amour, la haine et même l'amitié.

— Je n'ai aucune confiance en vous, Combelle.

— Vous préférez l'accorder à ce vieux fou de Silveyre.

Nous faisons ensemble trois ou quatre pas, jusqu'au genévrier et la pointe du menhir qui est dans la nuit comme une vieille femme accroupie dans sa vêture grise.

— J'ai de l'admiration pour cet homme.

— Je sais, dis-je. C'est son combat solitaire qui vous fait vibrer. Les causes perdues. J'ai connu cette exaltation, jadis.

— Vous ne dites jamais rien sur vous, monsieur Richard Combelle.

— Ignoreriez-vous que ma mémoire a été ratiboisée ? Je n'en ai plus que des lambeaux qui flottent au gré du courant. Je voudrais bien les rattacher l'un à l'autre, mais ça résiste. Il faut de la cohérence pour s'analyser, n'est-ce pas ?

— Vous êtes un roublard, Combelle.

Le journaleux hésite à me faire entrer dans sa maison. Il ne l'a jamais fait. Il craint que je n'apporte quelques malheurs dans sa vie, des sortilèges, des maléfices. À force de vivre sur le Méjean, on finit par radoter. C'est imparable.

— Si vous voulez, je vous invite à poursuivre cette conversation dans mon château ?

Charme se met à rire. J'ai utilisé intentionnellement le mot « château » pour exciter sa curiosité. C'est ainsi qu'on nomme ma demeure caussenarde rénovée à grands frais en 75 lors de mon installation sur le causse. On a tout de suite vu le châtelain en moi, le profiteur, l'homme copinant avec les politiciens, habile au jeu des relations fructueuses.

— Vous ne m'aurez pas, Combelle. Je ne suis pas de votre côté. Ici, vous n'êtes qu'un étranger. Rien de plus. Une pièce rapportée malfaisante. Tout en vous inspire la défiance. Ce combat que vous menez contre ce pauvre Patcha est ignoble, intolérable, infâme...

Je lui tends ma flasque une seconde fois. Il finit mon cognac d'une rasade rageuse.

— Qu'attendriez-vous de moi, Charme ? À supposer que je veuille donner suite à vos suppliques ?

Ma question le prend au dépourvu. C'est la première fois que je m'avance aussi loin dans son raisonnement, que je m'en viens piétiner ses plates-bandes de militant écologique.

— Que vous abandonniez cette guerre contre le berger de Rougerol.

— C'est tout ?

— Et que vous arrachiez vos pins de Recuzas. Dix hectares seulement. Ça serait un bon début. Le troupeau pourrait reprendre son territoire. Et nous y gagnerions tous, vous, moi et Patcha.

— Que me donnera-t-il en échange, Silveyre ?

Charme hausse les épaules et se détourne de moi, alors que le vent fait grincer l'éolienne. Elle est là, cette vieille machine, poussive depuis une éternité, bien avant que l'électricité n'arrive sur les causses Méjean et de Sauveterre.

— Une grande idée, belle et généreuse, ne se monnaye pas, monsieur Combelle. Si vous possédez un peu de conscience…

Recevoir une leçon de ce petit pigiste sans envergure, abonné aux causes perdues, me ravit bien au-delà de mes espérances et, à mon âge, les plaisirs sont rares. Celui-ci entretient ma colère et c'est tout ce qu'il me reste, à vrai dire : la haine. Y a-t-il plus précieuse occupation ? Je ne voudrais m'en défaire sous aucun prétexte, puisqu'elle me tient lieu de raison de vivre. J'ai toujours défendu cette thèse, qu'on ne doit point gâcher le nombre de ses ennemis. Chaque fois qu'on en perd un, c'est un pas de plus vers le néant.

Demi-tour réglementaire et hop, dominant le pas chancelant qui révèle au grand jour, hélas, mon état général, lui aussi trébuchant, je prends congé de mon voisin. Il reste sur sa faim. Pour une fois que nous avons une conversation, le voilà bien déçu. Mais on n'accuse pas la conscience d'un homme comme moi à la légère. Que sait-il, ce pauvre garçon, de ma conscience ? Il fait quelques pas vers moi. Il voudrait me rattraper, mais je suis une tortue qui avance, certes avec lenteur, mais résolument. Il m'interpelle dans le vent qui hurle à nos oreilles. Cette traverse va bien durer une semaine avec des pics violents, comme d'habitude, me dis-je. Ce sera une consolation de sentir que ce vent renforce notre état de solitude.

— Si je n'avais pas planté cette forêt, murmuré-je, ce serait bien pire encore. Notre causse a besoin d'une couverture pour contrer l'érosion...

Une fois le portail franchi, Charme n'ose plus avancer. Il vocifère. Je ne me retourne pas. Je sais qu'il n'osera pas me suivre jusqu'à la porte. Ce n'est pas l'envie qui me manque de lui faire un bras d'honneur, mais une telle vulgarité n'est pas du goût d'un vieil homme comme moi.

J'ai deux livres au feu et ne sais lequel poursuivre. C'est une question stupide, parce que je ne me souviens ni de l'un ni de l'autre. Alors j'inaugure une comptine d'enfance pour fixer mon choix : Am, stram, gram, pic et pic et colégram... Au bout de trois pages, je sens que mon esprit décroche. Toute la conversation avec le journaleux remonte en surface. Tu devrais prendre une décision utile, me dis-je, voir ce Silveyre, et négocier une paix intelligente avec lui. Sinon, la guerre se poursuivra comme celle des Thermopyles, jusqu'à l'épuisement.

Pour fêter la sage décision, je m'autorise un petit verre, bien que ce soit interdit par mon médecin. Il n'y a dans l'existence que la lucidité qu'on s'autorise et la mienne est bien mince, aussi mince que la paroi de mes artères. C'est comme une digue dont on soupçonne qu'elle va finir par céder. On attend l'événement, en se disant qu'un jour de plus ou de moins, à ce rythme, n'a guère d'importance. Telle la tragédie de la vieillesse, un ruminement qui broie du noir et des étincelles.

Je pose sur le tiroir de mon lecteur le Quintette à cordes de Schubert. Le deuxième mouvement seul convient à ma langueur. C'est comme un labyrinthe dans ma tête, il y a des couloirs étroits et des portes s'ouvrant sur d'autres couloirs. Je marche sans parvenir à trouver, hélas, cette petite lueur qui me rassurerait. Mais je puis convoquer à cette sarabande tous les souvenirs de ma vie, il n'en est aucun qui s'ordonne. Si des visages repassent devant moi, comme une cible mouvante dans un tir de foire, je ne puis rien contre ce glissement endiablé. Tout m'échappe à l'instant même où je crois, enfin, saisir ma proie.

À sa visite quotidienne, Lucienne m'a trouvé allongé sur le tapis. Heureusement, j'ai eu la présence d'esprit d'en rabattre un pan entier sur moi. Elle a poussé des hauts cris comme d'habitude. Cette femme ne sait rien faire d'autre que pérorer des heures entières sur des sujets anodins ou lâcher des exclamations. Je lui ai dit : « Aidez-moi plutôt à me relever, espèce de bécasse ! » Elle a essayé sans succès. « Je vais chercher de l'aide », a-t-elle dit. Je l'en ai dissuadée. Charme ou Silveyre ? C'est non et non. Requérir l'aide de ses ennemis intimes, c'est s'abandonner à une pitié fatale, me dis-je. Mais la femme de ménage de Hures ne comprend rien à ce langage.

— Les pompiers alors ?

— Pour qu'ils m'emmènent à l'hôpital de Mende, comme la dernière fois ? J'en suis sorti plus malade qu'à mon entrée.

Oui. C'est couru d'avance. On vous fait des examens à n'en plus finir, des scanners, des IRM, des analyses de sang, et que sais-je encore. On vous découvre des maladies que vous ne soupçonneriez pas. Il suffit de les ignorer, ces choses-là, me dis-je en regardant Lucienne se tordre les mains de désespoir et de trouille. Certes, ça travaille en sourdine dans les organes, les cellules, les tissus, ça pousse, ça enfle, ça déborde…

— Je vais aller chercher Mara aux Aiguillets…

— Laissez-la tranquille ! À cette heure, elle est trop occupée. Et puis, elle non plus ne m'aime pas. Elle voudrait peut-être me savoir crevé.

— Oh, monsieur Combelle ! D'où tirez-vous des idées pareilles ?

Enfin, je parviens à me redresser en me tournant sur le côté. Ma domestique approche un fauteuil et hop, je viens m'y fourrer. Gros soupir. Sauvé, me dis-je.

— Vous auriez pu aller vous coucher.

— Je n'ai pas vu venir le sommeil, dis-je.

Elle gobe mon boniment, heureusement. Encore une fois, j'ai échappé aux secoureurs et à leur infâme sirène et à leur sinistre gyrophare et à tout le cirque qui les accompagne.

— Un malaise, n'est-ce pas ? Vous finirez par y rester, monsieur Combelle.

— Vous avez deviné ça toute seule, dame !

— Il paraît qu'on donne des alarmes à des gens comme vous, explique Lucienne. Ça se porte comme une montre. On appuie sur le bouton et les secours arrivent. Dare-dare.

— Je ne veux pas de ça. Oh bon Dieu, non. Pitié. Pas de ça. Surtout pas.

Lucienne m'observe avec de la compassion dans le regard. Si elle savait ce que je pense d'elle… Son apitoiement me soulève le cœur. Ce n'est pas une excuse d'être vieux. On ne nous doit rien. Un vieux, ça doit se démerder tout seul avant de rejoindre le cimetière. De préférence la tête haute, sans plainte ni déploration. Rien. J'ai même adhéré à ce drôle de mouvement pour défricher les cimetières, et rendre ces espaces à la pureté originelle. Vingt mille vieux sous la terre…

La domestique ne comprend pas pourquoi le fou rire s'est emparé de moi. Un grain de folie, c'est nécessaire, une ou deux fois par jour, n'est-ce pas ? Il n'y a pas que les copines de Mara qui ont le droit de se gondoler dans leur jacuzzi suédois, à poil et à crins.

Bien que je désapprouve ces manières hautaines de grand bourgeois, je me décide enfin à la renvoyer, ma domestique. Quand donc comprendra-t-on que je ne suis pas un homme bon, mais franchement mauvais, dépourvu de pitié ? Mara a fini par lire, elle, le fond de mes pensées. « Une âme noire comme du charbon », dit-elle chaque fois que l'occasion se présente. Voilà une comparaison qui n'est pas de mon niveau, tout de même. Si je devais en oser une, je dirais : de l'obsidienne… Mais à quoi bon perdre son temps avec une Mara qui n'a, pour tout partage, que la bonté de ses pulsions charnelles. Pour résumer, ce qui ne lui apporte jouissance immédiate ne vaut pas un regard.

Jadis, Éléonore le disait aussi à qui voulait l'entendre, que je n'étais pas un homme bon, que j'étais empêtré dans mes dégoûts de l'humain en général. Jamais je ne l'ai contredite sur ce sujet. Nous étions l'un et l'autre trop imprégnés par nos lectures irrévérencieuses pour nous égarer d'un pouce hors de la lucidité. Certes, nous estimions ne valoir guère plus que la moyenne d'un chrétien peuplant le bouge. Nous n'espérions rien de la lumière. Même l'incandescence de la beauté dans l'art, qu'elle portât sur la sublimation des formes, des sons, des images ou des mots, ne suffisait pas à nous hisser au-dessus de notre misérable condition.

Mais quand Éléonore me quitta dans des circonstances qui m'incitèrent, hélas, à m'exiler loin de la société, je fus atteint, tout de même, et je voudrais qu'on m'en excusât, d'un si fort chagrin que je crus perdre la raison. Était-ce pour cacher mon affliction que je devins ermite ? Ou fut-ce parce que je tins le monde responsable de ma déchirure ? Je ne saurais répondre à mes doutes, bien que le premier me rassurerait, tandis que le second me jetterait dans la plus vive des perplexités. Alors, ce passé, celui d'Éléonore et de notre amour, m'est devenu étranger à la longue, perdu dans les limbes, enfoui au plus profond de moi, là où tout n'est que labyrinthe, portes ouvertes sur des couloirs sans issue.

3

PATCHA ATTEND la naissance du jour comme un guetteur. Il ne se pardonnerait pas de rater ce moment où la lumière pénètre enfin les hauteurs, pan par pan, colline par colline. C'est un glissement progressif, une gradation imperceptible. Chaque nuance se dessine sur le gris perle de l'aube, sur le jaune et le mauve des crêtes arides.

L'homme est venu s'asseoir sur le muret du jardin avec son quart de café. Il boit par petites gorgées. À cet instant, il ne pense à rien d'autre qu'à sa condition particulière d'éleveur de brebis dans une ferme caussenarde.

Dis-le encore que tu n'aurais pas voulu rater cet instant, se murmure-t-il. Tu le penses, alors tu dois le dire ! C'est grâce à cette sublime beauté que tu es resté ici. Sinon, tu serais parti, comme les autres. Tu aurais fini par te lasser de conduire le troupeau jusqu'à Recuzas. Et pour une misère, juste de quoi entretenir la bergerie, les enclos, soigner les bêtes, se vêtir et emplir les réservoirs de la bétaillère et du tracteur…

Le vent de traverse qui a endeuillé le ciel du causse a fini par mollir. C'est la chanson habituelle, lorsque ça tourne les nuages de l'ouest au sud, que le ciel se déchire pour laisser entrevoir le bleu. La lumière monte et descend, avec des accents d'orage et de pluie. Mais c'est une valse lente, bien plus lente qu'on ne le croit. Car si les cols s'embrument parfois au Méjean, ce n'est que de courte durée en cette saison où la température gagne quelques degrés. Il y a des trêves bizarres, comme si en un jour de temps on passait de l'automne à l'hiver et de l'hiver au printemps.

Patcha vide son fond de café et jette les dernières gouttes dans les buis. C'est l'heure d'aller à la bergerie et de préparer la traite. Par devoir, il se doit d'y entrer le premier avec ses deux chiens sur les talons, des border collies dressés pour le troupeau. Domino et Noiro ne se risqueraient pas à devancer leur maître à la porte de l'enclos, bien que l'excitation soit à son comble. Ils s'autorisent juste à mordiller les talons de Patcha. Agacé par leur impatience, l'éleveur de brebis se retourne vivement et les chiens prennent le large, à bonne distance du bâton. Puis ils reviennent, l'échine basse, le regard craintif. Depuis le dressage, que Silveyre a conduit lui-même, ces deux-là savent qu'ils sont indispensables à la bonne marche de Rougerol avec ses deux cents brebis et ses quatre cents hectares de parcours, entre Peyre-Grosse et Cazeneuve.

Georges Silveyre allume sa première cigarette, une Gauloise, prend le temps de la déguster avant de faire sauter la chaîne de la porte. Et comme prévu, les chiens se mettent à aboyer en venant se heurter à la porte de la bergerie, formée par deux bâtiments en vérité, couverts de tôle galvanisée, l'un communiquant avec l'autre. Cette configuration est conforme à l'histoire de la ferme Silveyre, puisqu'elle s'est développée en deux temps. Patcha a dû agrandir ses bâtiments pour contenir l'accroissement du troupeau, le jour où la laiterie de Florac est venue passer un contrat avec lui. C'était en 1990, avec l'engouement des consommateurs pour le fromage au lait cru de brebis.

— À la porte, les chiens ! s'écrie Patcha.

Noiro se met à grogner d'impatience. C'est le plus coléreux des deux border, le plus impulsif aussi, celui dont il faut surveiller les réactions.

La sortie du troupeau aujourd'hui sera contenue à Peyrasse. La pluie vient si vite sur le Méjean. Et l'eau n'est pas un cadeau du ciel pour les animaux. Il faut les rentrer vite car brouter l'herbe mouillée donne la diarrhée.

Les frères Jamois de Hures s'en viennent prêter main-forte pour la traite. C'est leur occupation principale à la morte-saison, traire et réparer les toitures des bâtiments. Avec les beaux jours, ils aideront aux agnelages, à la tonte et au parage des onglons, puis, plus tard, à la fenaison des parcelles faciles à travailler vers Coste-Gras, où l'on parvient à retourner un peu de terre pour semer de l'épeautre.

Marco et François sont des taiseux indécrottables. Ça communique par gestes ou par locutions brèves. Peu importe, c'est une situation qui convient parfaitement à Patcha. L'éleveur de Rougerol déteste les discours, les palabres et les ni oui ni non qui forment le gros de la conversation des étrangers, c'est-à-dire des gens de la ville, Millau, Florac ou Sainte-Enimie, et pire encore, les touristes au moment des grandes transhumances. C'est une autre sorte de troupeau qui foule les causses sur des chemins si peu balisés que ça se perd sans cesse entre ciel et colline.

Les frères Jamois ont appris l'hygiène pour la traite dans une école agricole. Ils s'y conforment avant de commencer, nettoyer et sécher les mamelles et éliminer le premier jet. Ça durera deux heures au moins, cette corvée, et peut-être trois, si les brebis sont nerveuses. Mais Patcha veille à la manœuvre. Il a l'œil sur les parcs, afin qu'aucune n'échappe à l'opération, qui ne demande guère plus de trois minutes par tête.

Une fois la besogne achevée, Patcha va dans la buanderie, là où il stocke le lait que le collecteur de Florac va venir récupérer. Les Jamois le suivent comme des petits chiens. Maintenant il voudrait les savoir aux cent diables. Il n'a rien à leur proposer pour les occuper. Je paye assez d'heures comme ça, se dit-il. Même si, ces derniers temps, la coopérative m'a payé le lait trois ou quatre centimes de plus, c'est pas une raison pour faire des folies.

— Y aurait p't-êt' le puits à curer, marmonne-t-il.

Les Jamois n'ont pas entendu. Heureusement, ma bonté me perdra, se dit l'éleveur en les observant l'un après l'autre, grands et maigres comme des jours sans fin, dégingandés, avec de belles têtes d'abrutis, mais pas méchants pour deux sous.

Ici l'eau est rare, précieuse, pourtant si abondante sous le causse, c'est le paradoxe de ce putain de pays, pense Patcha. Mais l'affaire s'est améliorée depuis les travaux de captage de Hures.

Les lavognes ne sont plus que des réservoirs pour amuser les touristes.

— J'ai rien à vous donner, dit Silveyre avec un geste d'agacement. À c'soir.

— Ça paiera quand ? questionne Marco.

Patcha se plaque vivement la main sur le front, comme si la mémoire lui revenait soudain, un petit oubli, un de plus, comme d'habitude.

— J'vais faire les payes tout à l'heure. Et c'soir tout sera réglé, les gars. D'accord ?

Les Jamois l'observent avec de la pitié dans l'œil. On ne lui en veut pas, on ne lui en voudra jamais. On sait que Silveyre n'est pas un pingre chez les frères Jamois. Ça paye avec retard, par oubli ou négligence.

— Je m'en occupe, bon Dieu oui. Les payes, le brut, le net, les retenues, la CSG et toutes ces conneries qui nous empoisonnent la vie. Autrefois, c'était facile, de la main à la main. Tout le monde s'y retrouvait. Ah, la retraite ? Les retenues de la retraite, c'est vrai, et la solidarité, bon Dieu, quelle sacrée invention.

Marco baisse le regard. Il se sent malheureux à l'idée que son patron s'enquiquine pour des calculs auxquels personne ne comprend rien.

— T'faudrait une femme, Patcha ? Ça te ferait les payes comme qui rigole.

— Holà ! J'veux point mettre le diable dans ma maison, réplique-t-il.

Marco rigole à belles dents.

— Et vous qui êtes jeunes ? Ça serait bien d'y penser. Moi, mon temps est passé.

Ça ne répond pas. Ça regarde tout éberlués, comme si on parlait en javanais.

L'éleveur de brebis se détourne de ses gars pour aller pisser contre un genévrier.

— Non, moi ça m'va pas, finit par dire François.

— Qu'est-ce qui ne te va pas ?

— C'q'tu dis, Patcha.

François est appuyé au ventre du tank à lait. Il a baissé sa casquette sur le front. Il a l'œil égaré, comme à son habitude.

— Qu'est-ce qu'y tient, ton frérot ?

— J'sais pas, dit Marco. Il est comme ça depuis des jours. Pas moyen d'en décrocher une.

— Allez ! Ça fait rien, dit Patcha. Vous êtes de bons bougres. Je vous ferai une petite rallonge sur la paye. Vous irez la dépenser à la foire de Florac. P't-êt' que vous y dénicherez une donzelle.

Mais son regard de seigneur du Méjean s'attarde sur les collines adoucies par le gris-blanc des herbes à plumet. Quelle fille viendrait vivre ici, avec un frère Jamois ? se dit-il. Ce serait une folie. Faudrait être dézingué comme les petites sauterelles de la mère Mara. Celle-là, elle les collectionne, les filles perdues, égarées, paumées. Ça vient, ça repart, ça revient… C'est une sarabande autour des Aiguillets. Il se met à soupirer. Les femmes, c'est pas pour des gens comme nous, se dit-il.

Aujourd'hui c'est plan-plan notre affaire, les chiens font le boulot. Dès qu'une brebis s'égare, Noiro va la chercher. Il jappe un coup ou deux, et la musarde s'en revient en trottinant. Parfois, ça s'entête, mais le border a le coup de dents facile. Ça pique les jarrets et hop, rien ne résiste. Même si le bélier sent son honneur bafoué. Il joue des cornes, histoire de montrer à ses femelles qu'il en a... Et sur le coup, tout téméraire qu'il est, Noiro, voilà qu'il prend la fille de l'air. Alors Domino galope à la rescousse, ventre à terre, comme pour protéger son frère.

Plaisante passe d'armes entre bêtes, se dit Patcha. Chez les hommes, on y va avec la gueule, insultes, gestes, et puis on se retire. On croit que la leçon est entendue. Mais mon ennemi intime, pense Silveyre, c'est plus vicieux, tout de même, qu'un clebs qui joue la diversion. Ça envoie des lettres recommandées, puis des huissiers, des avocats, ça monte des arguties, ça fabrique des preuves bidon.

Son regard s'attarde sur le château de Combelle qu'on devine derrière un rideau de pins noirs. La toiture de lauze se confond avec le vert sombre des épineux. Il se met à hocher la tête, l'œil fixé sur ce point minuscule, objet de tous ses ressentiments.

Chaque homme a un ennemi, c'est couru d'avance, se dit Patcha en grillant sa dernière Gauloise. Un seul suffit pour nous pourrir l'existence. Le mien est un coriace, fielleux et retors comme le vent d'autan. Ça excite les nerfs, échauffe l'esprit. Et puis, à la longue, on finit par ne plus penser qu'à ça, cette haine viscérale qui nous tient jour et nuit.

Par dépit, le berger décide de tourner le dos à Recuzas et de venir se placer face au vent qui balaie la steppe gris et mauve. Les nuages montent du sud, chargés de pluie. C'est normal, puisque le vent a viré de bord au cours de la nuit ; maintenant il porte l'humidité et la douceur de la mer. C'est bon pour les bêtes, ça réveille leur appétence à l'herbe et annonce le printemps, porteur de longues journées opulentes à batifoler sur les drailles.

Durant le répit où le troupeau vaque à ses occupations, sans cesse en mouvement comme s'il avait besoin de circonscrire un espace pour assurer son bonheur, Patcha retrouve le vieil instinct atavique du guetteur. Rien n'échappe à sa vigilance, le vol d'un vautour, le passage des corneilles ou la craintive intrusion d'une marmotte à deux pas de son terrier. Mais plus que tout, le silence lui apporte cette sérénité qu'un rien pourrait mettre à mal. Il le sait, depuis son arrivée à Rougerol, qu'il n'a besoin de rien d'autre que cette solitude salvatrice. Aucune autre existence ne lui conviendrait mieux que ces longues heures où la vie s'écoule sur l'île Méjean. Les gorges alentour la protègent de la civilisation envahissante et forment un rempart infranchissable. Certains se complaisent à fouiller ses chaos de roches, ses falaises de géants, ses rivières impétueuses et ses abruptes forêts impénétrables. Voilà bien des occupations de touristes car le paysan, de tout temps, a négligé les canyons, sauf quelques flancs bien orientés où l'on a façonné des étages à vignes. Le bord des abîmes est un piège à moutons. Il suffit d'une grande peur dans la montagne pour en précipiter des centaines à la mort, comme ce fut le cas avec les incendies de Pauparelle.

Au fond, le troupeau n'a besoin de personne pour se guider, tant il connaît ses chemins aller et retour. C'est la courte escapade pour aujourd'hui, juste de quoi prendre l'air et brouter l'herbe d'hiver, celle que la neige et le froid ont brûlée. Mais c'est toujours mieux que le vieux foin de l'été dernier, même si l'on y ajoute de l'orge et de l'avoine pour améliorer l'ordinaire. Les béliers qui mènent la danse savent que la sortie s'achèvera avec la tombée du jour, par un passage aux abreuvoirs et aux blocs de sel, avant que les portes de la bergerie de Georges Silveyre ne se referment.

Un bruit dans la rocaille sort Patcha de son assoupissement. Mais il ne se retourne pas tant ce pas d'homme lui est familier.

— Manquait plus que toi, Charme.

— On se tutoie, maintenant ?

— Le vous, ici, n'est d'aucune utilité.

Et Patcha fait circuler sous l'envoi de son bâton tout le pays, de Nivoliers à la Serre de Pauparelle, là où le causse est nu et aride, majestueux dans sa beauté originelle, saison après saison. Il n'est que la lumière qui tourne et les couleurs qui s'entêtent.

— Tu as raison.

Le journaliste tire quelques photos en tournant autour du berger. Patcha reste immobile. Depuis le temps que le Toulousain le mitraille, il a perdu l'habitude de poser.

— Et ce livre, il avance ?

Charme feint de n'avoir pas entendu. Il n'y a pas question plus embarrassante.

— Tu ne le finiras jamais.

— Pourquoi ?

— Ça signifierait la fin de ta présence ici.

Frédérik fixe la steppe et les ombres des nuages sur les collines. On peut ainsi mesurer la vitesse du vent. Avec l'approche des beaux jours, il semble que le ciel change d'une heure à l'autre et avec lui la lumière sur les crêtes et la netteté des lignes.

— Tu as peut-être raison de croire, Patcha, que je vais m'éterniser ici. Un été sans doute, ajoute-t-il. Mais je ne veux pas revivre l'hiver. J'en ai eu ma dose. Le froid, le vent, la neige, et cette immobilité des formes…

Il s'interrompt pour réfléchir à toutes les photos qu'il a tirées du Méjean, sans se décider à en supprimer aucune, peut-être parce qu'il n'en trouvait pas une seule meilleure que les autres.

— Début de jour et fin de jour, dit-il. Voilà ce que je retiendrai de mon hiver ici.

— Tu partiras, Charme, lorsque tu éprouveras du dégoût pour tout ça.

— Je partirai, reprend-il, lorsque tes moutons auront grignoté tous les jeunes plants de pins noirs qui se sont essaimés sur le flanc de Recuzas.

Patcha gratte les cailloux avec la pointe de son bâton.

— Je vais reprendre le combat, dit-il, dès l'arrivée des beaux jours. Je te le promets.

— Je le sais, dit le journaliste. C'est pourquoi je reste.

— Tu me soutiens ?

— Oui.

— Pourtant, ce n'est pas ton combat.

— Il n'y a pas de combat plus noble que celui-ci, dit Charme, les larmes au bord des yeux.

L'autre observe son émotion et la trouve ridicule.

— Il n'y a pas de place pour la sensiblerie ici.

— Je hais autant que toi ce reboisement sauvage. Bientôt le Méjean ne sera plus qu'une forêt de pins, et les splendeurs de la steppe réduites à un plateau d'épinards, ce vert sombre oppressant.

L'éleveur de brebis s'est dressé dans sa cape qu'il tient attachée à ras du cou. Le vent vient frapper le tissu de toile qui claque comme une voile. Charme recule de trois pas et mitraille de nouveau avec fébrilité.

— Laisse-moi, se défend Patcha.

— Je veux immortaliser cette minute.

— Pour quoi faire ? Ça n'intéresse pas les gens d'en bas.

Silveyre s'écarte vers la draille, là où le passage des 4x4 a creusé deux sillons parallèles dans la terre ocre. Il monte d'un pas mesuré vers le troupeau dispersé sur le flanc de Rougerol. Les chiens se sont réveillés et tournent autour des petits groupes égarés jusqu'à recomposer un attroupement parfait. Patcha siffle et les border cessent immédiatement leur cavalcade. Trop de zèle l'agace, car il ne faudrait pas que les animaux soient stressés.

— On les tient plus, fait-il en se retournant vers le journaliste qui lui a emboîté le pas. Ce ne sont pas des paresseux, mes chiens. Même que ça ne rate pas l'occasion de jouer. C'est la race qui veut ça.

— Pourquoi tu ne livres pas ton lait à Hyelzas ? Ça te simplifierait la vie.

— De quoi on se mêle ? rétorque Silveyre. J'ai mes raisons. Des histoires de sous. Et mon lait est de meilleure qualité. On me le paye au-dessus du cours pour ça. C'est mon orgueil de ne pas vouloir le mélanger avec les autres qui donnent des saloperies à leurs brebis. Lorsque j'en ai trop à nourrir et que ça me dépasse, je les descends à l'abattoir. Je préfère m'en séparer que de faire du mauvais boulot. Voilà !

Il y a de la colère dans sa voix, comme si la question du journaliste avait réveillé en lui une vieille histoire. Mais Charme ne se sent pas le courage de pousser plus avant ses interrogations, pourtant il y aurait à gagner à le mettre sur le gril, l'éleveur de brebis de Rougerol, car c'est un original dans son genre, un esprit fin mais retors, quelqu'un qui ne se couche pas devant les bureaucrates de la Chambre d'agriculture. Le journal lui a demandé un portrait de cinq mille signes. Il ne pourra s'écrire que lorsque Silveyre se livrera à fond : rêves, ambitions, échecs, déconvenues…

Ils se sont installés sur la crête du Pas de Gros. Le vent donne et apporte quelques gifles de pluie. Patcha voudrait que son voisin s'en retourne à Rougerol. C'est une heure du jour où l'éleveur a besoin d'être seul, pour réfléchir, pour « ruminer », comme il dit. Parfois à haute et intelligible voix. Faire des phrases, même pour les jeter au vent, possède une certaine utilité, rendre les pensées claires, et éliminer les digressions parasites.

— Tu n'as rien à faire ? Tu as de bons patrons, Charme. Ils te payent à venir te rouler les pouces sur le Méjean.

Le journaliste éclate de rire. Ça ne lui ressemble pas, cette agressivité gratuite. Mais il feint de n'avoir rien entendu.

Les genêts et les buis se sont répandus en cet endroit rocailleux. Le ravinement a creusé des rigoles dans la terre pauvre, jusqu'à la roche.

— Même les pins noirs n'y pousseraient pas, dit Charme.

L'éleveur hausse les épaules.

— La lèpre est partout. Elle contamine toute la prairie. C'est une maladie que personne n'arrêtera, maintenant.

— Il y a une semaine, j'en ai parlé à Combelle. Je lui ai conseillé de te rencontrer...

— Pour quoi faire ?

— Passer un pacte entre vous deux. Il supprimerait dix hectares d'épineux et tu pourrais les reprendre pour ton troupeau.

Patcha s'empare d'une de ses brebis qui boite et examine ses onglets. Il a vu ce qu'il y avait à voir. Il sort un feutre noir de sa poche et la marque sur le dos.

— Qu'en penses-tu ? insiste Charme.

— J'en pense que tu t'occupes de ce qui ne te regarde pas. Je suis capable de régler mes affaires moi-même.

— Non, je ne le crois pas, réplique le journaliste. Dans cette affaire, je pourrais servir de médiateur. Vous ne parlez pas le même langage. Combelle est un orgueilleux et toi un écorché vif. Tu estimes avoir des droits ici plus que tout autre, n'est-ce pas ? Et tu juges que Combelle est un étranger qui ne comprend rien à l'histoire du Méjean et qu'il n'a rien à faire avec ses pins noirs d'Autriche à Recuzas.

Patcha fixe l'horizon par-dessus son visiteur, comme s'il avait déjà pris le large. Cet homme a le sens des formules définitives. Une parole est une parole, on peut en être avare à certains moments, en ménager les effets ou en user abondamment, elle reste une parole. Charme n'obtiendra pas un mot de plus. Le journaliste n'est-il pas un étranger, comme Combelle, et ne prend-il pas fait et cause pour une affaire à laquelle il n'entend rien ?

4

Frédérik Charme

JE ME SUIS PROMIS de demeurer à Millau jusqu'au 15 mai au moins, histoire de me décontaminer du Méjean, comme un plongeur qui passe par un sas de décompression avant de refaire surface. Mais je n'ai pas pu résister… Trop intoxiqué sans doute par ce vaste espace désertique où les nuages vont et viennent en rase-mottes. Je suis remonté aux premiers jours d'avril par temps gris, comme un somnambule qui ne décide pas de ses mouvements, et qui se laisse conduire par instinct. C'est l'idée que je me fais de la liberté. On doit suivre sa voie, sans mollir.

Cependant, je me suis donné toutes les raisons de repartir. Une courte aventure avec une ouvreuse de salle de cinéma m'a incité à fuir avant qu'il ne soit trop tard. Heureusement, je l'avais choisie mariée, pour ne pas m'attacher. Il n'y a rien eu entre nous que de très sexuel. Une romance sexuelle, dirais-je.

Marion a bien bataillé contre ses principes – un mari qu'elle aime, deux enfants en bas âge –, pour résister à la tentation, mais elle s'est rendue au moment de comprendre que notre aventure serait sans lendemain.

Qu'attendais-je d'elle ? L'adultère a toujours fouetté mes désirs. Voler la femme d'un autre, la prendre, tirer du plaisir d'elle et le cas échéant lui en donner aussi, est une délectation sans mesure.

À peine dans la chambre, nous avons joui l'un l'autre, sans avoir pris le temps de nous dévêtir. Ce fut brutal, sans paroles, sans préliminaires. Animal, en somme. Voilà le souvenir qu'il me restera de notre nuit à l'hôtel Beau Séjour et rien d'autre. Car déjà je ne sais plus à quoi ressemble cette femme douce que j'ai un brin bousculée. À la vérité, j'aurais détesté qu'elle m'imposât sa manière habituelle de faire l'amour avec son mari et me traitât comme tel dans les grandes largeurs.

Au milieu de la nuit, Marion a voulu me montrer le visage de ses gosses, quelques photos sorties d'un sac et exhibées maladroitement. Cette réaction, troublante en diable, comment n'aurais-je pas compris dans la seconde qu'elle n'avait d'autre but que nous déculpabiliser ? Car un brin de sensibilité sur sa faute agissait comme un baume réparateur. Quant à moi, forcément, je me sentais aux antipodes de ses angoisses. Marion n'avait été qu'une occasion comme une autre, saisie en toute opportunité, sans prix, sans affect, sans rien.

Quelle singulière impression. En quittant un lieu on croit couper tous ses liens avec celui-ci, du moins provisoirement, alors qu'on ne fait que les déposer à la consigne. En le retrouvant, l'histoire reprend où elle s'est interrompue. Car j'avais espéré assez naïvement que dans ma pension minable de Millau j'avancerais mon livre. Je n'ai fait qu'additionner des notes et des notes, jusqu'à embrouiller ma tâche.

Se mettre à écrire est une décision irrévocable. Il ne s'agit plus de se raconter des histoires. Les mots, tels qu'ils s'ordonnent, sont définitifs, au risque sinon de perdre toute confiance dans la rigueur du texte.

Je suis resté au pied du mur, vide et creux comme une coquille, sans inspiration ni souffle, pétri d'angoisse stérile. En définitive, je me suis résigné à tourner le dos à l'ouvrage, lâchement, pour me perdre dans des occupations médiocres.

Ma première visite, je l'ai réservée à Mara, comme toujours. Je n'avais pas envie de rentrer de plain-pied dans le sérieux qui m'occupe à Rougerol. Encore un petit sursis, avant de reprendre le collier.

À l'entrée du chemin, le labrador est venu m'accueillir à sa façon, en me montrant les crocs. Mara lui avait laissé une chaîne assez longue pour attaquer tout intrus pénétrant dans le périmètre de sa propriété. C'est sa manière de se protéger... Mais contre qui ? J'avance, je recule, c'est un jeu entre le chien et moi. Je m'y prends assez mal. Mes hésitations ne font que renforcer sa férocité.

À force d'aboiements, Mara se décide enfin à sortir de son repaire.

— SDF, viens ici, ordonne-t-elle.

Elle l'appelle ainsi, son clébard, depuis le jour où il est venu se réfugier dans son hangar. Sans doute avait-il été abandonné par un de ces cons de touristes qui traînent sur le Méjean dès l'arrivée des beaux jours. Depuis, l'animal lui voue une fidélité sans limite.

— Tu devrais le castrer, dis-je.

— Et toi ? s'exclame-t-elle. Tu aimerais qu'on te les coupe ?

— Moi, je ne menace personne, dis-je.

— À voir, dit-elle.

Mara balade ses cent kilos avec élégance dans de grands habits qui flottent autour de ses formes, sans les révéler plus que nécessaire. Sa chevelure rousse a l'opulence de celle des matrones de bordels antiques. Pourtant, ce n'est point une hétaïre, comme on pourrait l'imaginer, mais une distinguée féministe.

Jadis, dans les années 1970, Mara Salicorne a œuvré au sein des groupes femmes du Quartier latin pour le droit à l'avortement, la contraception et le développement du planning familial. Il suffirait de feuilleter quelques revues de l'époque, *Le torchon brûle* par exemple, pour y trouver sa signature au bas de moult manifestes. Sur cette vague, Mara a été une militante fort aguerrie, toujours à la pointe des combats, dont celui des Gouines rouges, qui lui a valu une petite notoriété dans le milieu homosexuel.

Après avoir maîtrisé son fauve, la dame consent enfin à m'accompagner jusqu'à sa demeure. Je ne suis pas très rassuré. Ce genre de clebs est plutôt sournois. Et je doute que Mara ait sur lui une autorité suffisante.

— Il n'attaque que les mecs, mon SDF. Je l'ai dressé pour ça.

— Je sais, dis-je.

— Et ça ne t'inspire aucune réflexion ?

— Tu souhaiterais que je sorte les crocs aussi ?

— Il a pris un coup de fusil l'automne dernier. Il y a quelques chasseurs d'alouettes qui voudraient bien l'étendre, mais je leur ai promis de les émasculer, ces viandards. Depuis, ça ne s'est pas reproduit.

— Je ne savais pas, dis-je.

Son limpide regard bleu m'examine de la tête aux pieds, comme si j'étais un revenant. Pourtant, ça ne fait qu'un mois à peine que nous nous sommes perdus de vue.

— Je lui ai retiré tous les plombs, un à un, avec une pince à épiler. Heureusement, ce n'était que de la petite grenaille, sinon je n'aurais pas pu le sauver. Depuis, ça l'a rendu furieux contre tous ces culs de singe qui viennent traîner dans le secteur.

Mon silence dubitatif l'intrigue assez pour créer un malaise. Comment lui faire comprendre que je me fiche de SDF et que je ne me sentirai jamais d'atomes crochus avec lui, même si les trous du cul des chasseurs de Drigas s'en reviennent lui tirer une volée de petits plombs ? Elle se met à rire et vient me prendre dans ses bras, me serrant très fort contre elle, pour me signifier que je fais partie de son petit cercle.

Un effluve d'ail empeste son haleine et me rappelle, au cas où je l'aurais oublié, que Mara Salicorne est un mec à sa façon, avec ses bonnes vieilles habitudes de croquer des aulx crus, du matin au soir, et de se parfumer avec des décoctions dont elle a le secret, à base d'adonis et d'aconit... C'est du Méjean pur sucre, comme elle dit, ces fragrances qu'elle compose autant pour se parfumer que pour embaumer son intérieur.

Comment ne lui serais-je pas reconnaissant de m'accueillir dans son *home*, elle qui d'ordinaire fait fuir le moindre quidam et qui s'honore de les tenir à distance, ces culs de singe, comme elle dit en joignant le geste à la parole, c'est-à-dire mimant la démarche simiesque des orangs-outans ?

— Tu es remonté, Frédérik ? Je suis bien satisfaite de te revoir. Un moment j'ai craint que tu ne partes pour de bon, loin du cercle de cinglés que nous formons à Rougerol.

— Je n'ai pas terminé mon travail, dis-je.

— Ah, ton travail, reprend-elle, amusée.

Mara n'a jamais cru que j'arriverais au bout de mon projet. D'ailleurs, elle ne s'y est guère intéressée, comme à tout le reste. Mis à part sa propre personne et son commerce sentimental, qu'est-ce donc qui trouve grâce à ses yeux ? me demandé-je.

Sa porcelaine élégamment disposée par gestes précieux, Mara nous sert le thé avec des gâteaux de sa fabrication, aussi curieux qu'inattendus, à tous les goûts fantaisistes, au cannabis ou space-cake, kif-carottes et que sais-je encore. Je veux bien lui faire plaisir et partager la collation et même allumer un petit joint.

— Le cercle s'est agrandi, dit-elle d'un regard chargé de gourmandise.

— La dernière en date, si je me souviens, elle s'appelait Fiona. Toujours vêtue en blanc. Et rêveuse, si rêveuse, perdue dans ses rêves…

Elle déguste chacune de mes paroles, du bout de ses lèvres charnues et fardées de rouge jusqu'à l'excès, tandis qu'elle conserve les yeux clos sur des sensations qui ne se sont point encore apaisées en elle, la vilaine fille.

— Mais elle est toujours là. Effacée comme une ombre, parfois un peu lumineuse tout de même, avec ça ! dit-elle en me tendant sa cigarette.

Je prends une bouffée et l'expulse aussitôt. Je n'ai pas envie de tomber trop lourdement dans ça, en vérité, avec les maux de tête et les pertes de mémoire.

— Deux autres belettes sont venues sous mon toit. Diane et Laurène, dit-elle. Viens voir. C'est charmant, je te jure.

Je l'accompagne jusqu'à la porte de la chambre. Doucement, elle l'entrouvre. Dans le plumard, il y a en effet trois filles enlacées sous une couverture en patchwork.

— Ça alors, dis-je. Tu es une sacrée sapho.

— Mais non, que crois-tu ? Ce n'est que de l'hospitalité. Entre elles, ces idiotes, elles font ce qu'elles veulent, mais moi, je suis chaste comme une nonnette.

Nous sortons ensemble, bras dessus bras dessous, côté jardin, là où Salicorne fait pousser ses aulx, ses oignons, ses tomates et ses pommes de terre. Un muret protège des intempéries ces trésors à peine semés. Il y aura bien encore quelques gelées, mais Salicorne, depuis qu'elle a quitté Paris, s'est faite à la vie sur le Méjean. Elle met sous cloche, sous châssis et autres paillis et que sais-je encore pour se garantir une production convenable.

— Je vais voir Combelle et lui proposer d'en finir avec cette putain de guerre. Qu'en penses-tu, Mara ?

— Un ancien militaire, un barbouzard, un vieux réac haineux… C'est une caricature, cet homme-là. Tu n'en tireras rien, Frédérik. Il veut foutre du pin noir partout. C'est une obsession. Et votre pauvre petit éleveur de brebis ne fait pas le poids. Moi, il me craint, parce que je représente à ses yeux la décadence absolue. Avec mes belettes en villégiature, je fais gouine rouge, si tu vois ce que je veux dire. Pourtant...

Elle rajuste sa chevelure de feu, caresse son beau visage de vieille fée. J'ai envie de l'embrasser mais je ne sais pas si elle apprécierait, Mara.

— Ça te plaît bien, cette provocation. Ça te remémore de vieux souvenirs. Il paraît que tu as des photos...

— Les événements, tu veux dire ?

— Oui. Les barricades, les voitures renversées de la rue Gay-Lussac. La fumée des lacrymos.

— On a beaucoup exagéré cette affaire. C'est après les événements que ça a été dur.

Puis elle s'interrompt, agacée par la tournure d'une conversation dans laquelle je l'ai entraînée malgré elle. Sans doute, à une autre période de sa vie, s'était-elle promis de n'en jamais plus reparler.

— Si tu veux tout savoir, Frédérik, je ne dirai qu'une chose : je ne suis jamais allée sur le Larzac à La Cavalerie. Je m'en foutais, de cette histoire. Mon affaire à moi, c'était la cause des femmes. Pas celle des chèvres.

Puis je suis rentré chez moi, me claquemurer à double tour. C'était tout ce dont j'avais envie, en vérité, m'enrouler dans une couverture et rêvasser dans le bureau, ou du moins ce qui me tient lieu de bureau, une pièce de trois mètres sur deux avec une large planche de sapin posée sur deux tréteaux face à une fenêtre donnant sur la prairie. J'ai connu des logements plus confortables, en Corse par exemple avec vue sur les îles Sanguinaires, à l'époque où j'ai écrit une petite biographie de Pierre Loti. Je m'étais donné deux mois pour en venir à bout, mais j'ai raté mon pari, celui-ci et bien d'autres, comme le dernier que je viens de me lancer et qui est, hélas, en passe de suivre le même chemin.

Qui comprendra cette paralysie qui m'est imposée, où chaque mot posé me paraît n'être à sa place dans des phrases monocordes qui ne s'enchaînent qu'artificiellement ? Sûrement pas Adèle. Il me semble l'entendre d'ici fulminer contre ma paresse. Elle m'aime trop, en vérité, pour m'accorder la moindre circonstance atténuante. « Tu ne vas pas me sortir, Fred, cette histoire bateau de la feuille blanche ? Rassure-moi, c'est juste pour te rendre intéressant ? Pour te faire plaindre ? » Et voilà, la messe est dite. L'auteur, le fécond auteur (le *fécondauteur*, comme disait Jules Louvier, qui fut, jadis, mon condisciple en khâgne et qui ne jurait que par Ubu et le père Jarry) se doit d'être au sommet de son art chaque fois qu'il trempe la plume dans l'encrier, n'est-ce pas ? Même pas une petite faiblesse, une envie de rature ou une douleur dans le poignet, ou que sais-je encore, mille raisons, pour sortir du texte le plus vite possible...

Je pourrais adresser un texto à Adèle pour lui dire que je suis en train de noircir du papier, histoire de la rassurer, mais je préfère lui écrire une lettre à l'ancienne. Heureusement, ici, me dis-je, le téléphone ne fonctionne que par intermittence. Ce sera une bonne raison. Ma lettre se veut positive, comme de juste, autant dire rassurante. Dix pages d'un coup ? Ce serait Byzance. Mais pas crédible. Depuis que nous nous connaissons, Adèle et moi, que nous formons cet étrange couple qui s'aime en pointillé, elle sait que j'ai la prose avare, que je ne suis pas un éjaculateur précoce du verbe, comme ces pisseurs de copie diarrhéiques.

Finalement, même ça, rédiger une lettre avec des sentiments aussi sincères que possible, me pose problème. J'ai dans la tête l'histoire de Patcha en guerre contre le vieux Combelle. Je voudrais connaître l'issue de la querelle. Savoir qui gagnera la partie... Et je me dis que, sans la réponse, je ne pourrai rien tenter en littérature sur le Méjean, puisque cette incertitude coupe tous mes élans. Attendre, attendre, attendre donc.

Je vais chercher sur les étagères, où j'ai aligné quelques livres, la photo d'Adèle et la pose devant moi. C'est une jolie brune, élancée, à la chevelure longue. En l'observant, je me dis que je ne sais pas encore pourquoi nous sommes ensemble. Je ne lui apporte rien, sinon des désagréments. La culture de l'échec et du renoncement est inhérente à ma nature. Ce serait assez intéressant, sans doute, pour un psych[1], de dénouer ce salmigondis. On y verrait une enfance studieuse entre une mère possessive et un père abruti. Ça fait un destin compliqué à la longue, teinté d'oblomovisme. C'est Adèle qui m'a poussé à lire Gontcharov. Après cette lecture, ce fut entre nous une histoire sans paroles. Tout de même, il m'est resté une blessure profonde. On n'est jamais

1. *Encore un des mots préférés de Jules Louvier.*

mis à nu sans y perdre l'estime de soi. Voilà une dimension de l'amour à laquelle personne n'avait songé, que je ne quitterai jamais Adèle, même après les pires humiliations, puisqu'elle est tout entière ma lucidité et que si je la perdais, par mésaventure, ce serait une part de moi-même qui s'en irait avec elle, tandis qu'à l'inverse il n'y aurait rien d'intéressant que je puisse lui laisser.

Je me mets à tapoter quelques phrases sur le Book Air. C'est un bon exercice pour se muscler l'imagination. Mais au bout du compte je ne garde rien. Il y a une sorte de régularité métronomique dans ma prose et même des répétitions que je ne peux espérer gommer, la plupart du temps, que par des synonymes malvenus.

Je sors dans la nuit, histoire de lancequiner jusqu'à la limite de la nuit, là où ma lampe extérieure est sans effet. Je me mets à éructer quelques mots, deux trois vers d'un poème que j'ai commencé il y a un mois et que je n'arrive pas à terminer. À moins de se contenter de peu, et se dire que ce sera un haïku, genre bien pratique pour un médiocre comme moi.

En rentrant dans ma turne je constate que j'ai pissé sur mon pantalon. Même pisser, me dis-je, tu ne le fais pas correctement. Et la fille du cinéma de Millau, l'as-tu baisée correctement au moins, a-t-elle eu du plaisir ? L'as-tu baisée au moins ? À moins que tu n'aies inventé cette histoire pour te prêter le beau rôle. Une illusion de plus. Sans doute n'est-elle pas venue au rendez-vous… Ou, mieux, elle a dit non, non et non. Mais ça, c'est inavouable.

5

Le motoculteur a tellement souffert durant l'hiver que Mara Salicorne ne parvient pas à le démarrer. Au bout d'une heure, elle renonce à le faire partir, lui administrant de grands coups de tatane vengeurs. Pendant ce temps, les filles se marrent, bras croisés sur leurs gandouras. Une agacerie supplémentaire pour la prêtresse, comme ils disent dans le pays, car tout de même, voici une hospitalité bien mal récompensée.

— Au lieu de vous marrer, les filles, vous feriez mieux de mettre les pattes dans le cambouis. Si je n'arrive pas à faire partir cette saloperie, on pourra faire une croix sur le potager. Vous m'avez entendue ?

Laurène, la plus grande des deux gamines, blonde et gracile avec des yeux de colombe, se détourne pour échapper à la colère. Elle n'aime pas les réprimandes et a la manière de se carapater comme une anguille.

— C'est ça, fulmine Mara, courage fuyons !

En proie au fou rire, Diane écope en récompense d'une poignée de terre en plein visage.

— Mince alors, je n'y connais rien, moi, à la mécanique, se défend-elle.

Elle pointe le doigt en l'air en jouant la parfaite idiote. Le ciel serait-il assez conciliant pour lui apporter une réponse ? Cette ambiance de cour d'école ne fait que hausser la colère de Mara d'un cran.

— Pourquoi vous êtes venues, les filles ? La vie en communauté, ça doit être un partage, sinon, c'est l'enfer. Croyez-en mon expérience.

— L'arrivée d'essence ou le défaut d'allumage. Il faut choisir, conseille Diane avec un air de chatte espiègle. Ça ne peut venir que de ces deux choses.

Le simplet du Méjean, le petit Pertuze, fils d'un vieux berger de Perjuret et d'une clocharde de Sainte-Enimie, abandonné à son sort dès le cours élémentaire et loué chez les uns et chez les autres, au petit bonheur la chance, dégringole le chemin à toutes jambes. Ses croquenots sonnent comme des coups de congas dans la pierraille. Il s'arrête à la clôture des Aiguillets. Les coudes sur les piquets en portemanteau, il observe la scène. On ne peut pas dire que ça l'inspire sur le coup. Il mettra quelques minutes à se familiariser avec la situation. À vrai dire, ce sont les filles qui l'attirent, de jour comme de nuit. La nuit surtout, il s'en approche avec des ruses de Sioux pour les zieuter par les petites fenêtres de la maison, celles de la salle de bains et de la chambre.

Coiffé d'un béret noir, il fixe le paysage intensément avec ses gros yeux ronds et noirs en émettant des bruits de succion, comme s'il se mangeait les lèvres.

Les mains sur les hanches, Mara l'observe avec tristesse.

— Qu'est-ce que t'en penses, Pertuze ?

— Moi ?

— Oui, toi !

— C'est le produit !

— Quel produit ?

Le garçon se sent autorisé à franchir le portail même si SDF grogne. Mara surveille ses réactions, elle sait que l'animal ne tenterait rien sans un geste de sa maîtresse. Décidément, les chiens sont racistes, pense-t-elle, ils n'aiment ni les uniformes ni les idiots. Y a que les filles que SDF renifle complaisamment, surtout celles qui se négligent. À croire qu'il est attiré par les odeurs douteuses, mon chien… Elle éclate de rire, personne ne comprend ce que signifie cette réaction. Aussitôt, ça met le gamin mal à l'aise. Ce dernier est réceptif et angoissé par tout ce qu'il ne saisit pas et qu'il range automatiquement dans la catégorie des manifestations hostiles.

— Dieu m'est témoin que… marmotte Pertuze.

En général, c'est une phrase qu'il prononce dans le vide, sans que quiconque sache de quoi Dieu pourrait être le témoin. Mais Pertuze aime bien cette forme de langage servie à tout propos, comme s'il pouvait ainsi prendre sa revanche sur les autres, tous les autres qui le méprisent et le raillent journellement.

— Le produit ? interroge Mara.

Les deux filles se sont rapprochées. Elles aiment bien peloter Pertu, comme elles disent, lui faire des chatouillis pour exciter son inimitable rire. Un type de trente ans avec un esprit de sept ou huit, c'est distrayant, comme le nain de l'infante dans la nouvelle d'Oscar Wilde, pense Mara Salicorne.

Le garçon donne des coups de bâton sur le réservoir d'essence. Et Mara d'une poigne ferme décoince le bouchon.

— Il y en a, dit-elle en plantant un doigt dans l'embouchure. C'est même plein.

Pertuze la dévisage en triturant ses lèvres. Il renifle le vent qui passe, lève le nez en l'air comme un chien.

— Oui mais…

— Quoi ?

— C'est vieux, trop vieux, dit-il.

Mara hoche la tête.

— Tu veux dire que le mélange est naze, mon garçon ? Voilà la raison de cette panne… Un vieux mélange qui a mal passé l'hiver.

Pertuze se met à rire nerveusement, comme chaque fois que son auditoire lui découvre un peu de bon sens.

Avec son canif, le garçon tranche la durite et l'essence se met à couler sur le sol. Il regarde son prodige fièrement en battant des mains.

— De toute façon, il ne vaut plus rien, ce carburant, murmure Mara Salicorne.

Le réservoir se vide peu à peu, jusqu'à la dernière goutte.

— Y a le carburo ? demande-t-il en posant la main sur le pointeau.

Salicorne ordonne à Diane d'aller chercher la boîte à outils. Elle revient aussitôt d'un pas dansant, sur ses escarpins plats qui lui rendent la marche malaisée. Mara possède assez de science pour dévisser le gicleur et purger ainsi le carburateur.

— Dieu m'est témoin que... dit Pertuze.

Salicorne lui passe le bras autour des épaules. Elle le secoue avec une tendresse un peu brutale, mais c'est tout ce que le garçon attend, de rudes accolades.

— Je ne veux plus que tu le fasses devant mes filles, lui dit-elle au creux de l'oreille.

— Quoi ? se rebiffe-t-il.

— Tu sais bien ce que je veux dire. Ça leur fait peur. Pourtant, j'ai beau leur expliquer que ce n'est pas dangereux...

Elle se reprend en soupirant :

— Parce que tu n'es pas un garçon méchant. Tout juste un petit homme avec de drôles d'idées.

— Non, pas méchant, répète le gamin.

Avec un entonnoir et un jerrican, on refait le plein du motoculteur. Le mélange deux temps est bien dosé, deux mesures d'huile par litre. Pertuze titille le pointeau pour accélérer la circulation du carburant. Mara l'observe avec attendrissement.

— C'est un astiqueur de première, dit Diane.

Mara Salicorne lui fait signe de dégager. La vulgarité de ces petites la déprime à certaines heures de la journée. Mais qu'importe, le gamin ne comprend rien à l'allusion. Dans son monde, les mots sont dépourvus du second degré, ce qui rend l'ironie dérisoirement inutile.

— Je t'engagerais bien au jardin, mais j'ai peur que tu ne te tiennes pas correctement, lui avoue-t-elle. Déjà, les chasseurs, ça nous suffit.

Les chasseurs, répète-t-elle en grimaçant. Tu les connais, ces primates ?

Le gamin fait oui d'un mouvement de tête.

— Ils ne viennent pas t'embêter au moins ?

Pertuze se redresse, recule d'un mouvement vif et fait mine de mettre en joue une cible imaginaire. Mara Salicorne a compris qu'on jouait aussi cette comédie avec lui, qu'on faisait mine de le chasser comme un gros gibier, rien que pour lui faire peur. Il se met à pousser un cri strident. Toute sa terreur se trouve soudainement exprimée d'un geste, d'un hurlement, par un raccourci effrayant.

— Pour se venger, ils ont tiré sur SDF, déplore-t-elle.

Elle lui montre le pelage griffé par les plombs. Les filles se sont approchées du motoculteur. Pertuze les fixe intensément, au bord des larmes.

— Pourquoi vous avez peur de lui, grandes godiches ? s'exclame Mara. Il n'a jamais fait de mal à une mouche.

En tirant sur la ficelle du démarreur, Mara Salicorne n'obtient que trois coups de piston dérisoires et un panache de fumée blanche. Le garçon bat des mains.

— Dieu m'est témoin que…

— Prie-le donc une bonne fois pour toutes, dit-elle, et tu apprendras qu'il n'est d'aucun secours. Dans ton cas, mon petit, il a oublié de s'occuper de toi.

Cette fois, le motoculteur démarre et Mara Salicorne s'empare des manettes et attaque le travail dans le jardinet. Les griffes peinent à briser la croûte de surface. Il y a de la pierraille en pagaille, et ça bouscule la mécanique. Mais Mara Salicorne sait qu'au second passage, enfin, les fraises moulineront la terre meuble. Ça nous fera une bonne couche pour semer et planter. Et si nous échappons aux gelées tardives, tout ira bien.

La poussière n'est pas du goût des demoiselles ; elles s'enfuient en battant des ailes comme des oies stupides. Avec l'arrivée des beaux jours et la remise en activité du jacuzzi, le troupeau s'agrandira. Chaises longues, farniente, bronzette, petite lecture et musiquette meubleront le temps qui passe. C'est couru d'avance. Sans ce rituel, Mara Salicorne ne resterait pas sur le Méjean.

Les deux filles se comportent comme des chattes ennemies. Ce que l'une entreprend, la seconde veut le défaire, comme si une compétition s'était déjà installée entre elles. Bien entendu, ces enfantillages agacent l'hôtesse des Aiguillets. Dans ces moments, elle réalise combien la solitude est précieuse. Mais ce que l'esprit réclame, le corps parfois s'y rebelle. En vérité, Mara Salicorne ne saurait exister sans un auditoire, même le plus médiocre qui soit, un petit public auquel se confronter et user son humeur, comme on aiguise une lame de couteau sur une pierre trop tendre.

— On va aller faire une petite promenade, n'est-ce pas ? Du côté de l'aven de Claparède. J'aime bien ce secteur.

— Pourquoi ? interroge Laurène.

— On ne discute pas, ma chère, ajoute Diane, notre capitaine décide pour nous. Nous devons obéir, sinon...

— Sinon quoi ? s'insurge Mara. Je ne voudrais pas passer pour celle que je ne suis pas. C'est-à-dire un adjudant de compagnie. Toutes les actions de ma vie témoignent contre ça. Un peu d'autorité ne gâche rien.

Laurène a fiché un bob sur sa tignasse blonde coupée à la garçonne. Enfoncé sur la tête ou rejeté à l'arrière, ça ne lui convient pas. Elle fait un complexe sur l'implantation de sa chevelure.

— Je serai chauve comme ma grand-mère... dit-elle, larmoyant et traînant le pas.

— Aujourd'hui tu ne vas pas rencontrer l'homme de ta vie ! fulmine Mara.

Elle allume une Gauloise et tire nerveusement des bouffées. Ce n'est pas bon signe. Diane fait les gros yeux pour prévenir son amie. Soudain, Mara se saisit de la coiffe et la lance dans le jardinet.

— Ça convient-il, jeune fille ?

Elles marchent en file indienne une heure de rang, sans s'adresser la parole. Le vent semble pousser les trois femmes sur un chemin tiré au cordeau et qui forme une coupure ocre et rouge dans le paysage, alors que de part et d'autre la prairie ressemble à une mer argentée sous le soleil.

Mara Salicorne décide enfin qu'il est temps de prendre du repos. La marche forcée a éreinté les deux filles, peu entraînées à l'exercice. Pourtant, comme l'indique l'hôtesse des Aiguilliers, il ne s'agit que d'un décrassage de printemps. On connaîtra, prédit-elle, des engagements plus vifs, lorsque l'été le Méjean brûle sous le soleil et que la pierre du chemin est chauffée à blanc sous une immensité privée d'ombre.

Diane s'est adossée au calvaire de La Retournade, un bloc de granit dégrossi en forme de croix, peut-être un antique menhir celte retaillé pour les besoins de la cause évangélisatrice. Installé à la croisée des chemins à la grâce de Dieu, buriné par les vents et les tempêtes, depuis que l'homme érige des croix pour conjurer les forces maléfiques, le calvaire fait partie du paysage dans lequel il a fini par se noyer.

— Il y a ici des chemins qui mènent à la civilisation et d'autres qui ne mènent nulle part, dit Mara. C'est à l'image de nos vies, n'est-ce pas ?

Intriguées, les deux filles l'écoutent sagement.

— Nous n'avons pas toujours suivi le bon chemin. Et d'autres trompeurs nous ont menées à rien.

Elle fixe les hauteurs de l'horizon et les éclairs argentés des crêtes. Le vent est entêtant comme sur le bord de mer, mais avec des moments de répit qui rendent le silence inquiétant.

— La retournade ? s'interroge Diane.

— C'est à la croisée des chemins, dit Mara, qu'il faut s'interroger sur la bonne direction à prendre.

Elle réfléchit en caressant la pierre blanche, grêlée d'usure.

— On peut encore faire demi-tour. Je n'ai jamais su prendre la bonne orientation, ajoute-t-elle, attristée.

Laurène passe une main dans sa chevelure ébouriffée. Décidément, ce style garçonne lui va bien, surtout avec les filles, puisque ses goûts la poussent vers celles-ci, les plus disposées à tomber sous sa coupe.

— Alors je propose que l'on fasse demi-tour, dit-elle. Je n'aimerais pas me perdre dans cette steppe blanche.

Mara explique qu'elle revient à cet endroit régulièrement, parce qu'il n'y a pas un arbre à l'horizon, et surtout pas les affreux pins noirs qui font le désespoir de Patcha. Maintenant qu'elle a servi sa métaphore sur la croisée des chemins, et l'éventuelle leçon qu'on pourrait en tirer, à supposer que les filles soient enclines à quelque méditation, Mara Salicorne veut bien revenir aux Aiguillets. Deux bonnes heures de marche suffisent à « décrasser » les jambes. Une journée, non, ce serait une aventure pour laquelle ses invitées ne sont pas encore prêtes.

Elle regarde l'heure sur son téléphone et juge qu'on a assez perdu de temps sur le sentier de Hures-La Parade. Elle reprend sa marche de retour par un sentier qui descend vers la piste, en coupant à travers la colline. Les troupeaux ont tissé des sentes sur la montagne qui forment un réseau compliqué tantôt s'éloignant tantôt se rejoignant sans qu'il se dessine une logique. Si l'on n'y prenait garde, on pourrait s'égarer aisément, mais Mara Salicorne est aux avant-postes, guidant la petite troupe d'un pas assuré.

Les deux filles traînent le pas en se tenant la main. Mara ne se retourne pas. Elle ne voudrait pas leur donner l'impression de les attendre.

— Tous les jours, non, je ne le ferais pas, se défend Diane. Je ne suis pas venue ici pour ça.

— Je serais assez d'accord pour une balade par semaine. Ou peut-être deux, concède Laurène, mais pas plus.

— Elle veut nous traiter à la dure. Je ne comprends pas, relève Diane.

— Dès qu'on pourra se baigner et qu'il fera chaud, je ne bougerai plus des Aiguillets. Promis, jure Laurène. J'ai un bronzage de retard...

Diane éclate de rire. Et Laurène explique en montrant son nombril, juste en relevant son pull sur sa peau blanche :

— J'ai passé l'été dernier à Bergen, au bord des lacs, chez Ulla. On s'est gelées tous les jours. Pluie, vent et brouillard, énumère-t-elle.

La petite blonde, qui n'est pas non plus gâtée par son hâle, et qui a peut-être deux ou trois bronzages de retard, assure qu'elle est venue ici, sur le Méjean, pour voir Fiona.

Laurène éclate de rire. Pour un ratage, c'est un ratage, pense-t-elle.

— Tu sais, toi, pourquoi Fiona est partie ?

— Je ne sais pas, dit Diane. Mais ça me rend triste de la savoir loin de Mara.

Elle répète :

— Triste de ne rien comprendre à cette situation. Elles avaient tellement l'air de bien s'entendre, toutes les deux. Je me dis que ça ne va pas nous simplifier l'existence aux Aiguillets.

Laurène ajoute que si Fiona était là, elle ne permettrait pas cette discipline de fer et ces coups de colère irraisonnés et ces réflexions désobligeantes.

En définitive, s'il y a du mou dans cette balade, ce n'est pas pour déplaire à Mara Salicorne. Elle les juge un peu connes, ces deux filles. Je ne sais pas si j'en ferai quelque chose, se dit-elle. Mais qu'importe, mon *home* caussenard n'est pas une maison de correction. Qu'elles se dopent à leur aise n'est pas mon affaire, après tout. Pourtant j'avais promis à Fiona, mais... Celle-là, elle a préféré prendre la poudre d'escampette plutôt que d'assumer. Qui pourrait comprendre ?

Elle fait tourniquer son bâton dans un ciel de plus en plus épuré. Il faut chercher un nuage. C'est en passe de prendre des airs de printemps, tout ça, se dit-elle.

Les filles croient que ce geste, le mouvement énergique du bâton, est l'expression d'une mauvaise humeur. Elles se mettent à courir, main dans la main, pour rattraper le retard. Mais une fois à hauteur de leur hôte, elles lui trouvent plein de bonne humeur. Et ça les rassure sur elles-mêmes.

— On a été mauvaises langues, admet Laurène.

Mara Salicorne se retourne vers ses voisines et s'amuse de les voir transpirer un peu, ces petites citadines, frileuses et transies.

— Ça sent la bonne saison, dit Mara.

— Et Fiona, pourquoi est-elle partie ? demande Diane.

— Mais elle n'est pas partie, réplique Mara. Elle s'est juste absentée, le temps de régler des affaires à Paris.

— Quelles affaires ? insiste Diane.

— Bien trop curieuse ! s'exclame Mara. Mais qu'importe. Une histoire de famille. Il y a toujours des situations inextricables dans les familles. Moi, j'ai de la chance, je n'ai plus personne.

Elle réfléchit. Elle ne sait pas si ça vaut le coup de parler de son frère, celui qui est devenu fondé de pouvoir d'une société d'armement et qui passe des mois à voyager partout où il y a des coups de Trafalgar. Et puis oui ! Après tout, ça soulage.

— Il me reste juste un frérot, un petit salopard qui vend des armes. Je suis sans nouvelles. Tant mieux. Mais ça, ce n'est pas vraiment de la famille. Quand il n'y a pas de liens affectifs, c'est comme une famille étrangère, un lointain parent qui ne sert à rien et qui n'apporte que des désagréments à votre existence. Vous comprenez, les filles ?

6

Mara Salicorne

DANS LE PREMIER GROUPE FEMMES que nous avons créé, Élisabeth, Fabienne, Antoinette et moi, rue Monsieur-le-Prince, il a été décidé d'un commun accord que je serais préposée aux communiqués de presse. Alors, des journalistes, j'en ai connu dans ma chienne de vie, des bons, des cons, surtout des cons, et quelques pervers aussi. Mais tous avaient cette manie de chercher la petite bête dans le potage, de dénicher un détail négligeable dans notre rhétorique du moment pour en faire un plat et, plus encore, un pataquès. J'avais appris à déjouer par avance les coups, c'est pourquoi Antoinette surtout – l'intellectuelle de notre famille – avait une entière confiance en moi. Elle disait à ce moment-là que j'étais irremplaçable. Le mot est flatteur mais rien ne garantit jamais qu'on traversera un champ de mines sans dégâts. Et surtout après l'affaire Willy Peers, il y en a eu, des sales coups montés en mayonnaise afin de discréditer notre mouvement. Aussi, pour nous prémunir, nous avions décidé de nous affubler nous-mêmes de tous les vocables péjoratifs en vigueur chez les machos, histoire d'en détourner l'usage. Nous avions inventé des slogans épatants tels que « AG des Malbaisées à la Mutualité », ou « Prends garde, macho, les chiennes sont dans la rue » ou mieux, « Les pétasses tiennent le haut du pavé ». Et nous disions volontiers « Salopes, oui, mais rouges »... Bref, j'ai connu sur ce terrain-là mon petit succès.

Tout ça pour dire que ce n'est pas un Frédérik Charme qui peut m'impressionner. D'entrée de jeu, j'ai posé mes jalons. Au-delà de cette limite, prière de poser le genou à terre, sinon... Entre nous, j'ai bien vu que cette histoire de repaire à filles l'intriguait, le bonhomme. Ça lui faisait un effet *shining* dans la cervelle, l'idée qu'elles étaient perdues pour lui. J'ai cru comprendre qu'il les collectionnait, les petites nanas, trompant allègrement son Adèle, enfin sa régulière, sans vergogne, comme tous les mecs libérés, mais libérés de quoi au juste ?

À peine revenues de notre balade, les filles et moi, voici que SDF entre en transe. Aboiements, grognements, attaques en règle. Après tout, je l'ai conservé pour ça, le labrador, sinon je l'aurais livré à la SPA de Florac sans une hésitation. Mais sur le Méjean, pour des femmes seules, parfois ça craint. Surtout avec les chasseurs. Certains d'entre eux ont la bite à la place de la cervelle et m'est avis que ça galope pas seulement pour faire prendre l'air au fusil, comme ils disent, les culs de singe.

Mais non, alerte pour rien. Ce n'est que mon petit journaliste, mon gentil Charme qui porte bien son nom et qui mériterait le prix Albert Londres pour ses articles sur le Méjean. J'ai lu deux ou trois de ses papiers. C'est du vécu cousu main, rien que de l'atmosphère et pas du rabâchage comme on en voit maintenant avec tous ces pisseurs de dépêches en stabulation dans les rédacs.

— Toujours sur la brèche ?

Je le sens bourrelé d'angoisse. Ça lui fait tout le temps le même effet, de retrouver la steppe et les chevaux de Przewalski.

— Je n'avance pas, déplore-t-il. Il me manque quelque chose d'indéfinissable.

— L'inspiration ?

— Ça serait épatant que la guerre se déclare enfin avec Combelle. Ça mettrait de l'action dans mon récit. Sinon, je me sens comme un zombie sur la lande, courir à droite à gauche, faire des photos, prendre des notes. Mais tu as compris, Mara, ce n'est que de la matière brute. On en fera quelque chose, certes, mais il me manque la moelle.

Je lui offre de partager un joint. C'est un rétif, Charme, côté drogues douces, il a peur de perdre sa virilité. Les hommes n'ont que ça pour les maintenir à la surface des eaux, l'érection, toujours l'érection. En avoir une ou pas... C'est attendrissant, cette peur, tout de même, ça nous les rend humains et fréquentables, même quand on ne partage pas la même tasse de thé.

— Avec les beaux jours, dis-je, Patcha va l'emmener paître sur la frontière, son troupeau, et ça fera des étincelles lorsque les moutons se mettront à becqueter les petits pins envahissants.

— Histoire de foutre un peu la merde, dit Frédérik, j'ai vu Richard Combelle à Recuzas et je lui ai conseillé de passer un pacte avec Patcha. Un pacte de non-agression.

— Et alors, qu'a-t-il dit ?

— Je lui ai demandé de supprimer dix hectares d'épineux pour montrer sa bonne volonté...

Mon rire le désespère. Il y voit quelque pitié à son égard alors que je le trouve plutôt attendrissant avec ses rêves de petit garçon qui veut réconcilier l'inconciliable, comme deux pièces de puzzle qui ne s'emboîteront jamais. À quoi bon jouer cette carte-là puisqu'elle est biaisée. Ni Silveyre ni Combelle ne trouveront un terrain d'entente, tant la cause est belle et noble pour eux, puisqu'elle s'est emparée de leur existence et qu'elle en a forgé une raison de vivre.

Sa déception est si forte qu'il a envie, soudain, de changer de sujet de conversation. C'est un jeune homme sage et avisé, qui a compris que toute la dimension d'un sujet ne se peut embrasser en une seule minute et qu'il faut en laisser pour le lendemain.

— Les filles sont parties ?

— Non, dis-je.

Je lui entrouvre la porte de la chambre. Il a besoin de s'assurer qu'elles sont toujours là. Surtout Laurène. Il a un faible pour celle-ci, ce côté fille du Nord, grande, filiforme, fragile et évaporée, toujours entre deux eaux. Il la séduirait bien, mais pour l'agacer un peu je lui dis qu'elle n'est pas pour lui.

— Tu crois que les garçons ne lui font ni chaud ni froid ?

Je ne réponds pas. Au juste, je n'en sais rien. Et ce serait présomptueux de ma part d'en juger à sa place. Il y a dans le commerce des sentiments des effets incontrôlables. Peut-être est-ce au fond ce qui nous rend l'existence supportable ?

— Je sens que tu as perdu tes certitudes sur le féminisme, dit-il.

Je lui réponds que la page est tournée, que j'ai fait en mon temps ce qu'il y avait de mieux et que je n'ai aucun regret, bien que tout ça se soit éloigné de moi, que mes amies ne m'ont laissé aucune nouvelle du front depuis dix ans au moins. J'en déduis donc que la guerre des sexes s'est stabilisée dans un statu quo. Peut-être reprendra-t-elle au moment où quelques factions revanchardes voudront regagner le terrain perdu. C'est comme le combat de Patcha. S'il l'interrompt, les pins proliféreront sur le causse et l'espace vital des troupeaux se réduira. Voilà l'image de notre époque que Charme tente d'éclairer par son style flamboyant.

— Il te reste les souvenirs.

Il me rend mon joint et je tire trois bouffées en sourdine, fortes et pénétrantes. Ça m'emplit de placidité. Et dans le meilleur des cas, c'est-à-dire en me risquant à quelques excès, je ressens l'univers autour de moi comme une enveloppe protectrice, un placenta matriciel. Je ne veux pas naître encore, histoire de retarder cette chute sur la terre douloureuse et traumatisante. Le temps s'est arrêté. Il n'y a plus de compte à rebours ni à débours. Rien.

— Comment étais-tu dans les années 70 ? J'ai tenté de choper ta photo sur Internet. J'ai trouvé quelques images troublantes. Une Mara Salicorne si peu féminine, en salopette et casquette sur la tête. C'était la mode ?

— C'était la mienne, de mode. Je voulais gommer la femme séduisante en moi, comme si cette image pouvait contrarier mes idées.

— Mais tu ne penses plus ça, aujourd'hui ?

— Non.

— Tu as reconquis toute ta grâce féminine. Ne serait-elle plus un obstacle à tes idées ?

— Je la sens mourir en moi, chaque jour, mon cher Frédérik. Il n'est plus temps pour moi de jouer avec ça. Et si je m'en suis privée, jadis, c'est par bêtise, par fanatisme. Les idées nous dévorent de l'intérieur lorsque nous espérons les voir triompher. Mais avec le temps, elles s'évaporent, s'expectorent douloureusement.

Je me suis préparé un thé. Puis gentiment j'ai allumé la radio. Il y avait de la musique de chambre, un des derniers quatuors de Beethoven et une pièce d'Arensky. En épluchant des carottes et des pommes de terre, je ne sais rien faire d'autre qu'écouter Radio Classique. Au-dehors, le vent s'est levé comme chaque fin de jour, un vent assez tempéré pour nous qui sommes à mille mètres d'altitude. On pourrait craindre quelques saupoudrages de neige, de graves gelées.

L'an dernier, par exemple, j'ai dû refaire deux fois mes semis. Et Patcha, qui est un spécialiste à sa façon de la météorologie, un guetteur, un observateur-né, un diseur de dictons, s'est fait prendre au jeu, lui aussi, en emmenant paître son troupeau vers Costecalde et il a dû le faire revenir en catastrophe.

Non, me dis-je en mettant le nez dehors, en humant le fond de l'air, le vent vient du bon côté. Ça nous apportera sans doute de la pluie à la longue, mais, comme dirait Patcha, la pluie ce n'est pas fameux non plus pour les moutons. Enfin, c'est une manie de notre époque de supplier le ciel à tout propos. Patcha me disait que ses vieux – ainsi parle-t-il de ses parents, morts depuis longtemps dans la force de l'âge et lui-même ainsi rendu aux responsabilités bien plus vite qu'il ne l'aurait souhaité – accueillaient les caprices du ciel avec fatalité, sans rechigner, ni se plaindre, ni vociférer... Les hommes de la terre étaient à cette époque sages et résignés. Il n'y avait pas tous ces secours offerts par les caisses de calamités, les primes agricoles, les crédits d'impôt et autres moratoires... On se contentait de ce qu'offrait l'air du temps. Mais sur ce point, Patcha me trouve bien réactionnaire pour une égérie du mouvement féministe. À la différence, lui rétorqué-je, que les femmes n'ont pas obtenu tout ce qu'elles demandaient, le salaire égal à celui des hommes par exemple...

La petite Diane m'a rejointe dans la salle de bains. Je lui ai conseillé par souci d'économie d'utiliser l'eau de mon bain.

— Mais tu n'es pas si mal pour ton âge, dit-elle en m'examinant de la tête aux pieds.

— Un peu grasse, ma belle, lui dis-je.

Et, histoire d'appuyer mes dires, j'ai fait le tour de mes bourrelets. Quant à mes seins, ils sont encore fermes pour mon âge.

— Je n'ai jamais enfanté, moi, dis-je. C'est une affaire qui n'arrange pas le corps des femmes. Et pourtant, on pourrait croire que j'ai pondu deux ou trois mômes à me voir, là, dans le plus simple appareil.

Diane éclate de rire. Elle se décide à plonger quand même dans mon eau. Sans réticence. Je lui frotte le dos avec une brosse à crins. Elle n'aime pas ça. Pourtant, il n'y a rien de mieux pour nettoyer la peau que la manière forte.

— Je suis fragile, dit-elle en se caressant la poitrine.

J'enfile un peignoir et m'en reviens à mon ragoût. Le premier bouillon a épuisé le jus, alors je rajoute deux verres d'eau et réduis le feu.

C'est l'heure des informations à la radio, l'heure où, en vérité, je coupe le sifflet à tous ces perroquets et bonimenteurs. Je mets un CD, une sonate d'Amadeus interprétée par Glenn Gould. Je m'installe dans mon rocking-chair, face à la fenêtre qui donne sur les collines de l'Adrech. La fin du jour est un moment d'angoisse pour moi, si prégnant que je n'y vois pour l'expliquer que les effets destructeurs de Thanatos. Pourtant, c'est une époque où l'horizon est chatoyant avec ses roses, ses rouges, ses mauves. Charme a tiré mille clichés sur les couchers de soleil sans jamais parvenir à rendre la véritable lumière, les nuances s'évaporant dans une sorte de ton uniforme à peine dégradé.

Diane s'en va humer mon ragoût de mouton, ajoute quelques grains de sel, goûte et paraît satisfaite. Encore heureux, me dis-je. Elle sort sur le pas de porte, puis s'en revient d'une démarche nonchalante. Elle a enfilé un tricot de laine qui lui descend aux genoux, l'un des miens en vérité. Car les deux gamines adorent porter les effets des autres, comme si les leurs n'étaient jamais adaptés à la situation. Sur le Méjean, il faut se vêtir rustique, n'est-ce pas ? En attendant les jours d'été où l'on reprendra les bonnes vieilles habitudes des tenues citadines : tee-shirt Chanel, sweat imprimé, tunique bariolée, jean slim bleu clair ou parme ou que sais-je encore, et pour couronner le tout de bien fragiles mocassins pour courir les chemins pierreux.

— Et ta copine, elle dort encore ? demandé-je machinalement, comme si ça ne tombait pas sous le sens.

— Je dois être franche, dit-elle en allumant un clope.

Elle se penche sur moi, les mains posées sur les accoudoirs, comme si elle voulait activer le balancement de mon siège.

— Je ne suis venue ici que pour Fiona...

— Toi ? Pour Fiona ? C'est la meilleure.

Diane se recule, le regard sombre. Je devine qu'elle veut me planter une banderille, cette petite garce. Mais je ne suis pas du genre à me laisser faire.

— Tu voudrais me dire qu'il y a quelque chose entre vous deux ?

Elle ne répond pas.

— Je le saurais, dis-je. Fiona ne me cache rien. Ça fait cinq ans au moins que nous sommes ensemble, que nous partageons tous nos petits secrets.

— Elle est trop jeune pour toi.

— Elle approche de la quarantaine, en effet. Et quelle importance, l'âge ? répliqué-je, quand deux êtres s'aiment...

Elle va écraser sa cigarette dans le creux de l'évier, furieusement.

— Tu veux me rendre jalouse, ma petite, mais tu ne connais pas Fiona. Et même si elle a joué avec toi quelque peu à la séduction, ce n'est que pour se rassurer sur elle-même. Je la connais comme si je l'avais faite, ma Fiona. Elle traverse des passes d'angoisse. Elle a peur de vieillir. Et de savoir qu'une fille, comme toi, charmante au demeurant, sans doute intelligente, puisse s'intéresser à elle la tranquillise.

Face à ce genre de situation, je possède assez de métier pour me tirer d'affaire sans dégât. À voir sa réaction, je puis déjà m'en amuser, son désappointement est total. Puis je m'en viens lui prendre le bras, alors qu'elle a envie de me fuir, je le saisis vivement, avec force même, tant mes ongles entrent dans sa chair, sans ménagement.

— Mieux vaudrait oublier cette conversation, maintenant... Sinon, ma petite, ce sera la guerre. Nous passerons un vilain été à nous quereller. Et le jour où Fiona reviendra aux Aiguillets, plus personne ne comprendra rien à cette histoire. Tu souffriras. Et sur mes vieux jours, Diane, je détesterais jouer les consolatrices. C'est un rôle qui ne m'amuse plus.

L'arrivée de Laurène en camisole blanche, la chevelure grasse, le maquillage dégoulinant, attise mon agacement. Elle s'étire en geignant.

— J'ai des ampoules aux pieds, déplore-t-elle.

— Il y a des pansements dans l'armoire à pharmacie.

Elle voudrait bien que je la cajole, cette petite chatte, que je lui masse les articulations, que je répare ses menues blessures. Bernique.

— Diane va s'occuper de toi, dis-je. Je n'ai pas le temps. Il faut que je prépare la salade. Assaisonnement : huile d'olive et citron, j'espère que ça vous conviendra, les filles ?

7

CHAQUE JOUR entre dix heures quarante-cinq et onze heures, Richard Combelle attend fébrilement la voiture jaune de la Poste. Comme il ne veut pas se donner l'air de s'impatienter, il se planque comme un gamin derrière le mur du garage, quitte à piétiner sans vergogne les pousses tendres des narcisses. Une fois le courrier déposé et que la Clio a franchi l'angle de l'allée, le propriétaire sort de son trou et se presse en agitant les bras comme s'il voulait prendre son envol. Puis il revient à petits pas de vieux, cette fois, vers sa maison, bredouille. Ce n'est pas encore aujourd'hui que monsieur Combelle aura des nouvelles d'Elora.

Mais qui est Elora ? Celle qui a juré d'envoyer de ses nouvelles et qui tarde à le faire. L'homme remonte dans sa maison, et cette fois, à la vigie, comme il dirait si quelqu'un avait une raison de l'interroger là-dessus. La vigie est un grenier aménagé en poste d'observation avec une lunette sur trépied fort puissante permettant de détecter le moindre mouvement dans les environs. Monsieur Combelle surveille ses voisins, nuit et jour – la nuit grâce à un système d'infrarouge –, à Rougerol, mais aussi jusqu'aux Aiguillets, et même si c'est nécessaire à La Parade, à Drigas, et sur toutes les routes et chemins environnants. Le grenier est ainsi conçu qu'il présente autant d'ouvertures que nécessaire pour y disposer le télescope terrestre. L'engin est maniable sur son trépied léger muni de roulettes et aisément réglable à la vitesse nécessaire pour ne rien rater d'un événement.

En franchissant la porte basse de son grenier, monsieur Combelle pousse un large soupir. Il y a des larmes à peine écloses sur son visage. Et approchant une table basse, de rage, il envoie promener un bouquet de fleurs fanées sur le parquet. Le pot ne s'est pas brisé. Heureusement, car il s'agit d'une pièce rare, un vase chinois Kangxi du XVIIe bleu et blanc orné de fleurs stylisées. Mais qu'importe, à ce stade de son existence, monsieur Combelle n'attache guère d'importance à l'objet. Par de semblables coups de colère, aussi subits qu'immaîtrisables, le propriétaire du château caussenard de Recuzas a déjà dévasté de la faïence de Rouen et de la porcelaine de Sèvres en effroyable quantité. Ainsi voudrait-on se débarrasser de vieux souvenirs encombrants, de pièces auxquelles pourtant on a attribué jadis une grande valeur sentimentale, qu'on ne s'y prendrait pas autrement.

Richard Combelle donne un coup de pied dans le Kangxi, qui roule jusqu'à la commode. Robuste, cette misérable chinoiserie, se dit-il, à moins qu'Éléonore, là-haut, ne veille sur elle. Tant de forces obscures et de discrets fantômes nous entourent. Ça grouille à la porte de la vie, juste avant qu'elle ne se referme. Pourtant, je vois encore un peu de ciel bleu et j'entends un murmure de vent qui s'entête. Tout n'est pas joué.

Puis, se frottant les mains, Richard s'installe devant sa lunette. Il fait jouer la molette de réglage. Depuis le temps, ça ne lui demande aucun effort alors qu'au commencement il ne parvenait pas à apprivoiser cet appareil, ne sachant jamais où le diriger et s'égarant dans des secteurs inutiles, jusqu'à ce qu'il comprenne que celui-ci se pointait au jugé, comme un fusil sur une cible.

Aujourd'hui, la cible c'est le petit envoyé spécial sur l'île Méjean, l'homme qui doit narrer l'héroïque combat de Recuzas, en train de deviser avec Patcha. Ça cause activement avec force gestes. Voici qui excite la curiosité du guetteur, l'œil collé au viseur. Un quart de tour de molette, et voilà que les visages s'agrandissent dans l'œilleton. Richard distingue le mouvement des lèvres, même s'il ne maîtrise pas la science consistant à lire dessus. Mais sans être grand clerc on peut deviner la nature du dialogue. Ça le fait même ricaner de se retrouver au centre d'un conciliabule, important et puissant, craint peut-être, mais surtout détesté.

Tant de haine pour une histoire de pins répandus sur des terres inutiles, sans valeur, vouées à tous les vents, abandonnées à leur sort, se dit Combelle. Du reste, qui pourrait s'en soucier en dehors de cet illuminé ? Je n'ai rien à craindre de personne, sinon laisser tout aller à l'ordre naturel. Ceux qui ont commencé à implanter des pins noirs sur le Méjean ne devaient-ils point se douter que la forêt gagnerait année après année ? Et ce ne sont pas les quelques déforestations, tentées de-ci de-là, qui inverseront la donne.

À ce jeu, le propriétaire de Recuzas ne se lasse jamais. Lorsqu'il n'y a plus rien à observer du côté de Silveyre, il pointe son engin vers les Aiguillets. C'est bien le diable s'il n'y a pas quelque indiscrétion à mater chez Mara Salicorne. La danse des suppliantes autour de la prêtresse fait partie de ses plaisirs favoris. Il pourrait raconter par le détail comment, un matin, l'une des gomorrhéennes, comme il dit si élégamment, a pris la poudre d'escampette. Du reste, mademoiselle Salicorne en est tombée malade, de cette désertion. Un terrible chagrin d'amour. Et le guetteur de Recuzas a compris ce jour-là combien Mara était vulnérable côté sentiments. Comme quoi, on peut toujours se tromper sur les êtres. Parfois, la première impression est la bonne, même si quelques autres ultérieures s'en viennent la contredire. Tandis que, d'autres fois, il en est qui se refusent au jugement hâtif... Pourtant, n'aura-t-il point noté que cette femme, Mara Salicorne, la première fois, lui a fait une grosse impression ? « Caractère inébranlable. Convictions chevillées au corps... », voilà les mots inscrits sur son cahier ce jour-là. Et pourtant... Une amoureuse apparaît et tout est bouleversé, certitudes, tranquillité, calme plat, tout part soudain en quenouille. La force des sentiments est un rouleau compresseur, si l'on n'y prend garde. Mais qui peut se résigner à ne jamais aimer, à résister aux forces perturbatrices du corps et de l'âme ?

Combelle retourne dans son salon. C'est là qu'il se sent le plus en sécurité, avec des romans en chantier, comme il dit, ouverts et abandonnés, puis repris. Les histoires des uns s'interchangent avec celles des autres, les personnages aussi se mélangent au hasard, ainsi qu'un jeu de cartes qu'on lance en l'air et qu'il faut ensuite reclasser dans l'ordre. Mais chez lui, l'ordre importe peu. La pente de ses rêveries n'a point besoin de logique, puisque tout ce qui est lu s'efface aussi vite. Parfois, pris de doute, Combelle reprend l'histoire en arrière, mais n'y retrouve pas le moindre indice qui pourrait l'inciter à penser que ces pages-ci ont déjà été parcourues.

Sur sa table, l'alignement des ouvrages ouverts paraît le rassurer. Il peut en saisir un au hasard, s'y plonger, puis s'en défaire au bout de quelques minutes. Un autre l'attend pour prendre le relais.

Voilà qui ressemble à mon état mental présent, se dit-il sans complaisance, avant d'avaler quelques cachets, parfois en surdose (des médicaments qui fluidifient le sang, des antiagrégants plaquettaires, et d'autres qui réparent les fonctions motrices). Parfois, je me sens prêt à monter sur la crête de Recuzas, à grands pas, et une heure plus tard, je chancelle sur mes pattes comme un canard entravé.

Soudain, les larmes lui viennent comme une marée, même son orgueil ne peut plus rien pour lui. Heureusement, personne pour le voir, ainsi, dans la détresse. Il ouvre un tiroir, en brasse le contenu, factures, chéquiers, relevés bancaires, titres, PEA et autres babioles. Puis s'attaque au suivant. Même jeu. Combelle ne se souvient plus où il a mis les photos. À la vérité, il n'en est qu'une qui lui importe, celle de sa fille Elora.

Tu n'as pas eu le père dont tu rêvais, songe-t-il, mais comment te le dire ? N'est-ce pas trop tard ? Je sais que tu n'as pas envie de m'entendre sur ce chapitre-là. Sur aucun chapitre, du reste… Voici qui est terrible. Ces mots qui m'étouffent et que je ne puis plus t'offrir. Ainsi me vois-je donc condamné à partir avec eux. Cette lourde part de moi qui ne parviendra jamais à me quitter enfin.

Il change de pièce en claudiquant. Le petit salon est occupé par du linge, des montagnes de linge sur tous les fauteuils en l'attente d'un repassage. Mais Lucienne n'y consacre qu'un jour par semaine. Il y a tant à faire, dit-elle.

« Vous vous salissez, monsieur. Vous êtes un gros cochon, monsieur. »

Combelle envoie tout promener sur les tapis. Il le piétine même, s'y enfonce, s'y entrave, dans ce marécage de dessus et de dessous. Ce n'est pas l'envie qui lui manque de le souiller, tout propre qu'il est, ce linge de maison, de corps et de confort. Lui qui a une forte envie d'uriner à cause des diurétiques, ça le soulagerait tout de même de « jouer le cochon ». Il se met à rire, pour le coup, en imaginant la tête de Lucienne devant ce saccage de vieux.

Il sait maintenant, par on ne sait quel prodige, que les photos sont stockées dans la grande lingère, tiroir de droite. Dans celui de gauche, il y a deux revolvers et une ribambelle de chargeurs, un poignard de combat et une collection de médailles (Indochine, Algérie), des hochets de héros, de la pacotille de crevures, se dit-il. Mais il n'ouvre point ce dernier, jugeant que ce sera bien assez tôt, le moment où il faudra le faire…

Elora en maillot de bain est assise dans une chaise longue. Elle porte des lunettes noires. Sa chevelure brune est chahutée par le vent provenant d'une mer quelconque. Il suffirait de retourner la photographie pour connaître l'endroit où elle a été prise. Capbreton. Mais ce détail n'intéresse pas Richard Combelle. Il y a longtemps que son monde est réduit à cette île de terre steppique qu'il veut rendre à la forêt primitive ou à cette illusion de forêt primitive.

Le vieil homme pleure doucement. Une plainte en sourdine avec quelques accents rauques. Quelle honte de m'abandonner ainsi, sans force, sans ressort, sans volonté, pense-t-il en fixant ses mains tremblotantes. Pourquoi n'ai-je pas entrepris ce voyage alors qu'il était encore temps, ce périple vers elle, pour lui dire que je l'aime, que je l'ai toujours aimée et que je n'ai pas tué sa mère… Comment aurais-je pu faire le moindre mal à Éléonore ? Une telle accusation est monstrueuse. Qu'est-ce donc chez moi qui a pu laisser imaginer cette vilenie ? Des mots, des gestes, des silences… Un rien suffit à conforter le malentendu. N'est-ce pas ainsi que la vie s'en va, dans l'incertitude de nos actes et l'interprétation abusive de nos paroles ?

Il dégrafe une feuille d'un bloc-notes et décapuchonne son stylo. Sa main tremble déjà, sans autre explication que la crainte de ne pas maîtriser la finesse du geste. Ma calligraphie, surtout, ne doit pas dénoncer l'écriture d'un vieux, se dit-il. Il me faudra gagner un peu de plasticité dans le mouvement, sinon, tout ira de travers. Et une fois encore, ça chiffonnera sec, sans pitié. De quoi emplir la corbeille à papier.

Monsieur Combelle fait quelques assouplissements des doigts. Ça semble réussir, et il pose les premiers mots : *Ma chère petite Elora chérie...* Heureusement que la feuille est quadrillée, l'écriture ne monte ni ne descend, elle suit la ligne, bien que les lettres se révèlent irrégulières. Mais le vieil homme juge que, pour un début, l'exercice est correct. Et, se dit-il, si la nervosité me prend, soudain, que ma main devient incontrôlable, alors nous dirons que ce début n'est qu'un brouillon, qu'on y reviendra s'il le faut jusqu'à ce qu'on obtienne une calligraphie fluide.

Pourtant, sur le fond, cette centième lettre n'est pas plus difficile à écrire que les précédentes, si ce n'est le sentiment latent qu'il s'agira encore d'un coup pour rien. Se pourrait-il que les mots utilisés ne soient pas assez convaincants ? Trop pesants, trop enfiévrés, trop accablants pour un père qui n'a jamais su parler à sa fille ?

Sur ce point, Combelle est sans illusion. Tout est de ma faute, en vérité, pense-t-il, car ce que j'aurais pu dire jadis à Elora alors qu'il était encore possible de réparer mes torts n'a point été dit. Pourquoi me viendrait-elle, aujourd'hui, cette facilité ?

Une simple lettre n'a jamais changé le cours du monde, se dit-il en regardant la lumière du dehors s'abaisser sur les collines, jaune et mauve. Il y a un instant, ainsi, sur le Méjean, où tout se confond, le ciel et la terre, à mesure que les ombres gagnent leur domaine.

Il se lève et prononce, alors qu'un bourdonnement dans son oreille droite produit un effet fort déplaisant : Une lettre n'a jamais changé le cours du monde… Plusieurs fois, il se le répète, avec agacement, comme s'il voulait stopper par saturation ce trouble lancinant.

Enfin, Combelle se remet à la tâche. Il lui faudrait achever cette missive avant que la nuit tombe.

Viens me voir, ma Chérie ! Les jours passent et bientôt ce sera trop tard. Soyons assez prodigues de sentiments, l'un et l'autre, pour ne pas nous entêter sur ce chemin qui ne mène nulle part. Il nous éloigne chaque jour un peu plus. Il nous égare de l'essentiel. Pourquoi n'ai-je pas compris plus tôt ? Bien sûr, ma faute est…

Le lendemain, le projet est toujours en jachère. La feuille quadrillée du bloc-notes trône au milieu de la table. Peut-être n'est-ce plus aussi urgent d'écrire à Elora, peut-être l'épistolier s'accorde-t-il un répit.

En arrivant de bonne heure, Lucienne a observé la lettre et a poussé un soupir. Richard Combelle était assis dans un recoin de la pièce, bataillant avec ses chaussettes qu'il ne parvenait pas à enfiler.

— Vous avez repris cette vieille idée ? Enfin… dit Lucienne en effleurant la lettre du bout des doigts.

— En quoi cela vous regarde ?

— Vous avez raison, monsieur. Bien raison.

— Je me passe de vos conseils. Vous n'êtes pas payée pour surveiller mes activités cérébrales. Tout juste pour m'aider à enfiler ces satanées chaussettes et me repasser une cravate…

L'aide ménagère croise les bras sur sa poitrine.

— Vous avez raison de l'appeler au secours, insiste Lucienne. Elle viendra peut-être. Sinon, je serai toujours là. Aussi longtemps qu'il le faudra, malgré vos sautes d'humeur et vos petites cochonneries de vieux.

Combelle ricane doucement. Voilà des propos qui le mettent de bonne humeur. Il y a tant de mépris en lui pour cette servante qu'il ne peut accueillir ses réflexions qu'avec amusement.

— Je n'ai besoin d'aucun secours, dit-il. Mais vous ne pourriez pas comprendre.

— Je suis trop stupide pour un homme comme vous ?

— Non, répond-il. Vous ne savez pas ce qui s'est passé entre ma femme et moi, jadis. Vous ne savez rien. Vous jugez stupidement, comme tous les gens qui se fabriquent une opinion à bon marché.

Elle vient lui passer ses chaussettes, en évitant de le toucher. Apparemment, Richard prend plaisir à voir son employée à genoux, à ses pieds. Il a envie de la bousculer un peu, de chahuter avec elle, mais on ne rigole pas avec les surveillantes de l'ADMR[1]. Un mot, un geste, une réflexion, et tout le château de cartes s'écroule. Déjà que je ne suis pas en odeur de sainteté, se dit-il. Il y a des rapports circonstanciés contre moi. Patient difficile, insolent, retors...

— Voulez-vous que je vous repasse une chemise ?

— Je n'osais pas vous le demander...

— Et une cravate ? Vous sortez, monsieur ?

1. *Association Départementale en Milieu Rural.*

Combelle opine.

— N'oubliez pas vos cachets.

— Je ne risque pas.

Tandis que Lucienne ajuste le nœud de cravate, on vient frapper à la porte.

— Mon petit clerc de Florac, marmonne Richard Combelle.

— Vous rentrerez à midi, monsieur ?

— Ne vous dérangez pas pour moi. Faites comme si j'étais là.

Le vieillard de Recuzas n'aime pas les gros 4x4, inconfortables et prétentieusement encombrants sur les étroits chemins du Méjean. Pourtant, Patrice Lavialle est un excellent pilote. Il fait des efforts pour éviter les ornières, quitte à mordre sur les bas-côtés souvent trompeusement instables. Monsieur Combelle grimace et le garçon lève le pied. Comédien, pense-t-il, comme tous ces gens fortunés qui font un caprice de tout. Pourtant, ce serait exagéré de dire que le propriétaire de Recuzas est un client difficile. Il a le geste généreux, un petit billet par-ci un chèque par-là, histoire de monnayer les services et surtout la discrétion.

— N'est-ce pas, Patrice, vous ne retiendrez pas toutes les méchancetés que je vais dire ?... Je vous sais fort discret et votre patron ne supporterait pas qu'un de ses petits clercs se permette quelques audaces.

— Bien sûr, monsieur.

— Le type que nous allons voir est un vieux grigou, mais nous le tordrons aussi. Est-il quelqu'un, ici, qui me résiste ?

— Non, monsieur.

— Pourtant, je n'ai pas toute ma tête depuis mon accident vasculaire cérébral.

Combelle se met à ricaner. C'est un terme qu'il aime bien prononcer intégralement, se refusant à le réduire à trois lettres comme il est d'usage. Du reste, à l'hôpital, il se plaît à reprendre les médecins sur leur jargon, comme si le patient n'était qu'un cobaye mis à la disposition de la science.

— Je n'en crois rien, insiste Lavialle.

— On m'a prédit que la seconde atteinte me serait fatale. Ce ne sont que des prévisions pessimistes de toubib. Mais si je survis à la deuxième attaque, on dira alors que la troisième me sera encore plus fatale. Vous me comprenez, jeune homme, avec la vieillesse, on tombe de Charybde en Scylla. La mort n'est plus une surprise. Par exemple, on se tuerait en voiture sur cette maudite route, les gens diraient : C'est bien malheureux pour le jeune homme, quant au passager, le vieux butor de Recuzas, dans le fond, ce n'est pas une si grande perte…

Lavialle comprend aisément que son voisin veut se faire plaindre et que l'occasion est trop bonne. Mais il résiste tout de même à sauter à pieds joints dans ce piège. Il reste attentif à sa conduite, réduisant les propos du vieux Combelle à un soliloque. L'homme s'agace, maugrée à chaque cahot du véhicule. Mais rien n'y fait. Patrice Lavialle reste stoïque. Son patron, maître Furetier, notaire à Florac, l'a bien prévenu. « C'est un triste sire, ce Richard Combelle, maniaque, rusé, arrogant… » En bref, il n'a pas eu assez de qualificatifs pour en brosser un portrait au vitriol. « Alors pourquoi m'envoyer, moi, au casse-pipe ? Ne vaudrait-il pas mieux Clergue, qui a de l'expérience ? » Odon Furetier avait caressé son crâne lisse, avant de répondre comme à son habitude par une boutade : « Quelle importance, puisque nous n'aurons jamais le dernier mot... »

La bergerie d'Aubelin Noé se résume à un long bâtiment à toiture basse, comme il est d'usage sur les hauteurs du causse, avec des ouvertures étroites. Alentour, les clôtures forment des parcs, lesquels se rejoignent par des coursives étroites en bois de récupération. La misérable impression qui se dégage de la ferme est aggravée par le rafistolage des toitures, mêlant lauzes et tôles ondulées. Le berger fume la pipe assis sur un muret. Il a une longue barbe grise et un béret trop large pour sa petite tête. Le ronronnement du moteur et le crissement des pneus sur la pierraille du chemin n'ont pas eu l'air de le sortir de son engourdissement.

— C'est notre homme ? demande le clerc.

Richard Combelle ne répond pas. Il relève juste le col de sa vareuse.

— Vous vous êtes habillé comme un ministre pour aller voir ce pauvre berger ? Voilà qui est singulier.

— Il faut toujours honorer les gens dont on attend des avantages. On ne vous a pas appris ça, Lavialle ? J'ai un rôle à tenir.

Et il se met à tapoter le portefeuille qu'il porte dans sa poche gauche sur la poitrine. Il est gonflé de paperasses et de grosses coupures.

— Vous avez bien préparé ce que je vous avais demandé ? s'enquiert-il.

— Maître Furetier a dicté la promesse de vente. Je crois que tout est en ordre, les numéros de parcelles,

les contenances, mais le prix final, c'est à vous d'en décider.

Richard Combelle attend que son chauffeur d'occasion lui ouvre la portière. Il a toutes les patiences dans de semblables situations.

— Vous avez bon pied bon œil, constate le berger alors que les chiens se rapprochent.

Richard les surveille du coin de l'œil. Mais Aubelin Noé stoppe leur élan d'un geste.

— C'est vous qui le dites, monsieur Noé.

— En tout cas, vous ne manquez pas de projets.

Le visiteur se saisit des mains du berger et les serre dans les siennes, sans se décider à les lâcher, comme s'il y avait là dans cette affectation une sorte de prise d'autorité sous les formes les plus amicales.

Où est-ce qu'il a appris ça ? se demande le clerc. À Bab El Oued ou chez les Viets de Lang Son ? (Dans l'étude de Furetier, il y a eu une conversation sur le passé de Richard Combelle au cours de laquelle furent évoqués ses antécédents en Indochine et en Algérie.) Mais Noé est resté un rustre dans son genre, un homme des grandes solitudes, à coucher à la belle étoile au cœur de l'été et à hiberner comme une marmotte au pire de l'hiver. Pour l'heure, il ne voit chez Combelle qu'un étranger porteur de projets néfastes pour le Méjean.

— Je me suis résigné à vendre mes terres parce que je suis épuisé, monsieur l'étranger, dit-il en caressant sa barbe. Pas de descendants. Rien. Un type comme moi a vécu comme un solitaire. Croyez-vous que j'aurais pu décider une femme à s'installer à Charoulède ?

Combelle écoute distraitement. C'est un discours rodé sur le vieux monde, avec ses troupeliers solitaires menant la transhumance, ses longues cohortes de troupeaux sur les routes et les drailles entre Vibrac et Villaret-de-Hures. On y fêtait joyeusement le passage des abeillards au col du Redarès et du Perjuret. C'était l'occasion de trinquer avec la piquette de Tornac ou du Salavès et de partager l'omelette aux cèpes.

— Peut-être pourrions-nous passer aux négociations ? propose Lavialle.

Le clerc jette un regard en direction de la bergerie, comme pour faire comprendre enfin à Noé d'ouvrir les portes de sa demeure.

— On a souhaité ne pas vous convoquer à l'étude de Florac, dit-il, pour ne pas entraîner un dérangement inutile. Tout peut se faire *in situ*. Nous avons l'habitude, insiste-t-il.

Richard Combelle acquiesce d'un hochement de tête.

— Je viens vous faire une proposition honnête pour vos vingt hectares de lande. Si l'on parvient à se mettre d'accord, vous signerez cette promesse et les choses suivront leur cours.

Le berger se gratte la barbe, pensif. Ça va trop vite, pense-t-il. On ne lui a pas donné de si bons renseignements sur l'acheteur, surtout du côté de la SAFER. Mais Aubelin Noé sait, depuis longtemps, que les conseilleurs ne sont pas toujours de bons payeurs.

— Si vous payez au prix recommandé par la SAFER, je ne vois pas l'intérêt de vous vendre. Les paysans m'en donneront toujours autant.

Les deux visiteurs s'observent en silence. Le clerc baisse la tête. Il croit que les discussions commencent mal. Mais Combelle paraît satisfait.

— Nous pourrions entrer chez vous et nous asseoir autour d'une table ? propose Richard.

— C'est pas un palace, dit Noé en zieutant la bonne coupe du costume et la canadienne de cuir au col de fourrure.

Dans la cuisine, une odeur de lait caillé prend les narines. Combelle efface d'un revers de main les miettes de pain sur la table. Mais il hésite tout de même à y poser ses coudes.

— Je sais ce que propose la SAFER. Une misère. Moi, je donnerai le double.

Il écrit le montant sur un bristol, d'un geste hésitant. Le berger paraît rassuré.

— On m'avait dit que vous étiez dur en affaires, dit Aubelin, et qu'au final je serais payé en monnaie de singe.

Richard sort l'enveloppe de la poche de son veston et laisse apparaître des coupures.

— Et ça, c'est de la fausse monnaie, peut-être.

Le jeune clerc montre quelque agacement devant la tournure de la conversation.

— Mon client est une personne tout à fait honorable. Ce n'est pas la première fois qu'il acquiert du terrain sur le Méjean. Certains, ici, lui reprochent de ne pas être un paysan et de faire monter le prix de la terre.

— Notez bien, se défend Aubelin Noé, qu'il y a deux parcelles où l'orge et l'épeautre ont un bon rendement. Mais il faut la travailler, cette putain de terre. C'est vrai. La caillasse chahute les outils.

L'acheteur a compris que son berger de Charoulède est en proie à l'adversité de la corporation paysanne. Sans doute des pressions sont-elles exercées pour qu'il ne vende pas à un étranger comme lui, dont le seul projet pour le Méjean est la plantation des pins noirs d'Autriche. À la différence de Silveyre, celui-ci a renoncé au combat contre les forestiers. Pris à la gorge, sans doute aspire-t-il à la retraite avec un petit pécule. Un homme qui a passé les trois quarts de son existence à survivre peut-il se sacrifier de nouveau à une cause, aussi noble soit-elle ? Richard Combelle est assuré de la réponse. Il lui aura suffi de montrer la couleur de ses billets de banque pour anéantir tout scrupule. Pourtant, il éprouve une certaine admiration pour ce vieil homme qui a voué son existence à élever un troupeau sur les hauteurs des Cévennes.

— Si vous êtes d'accord avec la somme proposée, vous n'avez plus qu'à signer, dit Lavialle.

Pourtant, le berger hésite. Richard et le clerc se regardent à la dérobée pour ne pas montrer quelque connivence. Le vieux sort de sa cuisine, fait le tour de la bergerie, revient, ressort.

— Croyez-vous que les paysans aient fini par le convaincre de ne plus vendre...

— Et alors, que lui en offriraient-ils ? La moitié à peine de ce que j'allonge, moi. Il faudrait être fou pour résister.

Noé s'installe au bout de la table. Il veut mettre de la distance avec ses tentateurs. La proposition est alléchante, mais que de rêves brisés pour un amoureux fou du Méjean. Si le clerc n'entend rien à cette sensiblerie, Combelle paraît s'en émouvoir.

Du moins trouve-t-il assez de ressource pour conserver le silence. Le vent rugit sous les toitures délabrées, et au plus fort, les tôles grincent.

— Et la bergerie, qu'en ferez-vous ? demande Aubelin.

Richard ne répond pas. À quoi sert une bergerie lorsqu'il n'y a plus de berger ni de troupeau ? C'est une question terrible. Le propriétaire de Recuzas ne se sent pas le courage de répondre qu'elle sera vouée à la disparition, que les murs aussi finiront par s'écrouler tandis que la lande reprendra ses droits. Et moi-même, après ma mort, s'interroge Combelle, que deviendra mon château, comme ils disent, si Elora ne vient jamais en prendre possession ? Du reste, pourquoi s'en inquiéterait-elle ? À quoi pourrait-elle lui servir, cette belle maison caussenarde ? Elle qui a choisi une autre vie, loin de la steppe, loin de l'île Méjean, loin de cette solitude.

— Je n'en ferai rien, dit Richard. Je laisserai le temps décider.

— Ce sera aussi bien, dit Noé. Dans le fond, tout sera accompli.

— Oui, je comprends ce que vous voulez dire.

— Bientôt nos cimetières aussi finiront par mourir.

— En effet. Mais ici cette évidence paraît plus tragique qu'ailleurs. Si nous y réfléchissons bien, tel est le destin de toute civilisation. Tandis que l'une disparaît une autre prend la place.

Sa décision prise, Noé sort trois verres, des gobelets Duralex datant de Mathusalem, et les emplit d'une piquette que les visiteurs goûtent par politesse.

— Peut-être que vous n'aurez pas le droit de planter vos saloperies de pins, se rassure Aubelin.

— Ce sera mon affaire, monsieur Noé. J'en déciderai avec le directeur du Parc national des Cévennes.

— On raconte que vous les avez dans la poche, ces gens-là, les types du Fonds forestier et de l'établissement public du Parc.

Combelle détourne le regard. Ce pourrait être flatteur d'être ainsi catalogué, avec tellement de pouvoir, mais le bonhomme a payé pour apprendre.

— Vous ne dites rien. Et qui ne dit rien consent, insiste le berger.

— Rien ne peut se faire sur le Méjean en contradiction avec le décret du 3 septembre 1970. Je le connais par cœur, ce fameux texte législatif, et surtout le chapitre 2 fixant la réglementation générale du Parc.

— On nous avait promis monts et merveilles, à nous les bergers et les éleveurs, mais ce sont en définitive les forestiers qui ont été les plus forts. Et vous êtes l'un d'eux, monsieur Combelle. Vous faites des sous avec les coupes de bois. Bientôt, tout le Méjean ne sera plus qu'une forêt d'où l'on aura chassé les paysans. Il n'y a aucun décret qui vaille. On fait dire ce que l'on veut à la loi, et si ça ne suffit pas on l'amende, on la triture…

Richard se met à sourire.

— Vous êtes un homme intelligent, dit-il. Rien ne se peut concevoir de durable hors le champ de l'économie. C'est elle qui dicte sa loi. L'argent, le profit et le rendement.

Le vieil homme vide son verre d'un geste décidé, expédie la dernière goutte sur le dallage.

— Si les moutons rapportaient plus que la pâte à papier, on verrait les choses autrement, n'est-ce pas ?

Richard Combelle acquiesce d'un hochement de tête. Le clerc tend la promesse de vente et un stylo-bille. Il n'est plus qu'une signature à apposer.

— Je vous accorde cinquante pour cent de la somme à signature, dit le propriétaire de Recuzas.

— Pourquoi faites-vous ça ? demande Aubelin. Vous avez peur que je change d'avis ?

— Pour honorer ma parole, confie l'acheteur.

On s'observe, on se serre la main. Lavialle donne lecture de la promesse, mais le vieux berger l'interrompt. Toute cette comédie l'épuise.

— Il faut maintenant que je m'organise, dit-il en laissant couler sur ses joues burinées quelques larmes.

8

LES PLUIES DE PRINTEMPS ici passent comme en Bretagne, d'un coup de vent, et s'estompent. Mais la température basse s'obstine. Il faudrait plus qu'une semaine de beau soleil pour redonner espérance aux fleurs.

Frédérik Charme a repris ses habitudes. Il a amassé assez de provisions pour ne pas redescendre à Florac avant un mois au moins, c'est-à-dire à une période où les touristes recommenceront à grouiller dans les gorges du Tarn et de la Jonte. Pour tout dire, il redoute cette période, lui qui n'est pourtant qu'une pièce rapportée, il a fini par acquérir le virus autochtone, la méfiance.

Tout le jour, il parcourt les sentiers avec son barda de photographe, sans chercher à croiser la moindre âme qui vaille. Pour un peu, il rêverait d'un Méjean encore plus dépeuplé qu'il ne l'est assurément, c'est-à-dire un habitant et demi au kilomètre carré. Sur le sujet, son article n'a pas fait sensation. On lui a reproché de trop verser dans le cliché. Et il en va de même avec les photos qui l'accompagnent, des vues qu'on trouve partout, dans tous les magazines sur les grands causses. Mais il ne s'en émeut guère. C'est la politique de *Natures* de n'être jamais satisfait de ses collaborateurs, ainsi on obtient un dépassement de soi aisément. Cette course à l'échalote confine au goût pour le sensationnel. Mais il n'est pas un fait par mois qui mérite un tel traitement sur les causses, à moins d'en inventer, de faire d'une banale histoire un fromage.

Dans ses moments de réflexion, Charme en arrive à douter de lui-même, du journaliste qu'il a choisi d'être, tout en déplorant de n'être pas encore l'écrivain qu'il rêvait de devenir. Peut-être est-ce une faute de jugement de croire, comme beaucoup, que le journalisme conduit à la littérature, alors qu'il n'y a rien de commun entre le reportage et l'affabulation littéraire.

Sur la piste de Nivoliers, au milieu d'un champ de callune, les premières anémones pulsatilles montrent le bout du nez en un discret violet duveté. Pour une fois, Charme n'arme pas son appareil. Ce qu'il cherche en vérité, ce sont les premières orchidées, dont l'ophrys abeille, avec ses sépales blanc rosé et si difficile à dénicher, sinon à s'aventurer sur les parois dominant Meyrueis. Elles se cachent dans des replis difficiles, ce qui ne fait qu'en accroître la valeur.

Dès lors, le journaliste marche sans réfléchir, comme si le vent le portait, sans but, tel un nuage vers son horizon. Il lui suffit de renifler les odeurs pour se sentir heureux et se conforter dans l'idée que son existence s'est adaptée à la solitude, aussi simplement que celle d'un prisonnier qui finit par découvrir quelque charme à l'étroitesse de sa cellule. Les heures fugitives sont sans histoire, sinon celles qu'il se raconte, la cause qu'il tente d'épouser alors qu'on ne lui demande rien. Patcha, Mara, Combelle, ce sont des prisonniers du Méjean comme lui, naufragés de la société.

Au loin, il distingue sur le flanc sud de Montal les moutons des frères Laruy, accrochés à flanc de colline comme des œufs de puceron sur le revers d'une feuille.

Pourquoi Patcha ne conduit-il pas les siens à Recuzas ? Ça tarde. Ça tarde, se dit-il. Baisserait-il les bras ? À moins qu'il ne craigne les pluies et les giboulées et, quelquefois aussi, ces terribles orages d'avril, si brefs et violents…

Un nuage de poussière sur la piste annonce une voiture. Le journaliste en suit la lente progression, avant que ne lui parvienne le ronronnement du moteur. Mais le vent porte vers le nord et retarde le bruit. Bientôt, il distinguera la forme d'un tout-terrain. Ce n'est pas une surprise. Sur les pistes, il n'y a que des engins hauts sur pattes, sauf à la haute saison d'été, où quelques voitures de ville et surtout des camping-cars s'aventurent dans les endroits les plus dangereux. Ces visiteurs croient naïvement que la rudesse du Méjean n'est qu'une légende tant il est vrai que l'audace d'un citadin est sans mesure, sans complexe.

Arrivée à sa hauteur, la Lada s'arrête. La poussière jaune poudroie le vert renaissant de la prairie. Un visage émerge d'une vitre baissée.

— Vous êtes bien le journaliste, n'est-ce pas ?

Le barbu entrouvre sa portière et met un pied dehors.

Frédérik hésite à le saluer. Il a une gueule de chasseur, pense-t-il, et il n'aime pas les chasseurs.

Ce n'est pas une raison, tout de même, se raisonne-t-il. On ne peut pas mettre tout le monde dans le même panier, les persécuteurs de Mara Salicorne et les gentils traqueurs de sangliers et de cerfs. Ces derniers ont des arguments imparables pour justifier leurs coups de carabine : sans un prélèvement régulier et mesuré sur la faune sauvage, on parviendrait rapidement à un déséquilibre dommageable pour la diversité des espèces.

— Vous ne seriez pas un des frères Laruy ?

Le gars fait non de la tête.

— Je suis de Cavalade. Le Soul, dit-il. Un éleveur d'ovins, comme les autres.

Il tend la main et Charme la serre, plutôt mollement.

— Vous êtes bien le journaliste de Rougerol. Je vous reconnais. On a beaucoup parlé de vous ici, au moment de l'affaire des sanctuaires...

— Vous voulez dire, les sanctuaires de la faune, de la flore et des espèces menacées. C'est un de mes sujets favoris.

À ce moment, Charme constate qu'il ne s'est pas trompé. Sur le siège voisin, une carabine Mauser pointe son canon en l'air.

— Si ça vous chante, vous avez un bon sujet à traiter, dit Le Soul. Et je suis à votre disposition pour vous éclairer la lanterne.

Le journaliste se recule sur le bord du chemin. Il n'apprécie guère le ton supérieur. C'est toujours scabreux de suggérer un sujet d'article. Il fronce les sourcils, décidé à passer son chemin.

— Quoi ? C'est pas pour vous offenser, mais il y a du loup du côté de Caillet. Ça se cache dans les ravins de Las Parros. Vous ne me croyez pas ? Ils sont de sortie depuis qu'on remet les troupeaux au grand air. Toutes les nuits, ils prélèvent, les salauds. Ça serait pas mal que vous veniez faire un tour. Il faut que l'opinion publique soit alertée. C'est bien beau de réintroduire le loup, mais ça fait des dégâts. Les écolos sont des irresponsables. Vous êtes de mon avis, n'est-ce pas ? Vous ne dites rien. Je ne crois pas que vous soyez des leurs, en définitive.

Il amorce une vitesse, donne deux ou trois petits coups d'accélérateur pour réveiller son moteur qui s'étouffait peu à peu.

— En tout cas, on va faire la police, nous. S'ils approchent, on les flingue. Y en a marre des politiciens qui nous baladent. Le Parc, ça devait être le paradis pour les paysans. Mais en fait, vous le savez, je radote un peu sur la question, mais ce sont les forestiers qui font la loi. Bientôt, il n'y aura plus de place pour nos troupeaux. Les éleveurs disparaissent les uns après les autres, et les terres sont rachetées par des profiteurs qui veulent faire des sous avec la pâte à papier. Voilà que les loups s'y mettent, eux aussi. À deux pattes et à quatre pattes. Vous me comprenez ?

Charme hoche la tête.

— Je vais voir ce que je peux faire.

— Allez à Nivoliers et demandez Hélian. C'est lui qui dirige la société de chasse. Il vous expliquera le problème mieux que moi. L'idéal, ce serait de faire venir ici une équipe de télé. Il n'y a que la télé qui remue les gens. Un article, dans le fond, les gens s'en foutent. D'ailleurs, plus personne ne lit les journaux. Je ne sais pas pourquoi. On devient con dans ce pays.

Le Soul fait un bref salut et démarre sa Lada nerveusement.

Voilà à quoi ressemble le Méjean, songe Charme, un désert dépeuplé où les derniers habitants s'affrontent. Qui aura le dernier mot, les éleveurs ou les forestiers ?

À ce moment, dans la lumière apaisée d'un ciel qui ne sait encore choisir ce que sera le lendemain, maussade ou ensoleillé, Frédérik Charme décide de s'en revenir par la route la plus longue, soit le GR 60 par la Combette et la traversée des Lattes. Peut-être dénichera-t-il ce qu'il est venu chercher ici, sans grand espoir au demeurant, le sabot de Vénus. Car la dernière fois qu'il en a photographié un, c'était aux roches de Francbouteille dans un lieu inaccessible, en bord de falaise, là où la corniche domine les gorges de la Jonte.

Livré à lui-même, sans contrainte ni obligation, dans une sorte de parenthèse dans le fil du temps, Frédérik Charme perd assez vite ses repères. Et s'il chemine désormais sans carte IGN sur l'île, comme il dit, c'est que les falaises qui en délimitent le pourtour, comme le ferait un océan, le protègent de l'égarement. Peut-être se faire surprendre par la nuit mais, là aussi, le journaliste sait qu'il se trouvera toujours un lieu pour l'accueillir, une bergerie abandonnée, une église ouverte veillant sur ses morts, une maison généreuse au bout d'un chemin…

Voici qu'il joue à se faire peur, Charme, car il n'est pas du genre tout de même à se perdre. Le circuit de randonnée est balisé, et ce serait bien le diable de n'y pas croiser un type dans son genre. Pourtant, ça fait deux heures qu'il avance sur une piste droite qui coupe la steppe en deux. Pas un arbre à l'horizon. Les buis ont encore leur parure dorée et là où pousse la pierraille à profusion, il y a des callunes rose et mauve. Clic-clac, il joue du Nikon, presque machinalement, parce que ses photos, en vérité, ne valent pas tripette.

Après la Combette, hors circuit, pleine pampa, Charme escalade une colline pour en retrouver une autre, toutes semblables, mamelons d'herbes brûlées, calcinées par la neige et les vents de l'hiver. L'arrivée du printemps et quelques journées tièdes n'ont pas réussi au cœur désertique du Méjean à réveiller la nature, à la sortir de sa torpeur.

Je vais me diriger vers Saubert, se dit Charme. Trois ou quatre fermes après Serre des Lattes au cœur de la steppe, là où il n'y a plus que les vents bas qui découragent les vautours. J'y trouverai de quoi remplir ma gourde et repartir, se promet-il.

Les nuages noirs et menaçants du début de l'après-midi ont fini par se disjoindre pour une trouée de bleu. Sur son smartphone, point de réseau. Ça donne le frisson de se sentir débranché du monde. Il retient son envie de le balancer dans la nature, pour le coup, comme s'il ne devait jamais plus en avoir besoin, de cette prothèse de mémoire synthétique.

Désormais son pas est devenu mécanique, ainsi fait la machine humaine lorsqu'elle a fini par oublier le poids du monde. Plus aucune réflexion n'est accessible, plus d'états d'âme, ni d'angoisse, ni de jubilation. Charme avance à l'aveugle, le doigt pointé sur l'horizon. Il est sans illusion. Il sait qu'une colline en remplacera une autre, ainsi de suite, sans fin, jusqu'au déclin du jour. Car il a présumé de ses forces et du temps disponible avant que le jour ne tombe, surévalué ses capacités. Le courage, l'envie, l'ardeur ne suffisent pas à apprivoiser et vaincre le Méjean. Il le savait mais par orgueil a négligé cette évidence.

À l'instant où Charme réfléchit à une solution de secours, abandonner la piste pour couper au plus court, un bruit de cavalcade se manifeste du côté de Barbelle. Loin encore, juge-t-il, mais au trot. Il surveille les abords des collines, le glissement des ombres, et écoute le vent pour vérifier qu'il est portant. À peine un kilomètre, juge-t-il. Dans la steppe Méjean, les bruits portent loin, lorsque le vent est accommodant. Alors il redescend en courant vers la piste, chute et rechute en enjambant des paquets de buis dont la densité entrave sa course. Il sait que le cavalier suit le chemin, sans déroger, et en aucun cas ne se hasarderait hors du balisage.

Enfin à portée de regard, Charme se relève et vient se poster au beau milieu de la piste. Il ne voudrait pas que l'équipage passe sans le voir ou fasse mine de l'ignorer. Il a besoin de cette visite rassurante, de s'entendre dire enfin son chemin… Il a perdu toutes certitudes avec les prémices du soir. Sa confiance s'est émoussée et, pour une fois, il mettra son orgueil dans sa poche et un mouchoir par-dessus.

Le cheval se cabre, fait une embardée, puis, surprise passée, continue son chemin.

— Ohé, oh, oh ! s'écrie-t-il.

La cavalière est enfin parvenue à calmer sa monture. Elle chevauche chevelure au vent et en cache-poussière, dont les longs pans de toile retombent sur les flancs de l'animal. Il s'approche. L'animal est craintif. Charme voudrait lui caresser les naseaux.

— N'en faites rien. Elle est fougueuse et bien mal dressée, ma jument.

Il se recule, craintif. La cavalière le toise avec insistance.

— Que faites-vous ici à cette heure ?

— Je me suis perdu.

— Perdu ? s'étonne-t-elle.

Frédérik Charme explique sa situation en phrases saccadées, embarrassé d'offrir le spectacle d'un homme confus. Malgré cela, à quoi bon se plaindre, la femme paraît lui prêter quelque attention. Pourtant, se dit Charme, elle aurait toutes les raisons du monde de faire repartir sa monture et de m'ignorer.

— Saubert ? Vous n'y arriverez pas avant la nuit. Et vous n'avez rien pour bivouaquer ?

— Non, reconnaît-il.

— Rougerol est à trois bonnes heures de marche. Dans la nuit, même si elle s'annonce assez claire, on peut s'égarer avant de retrouver le Camin Ferrat.

Le journaliste s'écarte sur le bord de la piste, comme pour accorder à la femme une porte de sortie honorable. On ne peut rien imposer, ni s'imposer, se dit-il. Un homme n'est jamais totalement égaré ni perdu sur le Méjean. Tout juste doit-il s'apprêter à vivre des heures difficiles avant de retrouver la civilisation. Il salue la cavalière et l'invite implicitement à reprendre son trot. Mais elle hésite avant de se remettre en route.

— Vous devez me trouver exagérément méfiante sans doute, mais je redoute les mauvaises rencontres.

Bien que Frédérik ait livré quelques détails sur sa personne, de quoi apaiser les interrogations, la jeune femme hésite encore à lui proposer de le prendre en croupe. Est-ce la faute du ciel si bas et pesant comme un décor d'épouvante, de l'immensité des terres qui l'entourent, en tout cas l'amazone du Méjean ne se reconnaît plus, elle d'ordinaire si audacieuse et téméraire. Fuir alors, mais sans doute se la reprocherait-elle plus tard, cette lâcheté née d'une peur irraisonnée.

— Cependant, je ne peux vous laisser là. Ce serait mal venu, dit-elle.

Charme a repris sa marche sur le bas-côté de la piste. La cavalière fait avancer son destrier juste derrière lui. Il s'attend à ce qu'elle imprime le galop à sa jument et l'affaire sera entendue. Mais comme cette dérobade tarde à venir, le journaliste se retourne, intrigué.

— Si vous me parliez de votre vie, ça nous passerait le temps ? ironise-t-il.

— Je me nomme Esther Walden et je suis archéologue…

— Où êtes-vous basée ?

— À Hyelzas.

— Que cherchez-vous ?

Elle n'a pas entendu sa question.

— Une archéologue, ça fouille sans cesse, n'est-ce pas ? reprend le journaliste.

D'un coup de cravache, Esther Walden presse son cheval à prendre de l'avance. Dix bons pas au moins. À cet endroit, la crête livre l'autre versant du plateau. Même en scrutant le paysage et ses replis lointains, on ne parvient pas à distinguer le moindre feu de la civilisation. Ainsi veut-elle montrer à Charme que la situation dépend de son bon vouloir. Peut-être ne s'agit-il, tout au plus, que de cultiver une confiance réciproque entre deux inconnus.

— Montez, ordonne-t-elle soudain, je vous conduis à Rougerol.

— Ce n'est pas sur votre chemin, argue Charme.

— Ne discutez pas maintenant que j'ai pris ma décision, dit-elle d'un ton autoritaire.

Il fait frisquet dans la masure et Esther ne cesse de se frotter les mains. Charme lui prête une couverture dans laquelle elle s'enroule en grelottant. Puis il va chercher du bois au-dehors qu'il jette en vrac dans l'âtre. C'est du tout-venant, des racines de buis, des branches de genévrier et quelques touffes de bruyère. Ça flambe aussitôt en crépitant. Les flammes éclairent la maison. Esther Walden contemple le foyer avec tristesse.

— Vous ne pouvez pas repartir comme ça, dit-il.

Elle ne répond pas. D'un geste d'agacement elle rassemble sa longue chevelure, l'entortille, mais les mèches retombent et tout est à recommencer. Tant de nervosité et d'application vaines finissent par intriguer Charme.

— La nuit, ce n'est pas prudent de parcourir cette contrée.

— Oui, dit-elle, j'ai bien compris. Je crois que vous allez devoir me fournir un coin pour dormir.

— On ne s'inquiétera pas, dans votre entourage ?

— Je n'ai pas d'entourage.

Elle se reprend en rougissant :

— Du moins, des gens qui pourraient s'inquiéter pour moi. Je suis une grande fille.

— Je vois ça, confirme Charme.

Esther Walden semble se défier de la sollicitude, celle de cet homme au demeurant fort convenable, en apparence, comme celle de tous les hommes en général. On se fait toujours piéger par les amabilités, pense-t-elle, surtout lorsqu'on ne veut rien demander ni devoir à qui que ce soit.

Le journaliste lui sert un whisky. De prime abord elle refuse puis finit par accepter. C'est une brûlure dans la gorge salutaire qui la tire de son mutisme.

— Je ne veux pas vous faire boire, se défend-il maladroitement.

Esther éclate de rire.

— Vous n'êtes pas mon type d'homme, Frédérik, prévient-elle.

— Et quel est votre type d'homme ?

— Les journalistes, c'est une espèce que je honnis par principe. Vous allez me dire que c'est une réaction tout à fait idiote… Mais j'ai connu, autrefois, un type du…

Esther Walden s'interrompt soudain dans un éclat de rire.

— Voilà que je viens vous raconter ma vie. Ça n'a aucun intérêt.

Il insiste.

— Je n'en dirai pas plus. Nous ne sommes pas destinés à nous revoir.

— En effet.

Il dépose sur son bureau, près de l'ordinateur, toutes les victuailles qu'il possède, des tranches de jambon, un camembert entamé, une saucisse sèche, un radis noir et deux vieilles pommes ridées.

Ils mangent en silence devant le feu de cheminée, et ce mutisme partagé dans la petite bergerie de Rougerol, sinistre et froide, devient si pesant que Charme espère que sa voisine s'endormira au plus vite et qu'elle repartira dès potron-minet sans même un au revoir.

Mais Esther Walden paraît vite rassurée après que son hôte lui a montré la petite chambre douillette sous le toit de la bergerie. À la vérité, elle avait craint de devoir partager l'intimité de Charme dans l'unique pièce du bas, si bien que les nouvelles perspectives offertes estompent la mauvaise humeur dont elle a fait montre jusqu'alors.

— Je vais vérifier les attaches de ma jument, dit-elle en quittant la pièce, toujours enveloppée dans sa couverture.

Charme se propose de l'accompagner, mais elle refuse. Il comprend alors que cette Esther Walden, archéologue de son état, possède un caractère en acier trempé, un tempérament exceptionnel pour une femme aux allures de petite-bourgeoise du 16e arrondissement parisien en Sandro et Gucci.

— Connaissez-vous mon voisin, Richard Combelle ? Un type plein de thunes qui veut faire la pluie et le beau temps ici. Il connaît tous les politiques et les hauts fonctionnaires, des gens qu'il a mis dans sa poche pour obtenir les autorisations de planter du pin noir sur ses nouvelles terres. Il ne rate jamais l'occasion d'acquérir…

— Oui, dit-elle en rajustant sa chevelure.

Tic, manie, obsession, il s'interroge, Charme, sur cette belle crinière indomptable.

— Finissons par une queue-de-cheval. N'ayez crainte, miss Walden, ce sera parfait.

Elle le toise d'un froncement de sourcils.

— Puisqu'il faut satisfaire votre curiosité, monsieur Charme, je vous dirai quelques mots sur moi, et nous en resterons là. N'est-ce pas ?

Le journaliste a pris place machinalement devant son Mac. Il tapote sur le clavier des mots sans suite, comme s'il jouait pour le coup à prendre des notes.

— Oui, admet-il. Je suis curieux de nature. Vous m'intriguez, miss Walden.

— La Société préhistorique française m'emploie pour dresser un relevé topographique des menhirs et dolmens essaimés sur le causse Méjean. C'est un job fastidieux. Déjà dans les années 60 un travail de recherche avait été entrepris sur le sujet : une cinquantaine de sites répertoriés et parfois fouillés. Ici, les tribus hallstattiennes au premier âge du fer ont occupé ce plateau et nous ont laissé des trésors inestimables.

Charme tape quelques mots qui paraissent s'ordonner comme une clé d'énigme : tumulus, Hallstatt, Celte... Leur apparition sur l'écran de l'ordinateur laisse Esther Walden indifférente. Pour elle, c'est une affaire comme une autre, âge de fer, de bronze ou de pierre, chaque chantier ouvert annonce des trouvailles inédites qu'il faut ensuite déchiffrer et ajouter au grand livre de l'histoire de l'humanité.

— Il n'y a pas de quoi faire un article, si tel est le projet que vous nourrissez, monsieur Charme ! Mon travail s'inscrit dans la routine. Et je doute que mon nom soit mentionné à quelque moment que ce soit.

— Pourquoi cette humilité ?

— Un archéologue reste un fouilleur obscur. À moins de trouver l'emplacement de la sépulture de la reine Néfertiti...

9

Richard Combelle

CELLE-LÀ, IL N'A PAS PU la cacher, le saligaud. Il l'a conduite dans sa tanière pour lui faire son affaire. Moi, dans le viseur de ma lunette, rien ne m'échappe, un cillement et même un battement d'aile de papillon, rien.

Certes, une belle fille, l'archéologue. À peine vingt-huit ans, je dirais, élancée, fine comme une danseuse, affûtée de la jambe, et bien balancée de la croupe. À y regarder de plus près, le journaliste ne la mérite pas. C'est une mauviette, ce type, sans style, sans rien, une mocheté d'homme. Mais comment a-t-il fait pour se l'envoyer, mademoiselle Walden, Esther-Marie Walden ? Voilà une sacrée énigme. Comme quoi, il est des femmes en quête d'originalité à tout prix. S'agirait-il d'attirer l'attention par le mauvais goût, de manier le paradoxe afin de scandaliser son entourage ? Peut-être au fond n'ai-je rien compris ? Il sera toujours aisé de me répliquer, n'est-ce pas, mademoiselle Walden, que je n'avais pas besoin de jouer au voyeur, plutôt m'occuper de mes artères de vieux. Mais encore, ma jeune archéologue, comment pourrait-elle deviner qu'elle est devenue l'objet de toutes mes attentions depuis son entrée dans le cercle des intimes d'un Charme, et que, de surcroît, j'en éprouve une si forte déception ? Jusqu'à la dernière minute, j'ai cru qu'elle résisterait, tout de même, à ce bellâtre.

Il y a des circonstances dans la vie où l'on aimerait disposer de quarante ans de moins. Dans ma jeunesse, j'étais sacrément séduisant et plus distingué que ce petit journaleux, une classe hors norme, dirais-je même, un style jeune premier qui aurait pu m'ouvrir une carrière au cinéma si je n'avais choisi une destinée de voie de garage.

Hélas, par stupidité, je n'ai su tirer parti de mes avantages et profiter sans vergogne comme le font les jeunes d'aujourd'hui, décomplexés, comme ils disent. Car dans les mœurs actuelles, point n'est nécessaire de faire le paon et de chanter la sérénade, coucher et découcher est devenu une histoire banale.

Au petit matin, on est remontée sur son coursier et hop, finie la romance. Je l'ai suivie longtemps avec ma lorgnette, jusque sur la lande, la chevelure au vent. Elle paraissait repue par sa nuit, chavirée de caresses. Une sourde complaisance se manifestait en moi, au point de m'estimer bien obscène à l'observer continûment. Mais le temps travaille à rebours. Notre petite n'est pas stupide au point de croire que Charme puisse combler son existence. Le frisson passé, les sens apaisés, nous reviendrons à la raison, me dis-je.

Alors j'ai enfilé un duffle-coat et posé un chapeau mou sur mon crâne pour sortir dans le froid du matin. Au bout de l'allée, j'ai hésité. N'ayant point de chien à faire pisser et donc pas de prétexte plausible à ma sortie matinale, j'ai joué le petit vieux un brin gaga. À force de me voir piétiner le chemin, de droite et de gauche, sans me décider pour un objectif précis, Charme est sorti de sa tanière avec sa mine de papier mâché.

— Problème ? m'a-t-il demandé.

Nous nous sommes regardés méchamment.

— De la visite, hier soir ?

Le journaliste a rallumé sa cigarette, non sans mal, à cause du vent qui éteignait chacune de ses allumettes. Puis il s'est mis à toussoter et, à la fin, à dégobiller des glaires et le reste.

— Vous la connaissez ?

— Comment pourrais-je la connaître ? Ça ne me regarde pas, après tout.

— Ne faites pas l'innocent, Combelle. Vous zieutez les va-et-vient derrière votre fenêtre…

Ainsi me trouvé-je fort embarrassé, comme un gamin pris les doigts dans le pot de confiture.

— En tout cas, reprend Charme avec la ferme intention de m'en boucher un coin, elle vous connaît, elle.

— Esther-Marie Walden, dis-je.

— Alors vous voyez ! s'exclame-t-il avec un air de triomphe.

Le journaliste est pris de tremblements, à cause du fond de l'air, plutôt piquant depuis que le vent de traverse s'entête sur le Méjean. Mais ce n'est pas pour autant qu'il me proposerait d'entrer chez lui. Je sais bien que sa turne est minuscule et, de son point de vue, indigne d'un homme comme moi. Mais pour une fois je trouverais l'idée épatante. Ça me permettrait de vérifier deux ou trois petites choses sur la nuit passée. Mademoiselle Walden aurait-elle laissé derrière elle quelques traces tangibles de son passage ? Que sais-je ? Un sous-vêtement ? Un tampon de démaquillage ? Un lit par trop saccagé ? Et tous autres menus détails qui dénoncent le crime à un observateur avisé comme moi.

Enfin, il se décide à m'offrir un café. Je suis fort déçu. Car je ne vois rien qui puisse annoncer une nuit de folie. La rusée aura pris soin de brouiller son passage, comme la gazelle de Thompson face à des prédateurs.

— Vous lui avez parlé de moi ? Et pour quelle raison ?

— Mais, cher voisin, vous êtes une célébrité sur notre île.

— Grâce à vous et vos satanés articles, dis-je.

Il éclate de rire.

— En tout cas, l'archéologue n'est pas une femme pour vous, remarqué-je pour lui rendre sa politesse.

— C'est ce qu'elle m'a dit, Combelle, que je n'étais pas son genre. Voilà qui va vous rassurer.

— Pourquoi devrais-je être rassuré ?

— J'ai cru comprendre que vous vous intéressiez à nous deux, au fait qu'elle a passé la nuit dans ma maison. De là à imaginer des choses torrides, il n'y a qu'un pas. Hélas, monsieur Combelle, navré de vous décevoir, mais il n'y a rien eu entre nous. Je ne suis pas l'homme de la situation.

Si le café n'est pas de mon goût, une pissette comme j'en ai tellement connu dans les casernements du temps de mes classes et de mes guerres, je ne risque pas la moindre réflexion. Mes sales manières de vieil aristo décadent ont fini par me coller à la peau, même sur cette terre aride du Sud-Ouest où il n'y a pas plus d'un pékin au kilomètre carré. On me déteste, on me craint, on me conchie... Je suis la bête noire avec mes plantations de résineux, l'homme à abattre, le sale petit canard venu semer le désordre sur l'île inspirée. Alors, profitons-en. Ajoutons une pierre à l'édifice de haine. Un jour, on m'y consacrera un monument où tous les touristes écolos viendront déféquer, mais selon le sacro-saint principe de la toilette sèche, avec un petit seau de sciure...

— J'ai acheté la propriété d'Aubelin Noé à Charoulède, dis-je tout de go.

— Malgré la SAFER ?

— Il y a quelqu'un au-dessus de la SAFER, dis-je en pointant un doigt en l'air, vers le ciel, les hautes sphères, là où des hommes comme moi sont entendus et respectés.

— Vous allez planter, encore et encore et toujours.

— Je vais planter avec la bénédiction du Fonds forestier national. Même si ça emmerde vos amis, je planterai quand même, jusqu'à ce que je crève. Et mes descendants planteront aussi. Car je veillerai scrupuleusement à la relève.

— C'est consternant. Rien ne peut vous atteindre, monsieur Combelle.

Je sors de ma poche mon calepin qui me sert de pense-bête. Je feuillette, feuillette fébrilement jusqu'à ce que je trouve la bonne page, où j'ai griffonné des statistiques. Ça emmerde tout le monde, les statistiques, et moi le premier, mais parfois, devant des gens obtus comme ce journaliste de mes deux, c'est rassurant.

— Dans la Lozère, il y avait trente mille hectares de surface boisée seulement en 1850, aujourd'hui nous en avons deux cent mille.

Je remets mon carnet dans la poche, d'un air satisfait. Serais-je assez naïf au demeurant pour croire qu'un Frédérik Charme puisse se laisser attendrir par mes chiffres, alors qu'il n'écoute rien, poursuivant son idée comme une buse, que notre Méjean, plus encore que le Sauveterre et le Larzac, est un sanctuaire sacré où rien ne doit changer, les landes, les pierres, les fleurs, les insectes, les animaux, les hommes… Un conservatoire paysan pour témoigner d'un passé révolu.

Point n'est nécessaire de parler, nous nous sommes compris. Il n'y a pas et il n'y aura jamais de conciliation sur ce sujet, me dis-je.

— Des gens comme Silveyre, la race des troupeliers, bergers et majoraux, ont joui sans bourse délier de vaines pâtures, c'est-à-dire sans verser aucun droit ni loyer à des propriétaires éloignés des Cévennes, l'usage faisant force de loi. Voici contre quoi je me suis élevé.

— Qui a entretenu ce paysage ? réplique Charme. Qui a soigné ces espaces incultes, contre la friche et l'embroussaillement, contre le dépérissement des sols ? Sinon les bergers et les éleveurs, ceux dont vous raillez les libertés, monsieur Combelle.

Je refuse une goutte de café supplémentaire. Le parfum laissé par Esther Walden m'occupe l'esprit. Une essence de chèvrefeuille, peut-être ? C'est entêtant en diable. Ça me triture les méninges.

— Comment avez-vous fait pour ne pas succomber à l'archéologue de Hyelzas ? Une fraîche beauté, d'ailleurs. Alors qu'ici tout est gris, sombre et froid sous un ciel si bas. Moi, si j'avais eu votre chance et votre âge et... Mais vous me paraissez plutôt intéressé par cette vilaine Salicorne avec ses chèvres bêlantes...

Charme croise les bras sur sa poitrine, le poil hérissé, le regard méprisant. Nous n'aimons pas entendre la vérité, pensé-je, mais qu'importe, il faut parfois secouer le cocotier pour en faire tomber les fruits, sinon tout resterait en l'état, pour les singes, les rats et les crabes. L'humanité a toujours sanctifié l'amour, la beauté, l'intelligence, malgré la rébellion des pauvres esprits s'entêtant dans la haine, la laideur et l'imbécillité. Vous ne voudriez point être de ceux-là, Charme ? me dis-je. Mais je ne me suis pas risqué à cette réflexion à haute et intelligible voix, pour n'être assuré de rien concernant ce jeune homme et qu'il puisse en quelque sorte partager quelques valeurs communes avec moi.

— Oui, reconnaît-il enfin, miss Walden est une fort belle femme. Si nous parvenions un jour à quelques fiançailles, je vous inviterais. Soyez rassuré, monsieur Combelle.

Nous rions ensemble. Puis je décide de prendre congé, maintenant que me voici tranquillisé. Il m'accompagne jusqu'à sa porte. Le vent s'engouffre dans la pièce, chahutant les feuilles sur le bureau.

— Il y a deux mondes qui s'affrontent sur cette petite terre médiocre où ne poussent que l'épeautre et l'orge, les archaïques comme vous, accrochés à leurs illusions, et les modernes comme moi, qui veulent changer l'ordre des choses.

— Vous enrichir, reprend le journaliste en venant me toucher l'épaule. Voilà ce que vous voulez, vendre des coupes de bois pour la pâte à papier...

— Et la charpenterie, ajouté-je. Tout de même, notre pin présente des qualités pour le bois d'œuvre.

À peine retourné dans mon salon, je demande à Lucienne de me servir un cognac dans un verre tulipe. Comme elle n'y connaît rien – est-ce sa faute ou la faute de ceux qui l'emploient, au juste ? – elle m'apporte une bouteille de Chartreuse. Je la rabroue, la bécassine, sans ménagement. Après coup, je m'en veux et rumine ma méchante humeur comme une plaie qui ne se refermera jamais. Jadis Elora m'en voulait aussi de mes violences, elle qui disait que je n'étais rien de plus qu'une crevure sans instruction, amateur d'*OSS 117* débilusse-crétinusse. À la longue, grâce à ses conseils, je suis devenu un brin cultivé, tout de même. Mais il n'est rien qui puisse s'estomper dans ce domaine, ce que vous avez été demeure, envers et contre tout. Car Elora n'a jamais vu en moi rien de plus que l'homme du départ, et jamais l'homme que je suis devenu...

Je pose un doigt sur le goulot de la bouteille pour que la dose soit généreuse.

— Vous savez bien, monsieur, que ce n'est pas bon pour vous...

— Dois-je m'enquérir de votre avis pour savoir ce qui est bon ou mauvais pour moi ? dis-je. C'est le monde à l'envers. Les maîtres deviennent-ils les esclaves de leurs esclaves ? Par quelle fatalité sociale ?

Lucienne ne comprend pas où je veux en venir, au juste. Je lui fais signe de se retirer. Besoin d'être seul, entre mes vices et mes remèdes, tant il est vrai qu'il y a une médication pour chaque dérèglement.

La dernière conversation avec Charme me revient en mémoire, point par point. Je regrette de n'avoir été plus vif à l'endroit des « vaines pâtures ». Mais l'essentiel n'est-il pas qu'il sache enfin que j'ai acquis les terres de Charoulède ? La guerre est déclarée. De Charme à Silveyre, la nouvelle montera en puissance et fera tache d'encre, jusque dans les administrations, et qui sait, à la Chambre d'agriculture ou encore au sein du Parc national. J'ai longtemps rêvé que la meute se mette enfin en marche contre moi, franchement, qu'on m'attaque de front, qu'on fourbisse la grosse artillerie. Alors, me dis-je, parions que les brebis Lacaune du sieur Patcha, comme ils l'appellent ici, vont monter à Recuzas en rangs serrés pour venir becqueter mes plants de pins aux pousses jeunes et tendres…

10

Les frères Jamois ce matin ne sont pas plus causants que d'habitude. Seuls les chiens ont droit à quelques mots de gentillesse et des caresses. Mais la traite est menée avec énergie, c'est tout ce qui compte pour Silveyre. Puisque Patcha paye pour la traite, il se fait un point d'honneur de ne pas toucher une seule mamelle de ses brebis. Mais soudain, il se sent inutile. Alors, il s'empare d'un balai en genêt et nettoie les pécoles. Elles sont essaimées, comme des négrettes sous l'olivier, partout sur le quai de la bergerie, là où les moutons ne devraient pas accéder si l'on était assez vigilants à la remise en place du barrage. Les excréments pourraient partir d'un coup de jet, mais l'eau est précieuse ici. On fait à l'économie, comme on l'a appris de père en fils ; une culture de l'exigence et de la nécessité qu'il faut apprivoiser si l'on veut durer sur le Méjean, et non gaspiller la flotte comme chez Salicorne, où ça prend des bains matin, midi et soir.

Avec le beau temps enfin venu sur le causse, le baromètre au beau fixe, 1 040 millibars, Silveyre est joyeux et chantonne tout en rassemblant ses crottes.

Il y a du plaisir à voir enfin un quai propre pour aller et venir sans souiller le passage.

— C'est pas le travail d'un patron, dit François Jamois, de récolter le migou.

Patcha toise son journalier avec amusement. Celui-là, pense-t-il, il a perdu l'occasion de se taire.

— Les bêtes ont hâte de monter au patus, poursuit François. Ça s'agace. Et les chiens aussi.

— Ça vient, mon gars, ça vient. Tous les soirs, je vais causer au parrot pour le rassurer. C'est une vieille habitude. Si le troupeau ne me comprend pas, lui, le meneur, il sait ce que ça veut dire, mes petites réflexions.

— Y suffit, dit Marco, de leur accrocher la timbourle et ça réveillera leur instinct...

Les frères Jamois vont se laver les mains au robinet du cellier et ils en profitent pour boire un café.

— Je ne vois plus Pertuze ? demande Silveyre.

— Il passe son temps à tourner autour des filles des Aiguillets, dit François.

— Parce que j'aurais besoin de lui faire désherber l'épeautre à Coste-Gras. Y a du coquelicot partout.

Marco promet de le conduire sur le chantier dès demain.

— Je dis pas qu'il y restera toute la journée, rapport aux filles qui n'arrêtent pas de l'aguicher, prévient-il.

— Je croyais qu'elles étaient portées vers les femmes...

— On ne sait pas, dit François. Quand la nature parle...

— Qu'est-ce que tu en sais, benêt, tu n'as jamais touché une femme, rétorque Marco d'un ton rogue.

Patcha leur fait signe de déguerpir. Les papotages des frères Jamois l'horripilent, comme toujours. Pourtant il devrait s'en réjouir, pour une fois qu'on ne vient pas lui parler de la paye, et des jours avec et des jours sans, comme il n'arrive qu'aux âmes mal nées, une misère poussant l'autre.

La traite terminée, le foin distribué dans les mangeoires et la lavogne garnie d'eau, l'éleveur de Rougerol peut enfin prendre du bon temps en dégustant un café. Peut-être casser une petite croûte. Il rentre dans sa cuisine, se faufile au milieu du désordre et allume le gaz. Les œufs frits grésillent sur de la coppa, juste retournée dans la poêle au préalable côté pile et côté face. Il a ralenti la flamme pour ne pas calciner le blanc, puis il recouvre sa poêle pour que les œufs se pochent peu à peu, sans faire trop cuire les jaunes. Dans une miche de pain, il se taille des trempettes. Et une fois l'affaire terminée, il sort avec sa poêle devant la porte de sa maison, et mange en regardant les chiens s'exciter contre le cantador. Les moutons ont l'habitude. Il n'y a pas d'affolement, tout juste le bélier qui joue des cornes contre la barrière, histoire de montrer sa force, lui aussi. Les femelles bêlent en chœur. Elles sentent le soleil, la chaleur qui monte et le ciel qui se pare de bleu. Des champs voisins, les odeurs se répandent. Inutile de pousser plus loin l'observation, Patcha a vu déjà les bleuets et les coquelicots là où la fraîcheur des nuits laisse un peu de répit. Il y a des terres à humus qui sentent le printemps et qui n'attendent que la main de l'homme pour produire. Mais Patcha n'a pas semé autant qu'il l'aurait voulu, à cause de son élevage. Les frères Jamois lui coûtent déjà assez cher pour la traite et l'entretien sans y ajouter des semailles dont le rapport n'est pas intéressant, pense-t-il.

Maintenant les chiens viennent lécher la poêle. Ce sont mes ratons laveurs, se dit-il avec attendrissement. Car Silveyre traite en vérité Domino et Noiro comme ses enfants, comme s'ils faisaient partie de sa famille.

Pour soigner l'un d'eux, il serait prêt à perdre beaucoup d'argent chez le vétérinaire, plus peut-être qu'il n'en dépenserait pour lui-même. Qui peut comprendre ça ? songe-t-il. Sans mes chiens, je ne suis plus rien. Le troupeau ne serait pas gardé. Et si une sale bête attaque, je sais que Domino le défendra jusqu'à la mort et qu'il entraînera son frère dans le combat. Ça mérite une caresse, bon Dieu, se dit-il.

Les border collies viennent jouer avec leur maître. C'est un moment où Patcha leur fait comprendre qu'ils sont une partie de lui-même et qu'il leur reconnaît cette utilité : guider et défendre sa seule richesse sur la terre. Dans cette distribution de caresses, Domino prend quelques aises en mordillant le poignet de son maître. Mais celui-ci reste vigilant et, saisissant le museau du chien avec autorité, il lui fait comprendre aisément qui est le chef ici. Et à l'instant où Domino se dégage, il pousse un grognement, mais Patcha le saisit à la gorge. Le chien tente de se rebiffer, sans succès. Le collie comprend alors qu'il n'aura jamais le dessus sur celui qui le nourrit et lui prodigue des soins, jour après jour. Noiro rampe aux pieds du maître, comme s'il avait compris, par son frère interposé, la leçon d'autorité.

— Demain, je vous le promets, s'écrie Patcha, on montera à Recuzas d'abord et nous y passerons la nuit à la belle étoile ! Promis, juré, craché.

Pour authentifier sa promesse, il crache en l'air. Puis il revient dans sa cuisine. Les odeurs de graisse brûlée l'incommodent. Il ouvre la fenêtre du fond pour faire un courant d'air. Il se verse du café tiède dans un quart en métal blanc et boit par petites gorgées répétées jusqu'à la fin.

— Sais-tu la nouvelle, Patcha, la grande nouvelle ?

À la voix, l'éleveur a reconnu son voisin, le petit journaliste fouineur. On ne peut pas dire que son arrivée soit salutaire, parce que Patcha fait une sale gueule. Cet homme est incapable de dissimuler le moindre sentiment. Pour le coup, il trouve même que le Méjean n'est plus ce qu'il était, depuis que les gens de la ville s'en viennent l'occuper, et plus seulement l'été comme jadis, mais en toutes saisons.

— Je te croyais à Toulouse, chez ta femme ? Adèle, dit-il, c'est bien ainsi qu'elle se nomme ?

— En effet. Mais ce n'est pas ma femme. Nous ne sommes pas mariés.

— Fais-moi grâce de ces subtilités, Charme.

— Je ne me sens aucune obligation envers elle.

— Tu l'aimes au moins ?

Le journaliste ne répond pas. C'est une affaire trop délicate entre lui et lui.

— Je pense que tu ne l'aimes plus, Charme, ton Adèle.

— Qu'est-ce qui te fait dire ça ?

— La pauvre, tu ne la vois jamais. Un amour, il faut entretenir la flamme, sinon il meurt.

Charme hésite à entrer dans la maison. Il reste prudemment sur le pas de porte. Depuis le temps que nous nous connaissons, Patcha et moi, se dit-il, je ne parviens pas à cerner notre relation. Y a-t-il de l'amitié ? De la camaraderie ? Ou simplement une empathie de circonstance ? À ce moment, Frédérik découvre qu'il ne s'était jamais posé la question et que celle-ci l'embarrasse. Curieusement, pense-t-il, il me parle d'Adèle, et moi je m'interroge sur l'amitié entre nous deux, comme si c'était une manière de shunter la réponse.

Mais Patcha y tient, à cette réponse. Il veut savoir si le journaliste restera sur le Méjean bien plus longtemps qu'il ne le soupçonnait ou s'il va enfin rejoindre son Adèle. À la vérité, il souhaiterait que cet exil ne dure pas au-delà de toute raison, en tout cas bien moins que son amour dont la flamme est entretenue par mails et messages laconiques.

Ils font un bout de promenade autour de la bergerie, ensemble, sans un mot. Les moutons se bousculent aux mangeoires. Le propriétaire n'aime pas cette fébrilité. Mais il sait que son troupeau est en bonne santé, trois cents brebis laitières et une petite centaine d'agnelles. Pas de virus et de parasites en vue, comme en 1992 avec la petega : cinquante pour cent du troupeau décimé. Et aussi, hélas, la fameuse maëdi, avec les détresses respiratoires, les pneumonies et les amaigrissements : dix pour cent de perte trois ans plus tard. Depuis, pas de tremblante, rien. On touche du bois.

— Je ne sais pas si j'ai bien choisi mon moment ? s'interroge Charme devant le mutisme de son voisin.

— Dis ce que tu as à dire.

Il allait ajouter : « Et disparais… » mais il s'est retenu.

— Je ne comprends pas que tu me traites de cette manière, se défend Charme.

— Et moi, jeune homme, je ne comprends pas ce que tu fais là à me tourner dans les jambes. Au départ, il devait y avoir des articles. Tu as pris des notes à n'en plus finir. Et je n'ai rien vu paraître. C'est improductif, ton travail. Tu as de la chance d'avoir un patron qui te paye pour ne rien écrire. À moins que tu n'attendes quelque chose qui n'arrive pas ? Peut-être quelque chose, reprend-il, qui n'arrivera jamais ?

Ils ont atteint la croix de Peyrière par le raccourci. De là, on jouit d'une vue d'ensemble sur la bergerie, la Charmette, les trois ou quatre maisons de Rougerol, et sur le flanc voisin les pins de Combelle, sa demeure imposante et les pacages de Recuzas, immenses, piquetés de pins naissants, épandus à la diable, ce qui fait dire à Patcha que c'est comme un cancer, cette prolifération, par cellules malignes essaimées et peu à peu gagnant du terrain inexorablement.

— Je croyais que tu avais de l'estime pour moi ? dit Frédérik.

Le berger se retourne pour le toiser d'un regard insistant.

— On n'est pas promis à garder les moutons ensemble. Nos vies ne suivent pas la même direction. Toi, Charme, un temps pour le Méjean et un temps pour la carrière : journaliste reconnu, écrivain estimé… Moi, je resterai ici jusqu'à ma mort. Après j'irai dans le petit cimetière de Hures.

— Qui sait si tu ne quitteras pas l'île un jour. On ne sait jamais.

— Je le sais, affirme Patcha.

Ils redescendent vers la route à grands pas en bousculant la caillasse. La forte pente les entraîne à courir jusqu'aux derniers mètres.

— J'ai essayé de te dire, Patcha, que notre voisin est en train d'acquérir les biens d'Aubelin Noé. Tout Charoulède, même la bergerie.

— Le salaud ! s'écrie Silveyre. Il m'avait promis d'y laisser paître mes moutons.

— Raison de plus, ajoute Charme. Il faut se battre. Empêcher cette vente à tout prix. Alerter la SAFER et obtenir du Parc qu'ils interdisent de nouvelles plantations. C'est écrit dans le chapitre 2, que tout projet forestier doit être soumis à l'avis du directeur et ensuite approuvé par le ministre de l'Agriculture. Article 2, ajoute-t-il.

— Je le connais le décret de 70, mon gars. Il y a les textes et il y a les hommes. Les textes, on en fait ce que l'on veut. On pond des dérogations, des exceptions, pour ceux qui ont la main en haut lieu. C'est le cas de Combelle. Il a le bras long, le bonhomme.

— Ça ne fait rien ! s'emballe le journaliste. Il faut essayer tout de même. Leur mettre des bâtons dans les roues. Ah, bon Dieu, je ne comprends pas que les éleveurs ne se serrent pas les coudes…

— Il n'y en a plus, d'éleveurs. Plus de bergers. On n'est pas nombreux à servir la laiterie. Et les derniers, avec les aides, les primes, les compensations, on a fini par les amadouer. Ils se disent qu'il restera bien assez de prairie pour faire brouter nos moutons.

— Alors il faudrait négocier avec Richard Combelle. Peut-être que ce propriétaire n'est pas aussi inaccessible qu'on le croit.

Patcha hésite à répondre. Il n'a jamais eu l'occasion de discuter avec Combelle, autrement que par des invectives lancées de loin.

— Il y a une énigme entre vous deux. Pourquoi ne vous rencontrez-vous jamais ? Entre voisins…

Le paysan entre dans son parc et bouscule les moutons pour se faire un passage. Charme est resté à la barrière. C'est un endroit où il n'a jamais été admis avec ses petits souliers vernis de pisseur de copie, comme dirait Patcha. Ici, il faut être de la race des troupeliers pour fouler les parcs à brebis, savoir les amadouer, les caresser, leur parler, et surtout connaître la montagne, par le détail, par le montjoie, comme ils disent.

Frédérik attend patiemment que son voisin revienne. À la vérité, il n'a pas compris ce qu'il est allé faire dans le parc. Manière de fuite, pense-t-il. Aurait-il peur de Richard Combelle, craindrait-il quelques perfides représailles ? À la réflexion, Charme n'est pas convaincu par cette sorte de crainte. Que pourrait un Combelle contre un petit propriétaire de Rougerol ? Un tel acharnement, s'il devait s'engager, ne ferait que le desservir chez ses amis du Fonds forestier et du Parc, et ruiner l'autorité morale dont il jouit.

— Je vais aller lui proposer un rendez-vous ! s'écrie Charme. Tu en seras, oui ou non ?

Il répète sa question, un ton au-dessus, pour que sa voix porte dans le remue-ménage et le bêlement des animaux.

Silveyre traverse le cantador, puis se dirige vers la bergerie. Les chiens font la fête en dansant autour de lui, Noiro surtout, friand de caresses.

— Tu as entendu ? insiste Charme.

— Casse-couilles ! fulmine Patcha. Aussi casse-couilles que Robertin.

— Qui est Robertin ?

— Mon véto de Florac. Quand il veut m'imposer une de ses potions pour les bêtes, ça le démange jusqu'à ce que je cède.

— Si j'ai bien compris, tu acceptes ? Je ne voudrais pas engager des pourparlers inutiles. De quoi aurais-je l'air ?

— Je mettrai mon costume et une cravate. Et un chapeau, conclut Patcha.

Frédérik Charme, retranché dans sa maison, passe alors deux jours sans rien faire, sinon ranger des papiers, jeter des notes inutiles ou périmées, et lire deux ou trois courts récits de Marguerite Duras.

Cependant une pensée l'obsède. Sans doute est-ce la raison pour laquelle il se sent dans l'incapacité d'entreprendre un projet quelconque. Fallait-il la faire, cette proposition ? Au risque de se rendre ridicule si Patcha refuse le rendez-vous au dernier moment. Voilà ce qu'il craint, en vérité, le journaliste, le ridicule, le camouflet, l'humiliation. Pour une curieuse raison, il attache tout de même de l'importance à un Combelle, face auquel il n'aimerait point démériter. Son rôle dans cette affaire tient à un fil, qu'une des deux parties le récuse ou le méprise et tout est perdu. Il n'y aura plus alors rien à tenter, sinon quitter l'île une bonne fois pour toutes.

À la vérité, Charme n'avouera jamais que cette partie de poker le fait vibrer autant que le ferait la naissance d'un amour. Pourtant, voici un enjeu médiocre et de peu d'importance. Qu'aura-t-il à perdre si l'affaire tourne au fiasco ? L'estime de soi. Et les interminables questions d'Adèle à son retour à Toulouse… « Tout ça pour rien. Tant d'engagement personnel pour des nèfles ! Tu t'es noyé dans un verre d'eau, mon pauvre Fred. Faut-il que ton existence soit pauvre et désœuvrée pour ne t'intéresser qu'à la petite guerre d'un Patcha et d'un Richard Combelle ! » Il lui semble l'entendre d'ici, avec ses menus ricanements et ses regards dédaigneux. Un amour survivrait-il à un tel désastre ?

Ainsi perdu dans ses réflexions, le journaliste broie du noir, navigue comme un somnambule dans un labyrinthe. La solitude et les vastes espaces qui l'encerclent ajoutent à son désarroi. Peut-être verrait-il le monde différemment assis à la terrasse d'un café de la place Saint-Pierre, au numéro 14, précisément, un bar si élégamment nommé *La Culotte des Filles*. Il y aurait du remue-ménage alentour : de jeunes fêtards, éternels fêtards, au verbe haut et chantant « Se canta » la pinte de bière à la main. Histoire de se donner une contenance, il tapoterait sur son clavier d'ordinateur des phrases convenues, qu'il lui faudrait ensuite ajuster pour un semblant d'authenticité, tant la langue abusée par un trop-plein d'enthousiasme se ment à elle-même.

Et faisant les cent pas dans sa turne, la porte ouverte sur la nature et l'espace bourdonnant d'insectes, il est comme l'escargot au seuil de sa coquille, indécis et frileux, dévoré par ses doutes, alors qu'il avait espéré de la solitude même une sorte de réparation. Ce qu'on ne trouve pas au-dedans, on ne le conquiert pas au-dehors, pense-t-il en allumant une cigarette. La dernière, c'est promis, se dit-il en se raclant la gorge. Et après, je monte à Recuzas. Il me faut obtenir que cette porte-là, hostile et étrangère, s'ouvre enfin.

Il y a un ronflement du côté de Peyre-Grosse, insistant et irrégulier comme s'il souffrait d'essoufflement. Mais il s'entête dans son nuage de poussière rouge. Sous le soleil, la piste est rouge brique aussi, devant et derrière, alors que l'espace alentour est d'un vert tendre avec quelques plaques jaune et mauve là où l'humus est rare. Frédérik est aux aguets. Il ne sait pas encore si cette visite est pour lui ou pour la bergerie Silveyre ou pour l'une des maisons abandonnées de Rougerol. Il s'interroge, la main en pare-soleil sur le front. La violence de la lumière brouille l'image. C'est un vertige de plus lorsqu'on veut fixer son attention, alors il désarme, il baisse la tête. À quoi bon chercher à savoir puisqu'il n'attend personne. Mais les voitures sont rares en cette saison de printemps sur le Méjean.

Cette fois, il distingue nettement une Land Rover verte. Elle vient buter à la croix de Peyrière, hésite à prendre une direction et enfin se décide après une courte manœuvre. Elle remonte le chemin et s'arrête à cinquante mètres.

— Regardez comme la campagne est chatoyante. On dirait que toutes les fleurs se sont donné le mot pour éclore ensemble.

Miss Walden sous un chapeau de paille vient à grands pas dans sa direction. Charme se tient immobile sur le pas de sa porte, le souffle coupé par l'émotion.

— Des adonis jaunes, des anémones pulsatilles mauves, des hépatiques à fleurs bleues, et partout des coquelicots et des bleuets…

Enfin, en face de lui, Esther se dandine sur ses bottines de cuir en chevreau. Elle porte un corsage parme échancré, avec des auréoles de sueur sous les bras. Elle a couru la campagne, pense-t-il, pour aller fouler quelques champs de fleurs.

— Décidément, vous faites une drôle de tête, Charme. Quoi ? Vous n'êtes pas content de me voir ? Un sourire, s'il vous plaît ? Ne faites pas mentir votre patronyme. Pour une fois…

Il lui tend une main molle qu'elle ne saisit pas, au passage, comme si sa visite à Rougerol méritait mieux que cette piètre réaction.

— Je vais repartir. Dommage.

Mais elle hésite devant lui, par un long silence. Le soleil traverse les mailles du chapeau et incruste sur son visage de petits éclats de lumière, comme des taches de rousseur.

— Pourquoi venez-vous me voir ? demande-t-il.

— Drôle de question. Devrais-je m'en vexer ?

— Après ce que vous m'avez dit…

Miss Walden éclate de rire.

— Je le savais que vous en prendriez ombrage. Les hommes sont tous les mêmes. Susceptibles et ombrageux.

— Et vous ?

— Les filles ont l'habitude. Elles ne s'irritent pas pour si peu.

Elle observe son visage grisé par une barbe de trois jours. Le reste n'est pas non plus à son avantage, une chemise bistre tachée, un pantalon kaki en accordéon sur des pataugas.

— Vous ne me demandez pas des nouvelles de mon cheval ?

Un sourire enfin sur ce visage d'homme. Ce serait une des armes secrètes de miss Walden, la boutade facile.

— Je… ne veux pas que vous repartiez, dit-il d'une voix hésitante.

— Vous écriviez un article, peut-être ? Je ne voudrais pas stopper votre élan.

Esther Walden préfère toujours prendre les devants, comme si le silence entre les phrases lui était devenu définitivement hostile dans l'existence.

— Non. Je ne fais rien, comme d'habitude.

— Qu'est-ce que ça veut dire ? Vous donnez l'impression d'être toujours affairé…

Charme l'invite enfin à lui faire découvrir ses fichiers photo. Assise devant l'écran d'ordinateur, elle fait montre d'une patience d'ange, car en vérité elle s'en fiche un peu des ophrys d'Aymonin, des orchis brûlé, sureau, des adonis de printemps ou des saponaires… Trop c'est trop. En vérité, elle se demande à quoi serviront ces clichés qui défilent, un à un, puisque par les temps qui courent n'importe quel béotien nanti d'un appareil photo numérique, même plutôt bas de gamme, peut obtenir ces brillants résultats sans autre difficulté que de s'en rapporter aux réglages automatiques.

Le journaliste est penché sur elle, au point de la frôler lorsqu'il s'active à manœuvrer la souris pour faire défiler ses photos. Elle n'ose le moindre mouvement. Ce serait scabreux qu'il profite de la situation, bien qu'elle ne sache pas au juste pourquoi elle est revenue à Rougerol. Mais une tentative, même infime, pense-t-elle confusément, précipiterait ma fuite. Je suis une sauvage, se dit-elle, alors que tout en moi tendrait à démontrer le contraire. Voici donc ce qui complique en général mes relations avec les hommes... Soudain, elle se dégage en le bousculant un peu, au moment où elle sent le souffle chaud de sa respiration sur sa nuque.

Frédérik est surpris par sa vivacité. Mais au fond la réaction ne fait que confirmer ce qu'il soupçonne déjà chez miss Walden, d'être une allumeuse. Intéressée par les hommes, certes, mais sans y risquer un pouce de liberté.

— Vous avez cru que... bredouille-t-il.

Esther se met à rougir. Et ce trouble excite l'intérêt du journaliste.

— Pardon, dit-il.

— Pourquoi ? Vous n'avez rien à vous faire pardonner.

Il l'observe le regard en dessous, un soupçon fuyant, comme s'il ne pouvait se contenter de sa réflexion. L'hypocrisie féminine est incommensurable, pense-t-il.

— Je ne vous plais pas.

Elle fait quelques pas le long du bureau sur un parquet craquant. Ça donne une musique sinistre.

— Je ne savais pas que vous vous vexeriez pour si peu de chose, confesse-t-elle de nouveau. On peut tout de même parler à un homme comme vous sans provoquer une réaction en chaîne. C'est tellement banal, trop banal, vous ne trouvez pas ?

Le regard d'Esther s'est posé sur le lit qui occupe le fond de la pièce, un lit défait, les couvertures en vrac. Un chenil, pense-t-elle. De quoi décourager la plus entreprenante des filles.

— Pourquoi êtes-vous revenue me voir ?

Elle baisse la tête. C'est la seule explication qu'elle ne peut donner sans se mettre en danger.

— Je ne connais personne ici.

Il lui tend une cigarette. Elle refuse. Il insiste. Elle accepte enfin. Ces tabacs blonds lui donnent la migraine. Mais elle la laissera se consumer au bout des doigts, à peine deux bouffées pour lui faire plaisir, juste crapotées.

— Vous vous ennuyez, miss ?

Elle esquisse un sourire et sort aussitôt de la maison. Au-dehors le soleil est déjà chaud pour la saison, surtout à mille mètres d'altitude. L'air bourdonne d'insectes et les odeurs des fleurs se déchaînent. La pelouse a commencé à fleurir partout, comme toujours sur le Méjean. Au premier signal du printemps, avec un brin d'air sec et de vent du sud, la floraison explose, jaune, rose, mauve et rouge. Des pans entiers de colline s'aquarellent sauvagement.

— J'avais envie de marcher avec vous. Marcher d'un pas égal, partager quelques émotions simples, pour nous gens de la ville, n'est-ce pas, sans nous prendre la tête. À vrai dire, j'en ai assez de mes relevés topographiques. Mesurer, rapporter à l'échelle, gommer, reprendre… C'est aussi fastidieux que de chercher des orchis sauvages, même rares.

Charme resserre les lacets de ses pataugas, enfile une chemise propre. Esther se retourne avec pruderie.

— Nous allons aux Aiguillets, dit-il. Peut-être aimeriez-vous connaître les femmes qui vivent là-bas ?

Esther fait la moue mais finit par accepter. Charme a maintenant l'habitude des réactions de miss Walden, un pas en avant, deux pas en arrière, comme le fameux soir où elle s'est résignée enfin à le prendre sur son cheval.

11

Mara Salicorne

Et Adèle, me suis-je dit, que va-t-elle devenir ? Frédérik Charme aura-t-il le courage de lui annoncer la nouvelle ? Et quelle nouvelle ! Ce pourrait être joliment libellé de la sorte : « Sur l'île Méjean, j'étais assuré, ma pauvre, de n'y rencontrer personne, mis à part des bergers, quelques foldingues comme cette Mara Salicorne, et des moutons bien sûr, et encore des moutons à n'en plus finir. En un mot, rien qui puisse nous égarer tous les deux, contrarier notre amour. Il ne nous fallait juste qu'un peu de raison, et ne point douter une seconde de notre passion. Mais voilà, ma pauvre Adèle, c'était sans compter sur cette archéologue. Il aura fallu qu'elle se trouve là, en lieu et place où on ne l'attendait pas, pour que tout soit foutu par terre... Notre belle histoire, nos si généreuses promesses. Enfin, tant pis. Il nous restera les nuages. Tu aimes toujours les nuages, Adèle, les nuages dont parle Baudelaire... »

Au fond j'extrapole un brin. Il se peut après tout que cette archéologue qui arpente le causse à la recherche de dolmens et de menhirs ne soit rien pour le journaliste. Une camarade croisée par hasard. Une amie, sans plus. Une bonne compagnie pour passer le temps. Sans histoire. Attention, sans romance, comme on disait dans ma jeunesse. Mais au Quartier latin, au temps des utopies et des illusions lyriques, on faisait l'amour sans amour, comme on se serre la main, on baisait par réflexe. Cela dit, on a beaucoup exagéré sur la question. Car il y a eu aussi des passions platoniques. Mais l'histoire est sélective, comme chacun sait, on ne retiendra que le foutre qui coulait à flots.

Chère Adèle, même si je ne vous connais pas, je voudrais tellement que cette archéologue ne soit rien pour Frédérik et qu'il vous revienne aussi amoureux qu'à son départ.

Mais bon Dieu, voici une nana qui a du chien, de la classe, et de la beauté à revendre, comme ces starlettes sur papier glacé, et je doute fort que Charme lui résiste longtemps, si elle a décidé d'en faire son quatre-heures.

Au-delà des apparences, il me faut bien admettre que nous avons là, en chair et en os, un sacré cas de chipie, fort prétentieuse. Le fond de l'âme de cette Esther Walden est assurément caché par l'enveloppe. Cependant, il ne suffirait pas d'en gratter le vernis pour trouver la vérité, les couches successives de ce même vernis en masqueraient les profondeurs.

Pourtant, je nourris quelque doute sur les intentions du journaliste. Il n'est pas venu me la présenter aux Aiguillets sans raison. Voici un garçon que je finis par connaître sur le bout des doigts, avec sa manière embarrassée de poser les questions ; assurément Charme a une idée derrière la tête. Au-delà d'une fierté propre aux mâles, consistant à montrer leur conquête comme un trophée de bataille, Frédérik a tellement besoin de recouvrer quelque reconnaissance parmi nous tous. Jusqu'alors, ce n'est point dans l'écriture de maigres articles et un projet de livre dont personne ne sait encore rien sur sa gestation, qu'il aurait pu gagner notre admiration. Peu à peu, en vérité, son image dépérissait en nous, et nous nous préparions à l'inéluctable : le voir disparaître un matin sans crier gare. (C'est une certitude masculine : les hommes désertent en catimini, lâchement, et jamais, au grand jamais, avec tambours et trompettes...)

Ici, chez moi, aux Aiguillets, on a le sens de l'hospitalité. Personne ne pourra jamais se targuer d'avoir frappé à ma porte en vain. Cette générosité fait partie de mon style de vie. Après les histoires de 68, on s'est mis au vert. Et forcément, on a créé des communautés dans les villages abandonnés de la Drôme et de la Lozère. L'article premier régissant ces essaims laïques portait précisément sur l'accueil sans exclusive et à charge pour les membres de coopérer au bien-être du groupe. Ainsi avions-nous cru, et tant espéré, qu'une société nouvelle était en train de prendre forme sur les décombres du vieux monde bourgeois. Quelle rigolade ! Mais ceci est une autre histoire...

Ainsi présenté-je Esther Walden à mes sœurs d'âme. Comme d'habitude, Laurène fait la gueule. Voici une compagne qui a si peu confiance en elle qu'elle imagine que toute intrusion vient lui porter ombrage. Quant à Diane, elle se prosterne devant elle comme devant une reine, impressionnée par sa beauté. Il ne suffit pas de lire *Le Deuxième Sexe* pour échapper à son destin.

— L'archéologie, voilà ce que j'aurais aimé faire, moi, si je n'avais pas eu un père saccageur et une mère obéissante ! s'écrie-t-elle.

— Mademoiselle, relève Esther Walden, il n'est jamais trop tard. Pour sortir de l'enfance on doit tuer symboliquement ses parents, ensuite conquérir sa propre parole, sans laquelle on ne peut rien entreprendre. Et souvent, du reste, ajoute-t-elle, cette conquête solitaire est bien plus douloureuse que de rester à la première étape dans le cocon ou dans la nostalgie du cocon. Il n'est alors pour toute parole que la déploration contre l'ordre familial.

— C'est ainsi, dis-je, que les filles épousent des hommes qui ressemblent à leurs pères et les garçons des femmes qui ressemblent à leurs mères.

Mademoiselle Walden a détourné son regard d'un bleu limpide vers le jardin, comme si elle voulait prendre congé de nous. Un silence alors. Et Frédérik Charme se retrouve soudain dans une étrange solitude. Il a amorcé une phrase, mais celle-ci s'est aussi vite éteinte dans sa gorge.

— Et Adèle, dis-je, est-elle à l'image de ta mère, mon cher Frédérik ?

— Je n'ai pas réfléchi à la question, rétorque-t-il d'un ton vif.

Mademoiselle Walden est revenue parmi nous, comme par un mouvement ralenti du visage. Elle a souri à Charme en hochant la tête.

— Je ne sais pas si on peut rapporter cette théorie à toutes les histoires de couples. Ainsi résumé, l'ordre des relations humaines tendrait à se compliquer. Savoir en somme ce que l'on attend d'un compagnon ou d'une compagne ? C'est un investissement spirituel qui trouve peu d'écho parfois chez l'autre.

Je me suis mise à rire, mais à rire sans m'arrêter, sans pouvoir contrarier cet épanchement nerveux qui jaillissait de moi. Laurène et Diane ont paru désemparées de me voir ainsi, à découvert, dans le marigot, prête à me faire déchiqueter par l'ogresse. Cette beauté, me suis-je dit, c'est Hécate. Elle va nous dévorer ce pauvre Charme, avant même qu'il ait eu le temps de s'interroger sur son complexe d'Œdipe.

— Qui est Adèle ? demande mademoiselle Walden.

On s'observe tour à tour. Car on attend une réponse de ma bouche, forcément, puisque c'est moi qui ai lancé l'affaire, fort méchamment je le confesse, mais chaque fois qu'il m'est donné l'occasion de ferrailler contre l'hypocrisie des hommes je ne puis résister. Charme, qui se sent piégé mais qui n'a pas envie de raconter cette partie-là de son existence à Esther Walden, sans doute parce qu'il nourrit des espérances secrètes à son endroit, fait la mauvaise tête en tripotant son appareil photo.

— Adèle ? Mais nous ne l'avons jamais vue, dit Diane. On en a juste entendu parler.

— Comme l'Arlésienne, ajoute Laurène.

— Oui, Frédérik, s'écrie Diane, nous la présenterez-vous un jour ? Ah, je comprends, vous voulez la garder pour vous, égoïstement.

Charme veut en finir avec cette comédie. Je flaire son impatience. Même si la vérité va lui poser quelques problèmes avec Esther Walden, il ne peut plus reculer.

— Adèle, c'est ma compagne, avoue-t-il.

— La légitime, dis-je. Car c'est bien connu, les hommes ont une fille dans chaque port. Et en général, ils ont l'art de cacher leur jeu. Comment leur en vouloir ? C'est dans la nature de l'homme de collectionner les aventures. Mais comme ils sont lâches, très lâches même, dirais-je, ils n'osent jamais rompre. La crainte des pleurs, des cris, des embrouilles en tout genre... Si bien que ça n'en finit jamais, les doubles, les triples et les quadruples vies...

À ce moment de notre conversation, plutôt futile en vérité, l'archéologue se tient sur sa réserve, le regard dans le vague. Je ne vois sur son visage aucune trace d'émotion, ni dans le geste non plus. Pourtant, je ne quitte pas des yeux ses mains. Les mains, c'est important. Elles demeurent immobiles, sans réaction. Quel fort caractère, me dis-je.

Ou alors, je me suis trompée, radicalement. Mademoiselle Walden n'a aucune visée sur Frédérik Charme. Et l'existence de cette Adèle ne lui fait ni chaud ni froid.

Enfin, Diane se décide à servir le thé à la bergamote. Elle y met beaucoup d'afféterie dans le geste et dans la manière de se mouvoir. Il y a chez elle une sorte d'aisance féline que sa gracilité accentue. Je songe à ces fouines ou à ces martres qui se faufilent aisément dans tous les recoins d'une maison, lorsqu'elles ont décidé d'en occuper les combles. Diane est de cette race, elle occupe ma maison, mais sans y prendre trop de place, avec discrétion, le plus souvent craintive devant mes réactions de bouledogue.

Esther Walden, qui apprécie fort notre thé, et qui aurait perdu l'habitude, confie-t-elle, de le boire dans de la belle porcelaine, trouve bizarre que nous vivions, Laurène, Diane et moi, dans cette maison au plus inconfortable du causse, avec le froid, les vents, les pluies et les neiges, sans y éprouver une certaine nostalgie de la vie citadine. J'ai déjà répondu cent fois à ce genre de réflexion. Il n'est pas nécessaire d'être berger ou éleveur de moutons pour vivre sur le Méjean. La solitude possède ses charmes et le culte des déesses tient lieu de religion ou de supplément d'âme, comme on voudra.

— Des déesses ? interroge mademoiselle Walden. Je ne comprends pas.

— Les druidesses qui ont officié sur cette terre désolée, proche du ciel.

— Jusque dans les années 80, ajoute Charme, il y avait plus d'ethnologues que d'archéologues sur l'île, n'est-ce pas ?

— Oui, dis-je, on venait enregistrer les légendes et les histoires pastorales des derniers bergers.

— Maintenant, il faut faire parler les pierres, sacrées ou non, dit Charme.

— Les strates fouillées sont comme les pages d'un livre qui contiendrait notre passé, dit Esther Walden. À l'âge du fer, ici, on a créé des sanctuaires pour honorer les divinités. Beaucoup ont été fouillés mais d'autres restent à découvrir. Je ne fais que recenser la nature de ces sites.

Laurène s'ennuie et bâille. Elle s'est même abandonnée contre moi, ce qui n'est pas de nature à m'embarrasser, car je ne cache rien de ma vie et mademoiselle Walden est trop intelligente pour s'en offusquer, bien qu'elle appartienne selon ses dires à un milieu fort traditionaliste, aux préceptes religieux étriqués.

Puis notre visiteuse a voulu se dégourdir les jambes. Diane s'est proposée pour l'accompagner et lui montrer un four à pain banal, quelques croix retaillées dans d'antiques menhirs. Cette pauvre enfant s'est imaginé que notre archéologue ne connaissait pas tout ça sur le bout des doigts. Celle-ci a feint quelque intérêt, comme tous ces gens savants qui se font un point d'honneur de ne jamais exhiber leur savoir.

Charme est resté auprès de moi, car il ne se sent guère à l'aise depuis que le prénom d'Adèle a été prononcé. Il croit naïvement, ce jeune homme, qu'Esther Walden lui en veut de cette cachotterie et que leurs relations futures en seront affectées. J'en ficherai mon billet qu'il n'en sera rien. Si aventure il doit y avoir entre ces deux-là, elle se fera malgré Adèle.

Ces petites pensées ordinaires m'occupent prodigieusement, me distraient et me rendent, pour tout dire, d'assez bonne humeur. L'analyse des gens, quels qu'ils soient, est toujours instructive. Elle nous renseigne sur l'état d'évolution des mœurs de la société. Ainsi, de nos jours, les égoïsmes et les intolérances prennent le dessus sur la raison collective. Chacun se croit autorisé à juger son prochain, à distiller sa vérité et en défendre le bien-fondé, même si elle n'est que pure stupidité. Sans complexe, et plutôt même avec du clairon dans le ton, toute cette crasse imbécile prolifère en excroissances tuméfiées sur les réseaux sociaux d'Internet. Il semble que tous ces adeptes n'ont d'autre occupation dans la vie que déverser leur bile sur la Toile, vomir leur misérable détestation, comme le faisaient les délateurs durant l'Occupation, croyant ainsi servir leur pays alors qu'ils l'enfonçaient dans l'horreur, la haine et le mépris. Heureusement, me dis-je souvent, ces onanistes de la pensée triste n'ont d'autres lecteurs que leurs propres doubles. Ils ne contaminent que leurs semblables.

Sur ce point, du moins, Frédérik et moi partageons les mêmes vues. Si bien que chaque fois qu'il ouvre son ordinateur devant moi, il éprouve une sorte de honte, il se culpabilise. « Ce n'est rien d'autre qu'une machine à calculer, se défend-il, un outil maniable pour écrire, mais inutile pour penser, philosopher, ou rêver… Bien au contraire. » Et ce jour-là, autant qu'il me souvienne, je lui ai répondu : « Tandis que d'autres, Frédérik, l'ont déifié, ce fameux ordinateur. C'est l'oracle de Delphes en personne, de Cumes, de Claros, de Didymes, de Milet et que sais-je encore. Nous finirons par admirer et craindre l'intelligence artificielle comme les Grecs redoutaient la Pythie. Voici nos futures religions, le pouvoir oraculaire du disque dur. »

Le regard à la fenêtre, Charme surveille la promenade des deux filles. Diane est tout excitée de montrer son décor. Longue station devant le minuscule cimetière avec son église posée au centre couvant ses morts, comme une vieille poule grise. Ce parfum d'éternité et d'immobilité qui se dégage de cette terre abandonnée de tout le monde est saisissant de mélancolie. Je l'ai, une fois ou deux, aquarellé, ce décor, en saison d'hiver et saison d'été. Je n'ai pu y faire triompher la lumière. Charme éprouve les mêmes difficultés avec son appareil photographique. S'il n'y avait les bancs de couleurs vives des floraisons sur les flancs des collines, tout ne serait que gris et ocre. Est-ce l'écrin idéal pour que se fortifie l'âme des vivants ? me suis-je demandé au début de mon installation aux Aiguillets. Un temps, j'ai craint que cette mélancolie du paysage ne me pousse vers la mort, comme un endormissement, ainsi qu'une Brunehilde statufiée dans le sommeil. Personne alors ne viendra me réveiller, me disais-je. J'ai tout quitté du monde de ma jeunesse, laissant derrière moi les illusions comme des lettres mortes, tout abandonné à la glaciation d'un temps qui ne m'inspire rien. Alors que le cordon est coupé, le fil rompu, les dieux celtes peuvent entourer ce lieu d'un feu ardent.

— Ce n'est pas et ce ne sera pas une femme pour toi, Frédérik.

Il revient s'asseoir tout près de Laurène toujours endormie. Il lui prend la main. Ça le rassure, de caresser cette main de femme, bien qu'elle lui soit étrangère et hermétique. C'est une peau au grain d'amour, douce et vivante. Il pose ses lèvres sur celle-ci. Étrange geste. J'ai pour lui un regard qui supplie. Même celle-là, tu ne saurais l'aimer, me dis-je. Il n'y a aucune femme pour toi sur le Méjean. Tu devras revenir dans la ville pour reconquérir ta place de mâle triomphant.

— Qu'en sais-tu ? Adèle s'éloigne de moi, et ses lettres sont froides comme la lucidité. Elle me parle de choses énigmatiques sur son existence. Je ne me sens pas concerné. C'est donc que quelque chose s'est brisé entre nous. Mais quoi ? Me le dirais-tu ? Tu as l'expérience des échecs amoureux, bien plus que moi, qui n'ai connu que deux ou trois femmes dans ma vie. Toutes m'ont quitté. Suis-je une sorte d'homme incompatible avec les femmes d'aujourd'hui, si libres et indépendantes ?

— Tu n'as rien pour plaire, Charme.

J'éclate de rire devant sa mine déconfite. Et pour donner la bonne mesure, j'ajoute quelques autres vacheries qui me ravissent tellement. Pour une fois que je tiens un homme blessé, alors j'en profite. Sans rigueur.

— Tu as un visage ordinaire de petit employé de presse. Tu n'as pas de style, au sens propre et au sens figuré. Par exemple, je n'ai jamais lu de toi un article intéressant. En tout cas, jamais captivant. On sait à l'avance où tu veux en venir. Tu dois être pareil dans la vie d'une femme, sans surprise ni relief. Alors, l'ennui. Forcément, l'ennui. Ton Adèle a fini par rencontrer l'ennui, bien plus vite qu'elle ne l'aurait cru.

— Ça fait trois ans que nous vivons ensemble, dit-il.

— L'ennui au bout de trois ans de vie commune, c'est un record. Tu as ce don-là, Charme, de révéler l'ennui dans le cœur de tes amoureuses.

Il va chercher un peu d'alcool dans mon placard. Il se sert un petit verre de Chartreuse verte. D'un coup de menton, il me demande si je veux partager ce plaisir avec lui. Non, lui dis-je. En général je bois après l'amour, lorsque j'ai atteint mon nirvana avec Fiona. Mais ma Fiona est partie. Et je n'ai plus ce goût-là ni cette espérance de partager quoi que ce soit avec mes voisines. Il me faudrait m'engager dans une sorte d'éducation sentimentale... Tâche effrayante s'il en est, avec l'impression de recommencer éternellement le même apprentissage. Alors, je végète dans mon jus et dans mes aigreurs, comme une vieille pie.

— Demain, notre héros va conduire son troupeau à Recuzas, dit-il. Le sport va reprendre. Le pot de terre contre le pot de fer.

— Crois-tu que tu parviendras à passionner mademoiselle Walden avec cette guerre punique entre les archaïques écolos et les modernes profiteurs ?

— Je n'ai jamais voulu l'enrôler, se défend-il.

— Tu veux la préserver, celle-là ?

— Miss Walden, en vérité, n'est pas intéressée par cette question.

— C'est que vous en avez parlé, alors ?

Charme reste silencieux à déguster ma Chartreuse. S'il n'était pas ficelé par ses principes, il pourrait être un jouisseur, pensé-je. Peut-être qu'une Esther Walden saurait lui insuffler cette force, le délivrer de son carcan moral. Mais de toute évidence, il ne lui en laissera pas le temps. Les hommes sont pressés, enfin superficiels, c'est leur défaut principal, pressés parce que superficiels, dirais-je.

— Elle ne connaît ni Combelle ni Patcha, dis-je.

— Cette histoire est connue, désormais, partout sur l'île. Et même chez les administrateurs du Parc. On s'en inquiète. On y voit le signe d'un échec des grands principes posés lors de l'élaboration du Parc national des Cévennes. Chacun devait y trouver sa place, vivre en harmonie dans le respect de tous. Une belle idée de politiciens. Mais la vie se charge de brouiller les cartes, n'est-ce pas ? Voilà ce que je voudrais montrer dans mes articles. Mais pour ce faire, il me faut un élément déclencheur. Patcha est l'homme de la situation.

— J'ai compris tout ça, dis-je. Du temps du Larzac, nous avons eu de la chance avec Pompidou et son ministre Michel Debré, Debré surtout, celui que l'on aimait dans les manifs affubler d'un entonnoir sur la tête. Il aura suffi d'agiter le chiffon rouge et tout est parti comme une traînée de poudre. Les CRS, les gardes mobiles, un peu de lacrymos, et tous ces attardés folkloriques ont retrouvé l'atmosphère de la rue Gay-Lussac.

Notre petite Laurène s'étire comme un chat et consulte le cadran de sa montre pour constater avec délectation qu'elle a dormi une bonne heure. Le jour sera bientôt fini, lorsque l'horizon sur Serre de Capel s'embrasera d'un coup, comme un incendie sur ces hauteurs boisées. Nous sortons, Charme et moi, prendre l'air. Les ombres des maisons basses des Aiguillets s'étirent sur la verte prairie. C'est un moment de tristesse pour moi, j'écrase ma petite larme en sourdine. Charme a la délicatesse de regarder ailleurs. Les filles sont à bonne distance du vieux moulin en ruine. Il ne leur faudra guère plus d'un quart d'heure de marche pour rejoindre la maison.

— Non, confie Charme, je ne l'enrôlerai pas à ma cause.

— Qu'en pense-t-elle, de cette cause ? questionné-je.

— Miss Walden prétend qu'à l'époque ancienne le Méjean était boisé. Et pour preuve, on a trouvé des traces de chênes pubescents et de hêtres dans les tombes des premières tribus de l'âge de fer qui ont investi ce territoire. Quant au pin sylvestre, il aurait colonisé le Méjean fort tardivement. Notre archéologue soutient que la partie dénudée du causse serait l'œuvre de l'intervention humaine... Et miss Walden a ajouté : « D'où nous vient cette exigence de fabriquer des sanctuaires où le monde moderne n'a pas son ticket d'entrée ? Conserver une terre vierge de toutes agressions, envers et contre tout, c'est contraire à la loi de l'évolution. On ne peut pas mettre un territoire sous cloche. » Voilà qui est clair, n'est-ce pas ?

— Tu es déçu ?

— Non. Ça ne change rien, dit Charme.

12

LES FRÈRES JAMOIS sont arrivés les premiers à la bergerie pour trouver portes closes. Ça ne les a pas étonnés outre mesure. Alors ils sont allés s'asseoir sur le mur, tournés vers la levée du jour avec ses traînées sanglantes sur les collines de Saint-Pierre-des-Tripiers.

— L'aura fêté ça ? Toute la nuit peut-être ? dit François.

— Crois-tu ? demande Marco.

L'aîné des Jamois n'aime pas qu'on médise du patron, surtout son frère, un incapable à ses yeux. Du reste, pense-t-il, il n'y a que les ignorants pour critiquer tout ce qui se présente.

Les chiens sont venus se coucher à leurs pieds. Noiro bouffe de l'herbe pour se purger. Ça amuse François.

— Le maître boit et le chien est malade.

— T'vas la fermer, ta grande gueule ? proteste Marco.

Il lui flanque une bonne claque dans le dos.

— Et ça te fait rire ?

Ils se regardent d'un œil noir. On pourrait craindre à les voir ainsi, face à face, que tout ça finisse en pugilat. Mais non, François baisse la tête. Il n'a jamais pu soutenir le regard de son aîné, il n'a jamais pu prendre le dessus sur lui, pour la bonne raison que sans son frère il ne pourrait pas se débrouiller seul dans l'existence. Une fois, durant l'hiver 84, une fille de Meyrueis, une brave fille au demeurant, a voulu l'embarquer vers la ville, mais il n'a pu se résigner à partir, sachant qu'il ne saurait pas la nourrir, ni elle ni lui, en fait.

— Où est l'mal ? Que d'dire « une montée aux alpages, ça se fête » ?

— On ne va pas aux alpages. C'est fini le temps des transhumances. De Vibrac à Villaret-de-Hures ou d'Aumelas au Larzac… Tu as connu comme moi. Fini, mon pauvre François. Tu sais bien que maintenant les troupeaux se gardent tout seuls, avec une petite clôture électrique. Même que c'est la batterie la plus lourde à porter. Ça déchire le fond des sacs, c't'saloperie.

François rigole avec son air niais. Puis il s'astique les yeux avec tant d'énervement que son frère est obligé de se fâcher pour qu'il arrête.

— C'est l'allergie, fait-il. Rien du tout. Plus tu l'feras et plus ça grattera, nom de Dieu.

Noiro va gratter à la porte. Il a entendu du bruit dans la maison, le maître qui se lève. Les frères Jamois se taisent. Il y a tout juste un peu de vent sur la prairie. Ça donne de belles couleurs ondulantes, rousses et blanches maintenant que l'herbe à plumet a gagné le désert. Mais le ciel est courageux, pense Marco. Il résiste aux nuages. Ça bourgeonne encore de-ci de-là, sans s'accrocher.

— P't-êt' qu'on prendra un peu de jus avant de partir, s'inquiète François.

— Dans une heure, mon gars, le troupeau sera à Recuzas. C'est là qu'on veut le faire paître. À Recuzas. Et nulle part ailleurs.

— Ça serait bien mieux vers Gressette.

— Oh là là, c'est loin c't'affaire-là, proteste Marco.

— À cause du loup ?

— Quel loup ?

— Paraît qu'on a vu des loups dans ce secteur ?

— J'y crois pas, dit Marco. C'est Hélian, de Nivoliers, qui raconte ça pour faire son intéressant.

Il paraît réfléchir, la pointe du bâton caressant l'œil d'une carline. Ça l'a toujours fasciné, ces chardons du causse, comme si la fleur immortelle se pouvait refermer brutalement au contact d'un objet, comme les anémones de mer ou les gobemouches tropicaux.

— Il y a de bonnes pâtures là-bas, c'est vrai.

— À Gressette ?

— Évidemment. De vaines pâtures où on peut laisser le troupeau courir sur la lande, sans horizon, sans rien, du matin au soir.

Le feu sur l'horizon s'éclaircit peu à peu, le rose et le mauve et même un peu de violet. C'est une palette de couleurs provisoires. Car la montée du jour s'amuse avec ces flamboiements, pour dire que la terre ici est infinie par-delà les gorges qui protègent ces plateaux engrossés de nature sauvage.

— Je voudrais reposer nulle part ailleurs, dit Marco. Là-bas à Hures, tout près de l'église minuscule...

— Comment, reposer ? interroge François.

Avec la main, doigts en éventail, il caresse le vent qui passe.

— Si Dieu doit venir quelque part après la fin du monde, ce sera ici. Il choisira ceux qui méritent de…

— Je comprends pas, dit François.

C'est une idée personnelle qui vient le hanter assez souvent à la montée du jour. Il se parle à lui-même. Comme toutes les pensées intimes, ça peut sans doute être prononcé à haute voix, mais seulement devant un ignorant.

— Tu n'as aucune religion, mon pauvre François. Pourtant nous avons été servir la messe ensemble, jadis à Hures, mais tu n'as rien écouté, comme d'habitude. M'est avis que Dieu lui-même ne t'en voudra pas. Une place est réservée aussi pour les simples. Rassure-toi donc.

Le cadet des Jamois écoute ces paroles sans en saisir le sens. Il a hâte de partir maintenant, à l'avant du troupeau, marchant à côté du parrot, le meneur, et suivre la cadence, éviter que ça se bouscule sur la draille.

Enfin, Patcha, rasé de frais, le chapeau de paille sur la tête et la chemise en coton bâillant sur la poitrine, s'étire au milieu de ses chiens qui jappent leur aise.

— François voudrait prendre un peu de café, demande Marco.

Surprenant, tout de même, remarque Patcha, les différences physionomiques de ces deux frères, autant l'un est râblé et noiraud comme un Castillan, autant l'autre est pâle avec le cheveu blondinet. Soudain, il s'en veut d'avoir passé tout ce temps avec les Jamois sans l'avoir remarqué. C'est dire le peu de cas qu'on fait des journaliers, se dit-il. Certes, je ne les aime guère, ces types, rustres et arriérés, ne discutant que de la paye, à croire qu'ils ne se lèvent le matin que pour ça.

— Va t'en servir un, ordonne-t-il. Et puis sans lambiner, mon gars. Faut qu'on soit là-haut avant que le soleil darde tous ses feux.

— Toujours Recuzas ! s'exclame Marco en rigolant.

Patcha suit son idée. Ça le turlupine, cette histoire. La mère Jamois a dû attraper ce blondinet pendant la transhumance, pense-t-il. Quand les maris sont partis à la montagne ou ailleurs de longs mois d'été, faut bien prendre un peu de bon temps. L'aîné est un rusé, vindicatif et colérique à ses heures, tandis que l'autre est une bonne pâte. Voilà le tableau. Pourquoi le journaleux n'a rien vu, lui ? C'est bien fait pour ça, les pisseurs de copie, tout voir, tout comprendre et rapporter la vérité, rien que la vérité. À moins que celui-ci n'ait la tête embrumée par des idées loufoques.

— Frédérik Charme doit nous tenir compagnie, dit Patcha à Marco.

Mais le journalier s'en fiche. Il sait que les intellectuels ne sont d'aucun secours pour la conduite d'un troupeau. Et si quelques brebis s'égarent, il ne saura même pas commander les border collies. Il regardera la panique s'installer puis, à la longue, finira par régler son appareil pour tirer quelques photos. Si quelques-unes tombent dans un aven ou se brisent les pattes dans un chaos de roches, il rappliquera dare-dare pour immortaliser la catastrophe.

Le parc ouvert, les moutons s'emballent. On court derrière sans parvenir à en freiner la marche sautillante. Mais François est le plus rapide à ce jeu. Il prend la tête du troupeau et impose la cadence. Ça suit la draille, fidèlement, grâce aux chiens qui vont et viennent sur les flancs. Patcha est satisfait de voir qu'enfin l'abeillard s'allonge et s'étire. Tout est en ordre, pense-t-il. Et il en profite pour se rouler une cigarette. C'est un rituel, en transhumance on se fait ses cigarettes avec du vieux tabac gris qui arrache la gueule. Marco refuse d'en rouler une. Il dit que ça lui coupe le souffle. Mais, tout de même, ce n'est rien, cette marche, tout juste une promenade.

— Je vais à Recuzas, dit le maître comme s'il avait besoin, encore une fois, de redire cette phrase qui lui tient à cœur. Pourquoi Recuzas ? Et pourquoi pas Coste-Gras ou Gressette ou même Combebelle, là-bas il y a de vaines pâtures, des prairies qui appartiennent à tout le monde ? Oui. Mais moi, j'ai une idée fixe, depuis des années, mon gars. Je fais bouffer les plants sauvages de pins noirs à mes bêtes. Tout ça pour que la forêt ne s'étende pas. Et pas n'importe quelle forêt, celle de Richard Combelle.

Marco est satisfait de la réponse. Il n'en attendait pas une autre. Et il repart d'un pas gaillard.

— Faut un but dans la vie, dit-il. Un but, ça donne le goût de vivre un jour de plus que ses ennemis, n'est-ce pas, Patcha ?

— Dis donc, Marco, tu es bien bavard aujourd'hui ? Dans le fond, je te préfère taiseux.

Grâce à sa lunette, le vieux Combelle a suivi la progression du troupeau sur la draille de Recuzas.

Pas d'impatience, pas de réaction. À peine le souffle coupé par moments et des douleurs dans la poitrine, dont on ne saurait dire si elles sont d'origine cardiaque ou musculaire. Il change juste de position, passant de la station assise à debout, puis alternativement de l'une à l'autre. Le corps fatigue vite, surtout lorsqu'on l'oblige à rester devant la fenêtre ouverte du bureau, immobile, tendu et crispé sur sa position de sentinelle invisible. Car de l'endroit où il se tient, Richard ose espérer que ses ennemis ne le voient pas, tout occupés à leur misérable besogne.

Soudain, il se décide à lâcher la lunette et à s'abandonner dans le rocking-chair. Le balancement lui donne le vertige et il croit défaillir, comme si le sol se dérobait sous lui et qu'une longue chute allait s'amorcer.

Tu as connu ça, pense-t-il, ce tourbillonnant malaise. Mais tu es toujours remonté. Au dernier cran, la machine s'est remise en route, péniblement, puis *crescendo* jusqu'au retour à la normale. Nous avons, lui et moi, une théorie sur la question, qu'il nous faut mener le combat de conserve, lorsque la machine défaille, il faut que l'esprit travaille alors à le faire repartir. Dès lors que l'esprit ne le pourra plus, alors le corps ira à la dérive, sans appel, comme une voiture sans conducteur, tout ira très vite. Et l'un et l'autre, nous nous dirons adieu, avec nostalgie. Il n'est que les animistes et les adeptes des religions monothéistes pour croire que l'esprit puisse survivre à l'enveloppe charnelle. La mort ne serait alors qu'un changement de nature, le passage d'une porte et l'ouverture sur une autre physique de l'éternité. Moi, je n'y crois pas. Je serais triste si la mort devait se dérouler ainsi, car j'aurais alors la nostalgie de ce corps abandonné à son triste sort, putréfaction et poussière. Et le Richard Combelle, le seul que je connaisse, n'existe en vérité que par la seule entité carbone, la mienne et nulle autre.

— Tiens, un visiteur ? N'est-ce pas, Lucienne ? Ce n'est pas si souvent que j'ai une visite, nom de Dieu ! s'exclame Richard.

— Ce n'est pas la peine de jurer.

— De qui s'agit-il ? Vous le connaissez ?

L'aide ménagère adore faire durer le suspense et Combelle en a vite saisi la manie. À force de regarder les navets de la télévision, se dit-il, les gens ont l'esprit déformé. Ils jouent des rôles qui ne sont pas les leurs et Lucienne aussi en interprétant la soubrette inspirée, indispensable et tyrannique. Elle ne répond pas et disparaît en maugréant. Il n'a pas la force de la poursuivre pour l'insulter ou lui faire des gestes obscènes. C'est une attitude qui lui conviendrait assez qu'elle s'offusque enfin, plutôt que se réfugier dans la fuite permanente.

Il descend l'étage en traînant la patte avec toujours le pied gauche en avant. C'est le côté droit qui a morflé au premier AVC. Mais à quoi bon se plaindre puisqu'il lui reste encore cinquante pour cent de mobilité. Tout le monde n'est pas aussi bien loti, pense-t-il en grimaçant. En plus, les douleurs d'arthrose, mais contre ça, on ne peut rien, sinon implanter des articulations en titane et en polyéthylène, à la condition de ne pas s'endormir définitivement sur la table d'opération, rapport au cœur qui n'apprécierait guère le chambardement.

— Méchante femme ! s'écrie-t-il. Me direz-vous enfin qui vient me voir ? Je ne suis pas si présentable, maugrée-t-il pour lui-même. J'attends le directeur du Fonds forestier, Alain Moussours. Si c'est lui, il faut le faire attendre, le temps que j'enfile une tenue convenable. Un costume trois pièces et une chemise de soie. Faut ce qu'il faut, tout de même.

Il s'est arrêté à mi-hauteur de son escalier, se tord le cou pour zieuter le hall d'entrée. C'est là qu'on fait patienter les visiteurs, les rares visiteurs de Rougerol. Son vieux veston de lin jaune est taché, café, thé et sauces douteuses. C'est à faire fuir un homme de qualité, pense-t-il. Il insiste de nouveau. Sans succès.

— Pourquoi donc je la paye, cette femme ? À me traiter comme le dernier des séniles.

Lucienne semble prise, soudain, de pitié pour ce vieillard.

— Mais non, ce n'est pas l'homme que vous attendez…

— Qui alors ? Je pourrais ne pas le recevoir, si c'est un importun… Vous me comprenez, bécasse !

Elle revient vers lui avec une carte. Il se met à hurler de rire.

— Alors ça ira. Je suis tout à fait présentable pour ce gringalet-là.

Il achève sa descente en douceur, toujours la grimace sur le visage. Ce n'est qu'une fois dans l'entrée que Combelle s'oblige à une démarche naturelle. Ne montrons pas que nous sommes au troisième niveau, près de la porte de sortie, celle qui conduit dans les ténèbres, pense-t-il.

Frédérik Charme déplore de déranger à cette heure.

— Alors il ne fallait pas venir, rétorque-t-il, acerbe comme à son habitude.

— Donc vous devrez me supporter quelques minutes…

Richard Combelle lui pose la main sur l'épaule, signe de bonne volonté, plutôt extrême même, chez lui. Mais le journaliste est trop impressionné pour s'en rendre compte. Il voit ça plutôt comme une marque de supériorité méprisante.

— Ne faites pas l'enfant, dit Combelle. Venez dans le petit salon. Vous fermerez la porte derrière moi avec un tour de clé. Je ne puis le faire moi-même, manque de force dans le poignet. Vous comprenez ça, au moins ?

Une fois installés, Combelle voluptueusement abandonné et Charme assis sur la pointe des fesses, ils s'observent en silence. Puis le visiteur se lance, comme il l'avait imaginé, avec ardeur, et cela dans le seul but de ne laisser prise à la moindre faille dans son plan :

— Il faut en finir avec cette querelle, dit Charme. Ici, il y a de la place pour tout le monde. Vous, Patcha et…

— Les moutons, ajoute Richard. Hélas, pour vous et votre protégé, il se trouve que je n'aime pas les moutons. Ça me rend cafardeux de les voir. C'est une espèce sans défense, à peine supportable, qui lèche la main du bourreau avant de se faire égorger. Lorsque des loups ou des chiens sauvages vont les attaquer, ça se laisse tuer en bêlant. Pourquoi cette détestation, me direz-vous ? C'est à l'image de certains peuples. Il en est qui refusent la tyrannie, l'oppression, et d'autres qui se mettent en rangs serrés pour obéir. Les malheurs du monde ne viennent que de ceux qui obéissent aveuglément, qui marchent au pas derrière un tyran et qui le suivent jusqu'en enfer, sans même s'interroger. Voilà ce qui me désespère dans le mouton, l'esprit moutonnier.

— C'est un absurde amalgame. On pourrait en dire autant de certaines espèces fort prolifiques qui semblent sur terre simplement pour fournir de la viande.

— Est-ce qu'il serait raisonnable d'ajouter que par fatalité il est des espèces d'hommes dont la seule utilité sur la terre serait de fournir de la chair à canon pour les ambitions de quelques autocrates ? Un homme libre a toujours la possibilité de refuser d'obéir à un ordre stupide. Mettez-le dans un troupeau d'hommes et vous verrez cet esprit libre se diluer dans cette masse obéissante et aveugle.

— J'ai lu ça chez Heidegger, je crois, à moins que ce ne soit chez Reich ? avance le journaliste.

Richard Combelle porte à ce moment sur son visiteur un regard amusé.

— Il y a plusieurs façons d'aborder le problème, à la manière du philosophe allemand ou du psychanalyste autrichien... Mais tous deux il est vrai s'interrogent sur ce qui fait qu'un homme noyé dans une masse humaine perd son pouvoir de penser et de juger.

Le vieil homme paraît soudain las, comme si les douleurs s'en revenaient pour lui gâter le plaisir d'une bonne conversation. En se tortillant sur son fauteuil, il cherche la position qui lui offrirait la meilleure commodité. Enfin, il finit par la trouver.

— Pourtant ce qui pourrait différencier l'animal de l'homme, et pour suivre votre démonstration, le mouton de l'homme libre, c'est que ce dernier sait qu'il va mourir alors que l'animal ne le sait pas, dit Charme. Il peut donc lécher la main de son bourreau en toute confiance.

— En espérant l'amadouer, reprend Combelle. Tue-moi donc, égorge-moi, mais ne me fais pas souffrir... Il suffit d'aller dans un abattoir, monsieur Charme, vous y lirez dans l'œil du cheval au moment du sacrifice la peur et la détresse. La même peur et la même détresse sur un autre espace où le sang coule, les champs de bataille par exemple, que j'ai fréquentés en Indochine et en Algérie au moment des guerres coloniales. Si l'homme est plus qu'un animal, il reste aussi en lui un fond animal, parfois plus prononcé qu'on ne le croirait, surtout à l'instant où il faut tuer son prochain pour ne pas être tué. C'est là que l'animalité se réveille, qu'elle submerge tout le reste pour n'accorder que l'instinct de vie.

— Ce sont donc tous ces moutons qui vous font cauchemarder, monsieur Combelle, ces moutons que vous assimilez à des troupeaux humains obéissants courant à la mort dans des guerres fratricides...

Un vague sourire se dessine sur le visage émacié du vieil homme. Il ne croit pas à cet instant que ce jeune journaliste ait compris quelque chose à ses propos. Richard s'en fiche, du reste, puisqu'il n'attend rien ni des autres ni de lui-même, sinon l'extrême solitude et les forces captivantes de la haine et du ressentiment. Voici une pensée qu'il pourrait aisément exprimer, histoire de se faire plaindre peut-être. Mais depuis longtemps il a choisi son camp, et le décor est posé pour le plein exercice d'une libre pensée cultivant le dégoût de soi et des autres. Maintenant qu'Éléonore est dans les limbes et que sa chère petite Elora l'a fui comme la peste, l'amour est définitivement interdit.

— Alors votre parangon est passé à l'attaque ! s'exclame soudain Combelle, force recouvrée. Ce n'est pas une lunette seule qu'il me faudrait mais un fusil pour que j'abatte quelques-uns de ces moutons, tous ceux qui débordent la lisière. J'en ai même vu qui pénétraient dans ma forêt. Ça, monsieur le journaliste, c'est un comble. Une violation de propriété. Mes biens ne sont pas de vaines pâtures comme dans le Parc. Décidément, votre ami s'adjuge tous les droits.

Frédérik serre les poings de rage. Il s'est bien laissé endormir avec son petit discours sur le troupeau humain. Il se lève, en profite pour griller une cigarette. Ça lui donne le temps de réfléchir sur la manière de conduire la suite de la conversation. Avec un tel adversaire, on marche sur des œufs, pense-t-il. Il se rassoit, soudain redevenu conciliant.

— Patcha m'a expliqué la situation. Il y a trois ans la limite de la forêt était à trente mètres en recul de ce qu'elle est actuellement. Peu à peu, elle grignote ses propres terres, vos pins contaminent ses pacages. Il n'a trouvé que cette solution pour préserver son territoire, faire brouter ces arbustes parasites par ses brebis. Ce n'est pas bien grave, tout de même.

Le vieil homme s'amuse en agitant ses longs bras.

— On va lâcher des loups ici. Et imposer ainsi la loi de la jungle : carnassiers contre herbivores. Connaissez-vous une meilleure solution ? Laisser faire l'ordre naturel.

— Il n'y a pas de loups sur le Méjean. Vous racontez des histoires.

— Allez donc dire ça aux chasseurs de Nivoliers. Hélian en a dénombré trois ou quatre du côté de Caillet.

— Je n'y crois pas.

— Vous êtes comme le docteur Rieux dans *La Peste* de Camus, vous doutez du mal et de son pouvoir. Il faudra que vous ayez les yeux dessus pour admettre enfin que le mal existe et qu'il traverse les temps. Les loups ne sont jamais partis. À l'instant où l'on cesse d'y croire, ils reviennent.

Si les propos de Le Soul n'ont guère intrigué Charme, lors de sa longue balade sur le causse, c'est qu'il a cru à ce moment que le chasseur voulait justifier la présence d'une arme dans sa voiture.

— Il ne sera pas nécessaire de les faire venir ici pour décimer le troupeau de Silveyre, ajoute Combelle. Ils viendront tout seuls. Il suffira simplement que je rétribue cette société de chasse.

— Comment donc ?

— Pour qu'ils préservent les loups.

— Vous êtes fou, monsieur Combelle, fou à lier. La haine vous égare. Vous croyez qu'avec votre argent vous pourrez tout obtenir.

Richard baisse le regard. Sans doute n'aurait-il point voulu se dévoiler aussi peu humain, petit homme, minuscule, si minuscule.

— Je vois que ce serait bien inutile d'envisager une rencontre pacificatrice entre vous et Patcha ? poursuit le journaliste.

Ce ton de renoncement intrigue Combelle. Se pourrait-il, songe-t-il, que notre Charme envisage la défaite, et son proche départ ? À moins que cette mademoiselle Walden ne soit devenue son principal pôle d'intérêt ? Silveyre lâché, voici qui me faciliterait la tâche, se dit-il.

D'un soupir, le vieil homme chasse sa colère. Il admet enfin que les vingt hectares acquis à Charoulède lui permettront dans cinq à dix ans de disposer d'une belle coupe de bois.

— Où serons-nous dans dix ans ?

— C'est de moi qu'il s'agit, n'est-ce pas ? Vous vous dites, le cœur du vieux aura lâché entre-temps. Peut-être. Personne ne dispose de nos jours. Ni vous ni moi. Impénétrable suspense que celui offert par l'existence. J'ai cru mourir deux fois dans ma vie. Je veux dire, j'ai vu la mort dans les yeux, comme dirait Pavese. Vous connaissez bien ce fameux vers : *Verrà la morte e avrà i tuoi occhi*[1]...

Il se met à rire.

— La première fois à Cao-Bang. Une folle poursuite dans les marécages. Je suis le seul à avoir échappé aux Vietminh. Et la seconde fois, c'était à Aïn-Kechera, dans une embuscade. Quelle hécatombe ! Les fellaghas nous ont traqués six jours

1. *« La mort viendra et elle aura tes yeux. »*

de rang. Nous étions douze au départ et deux à l'arrivée...

Charme s'agace assez vite de cette histoire d'anciens combattants, si bien que, pour ne pas entrer dans son jeu, il se lève, va à la fenêtre, ausculte l'allée bordée de pins.

— Miss Walden et moi, nous sommes devenus amants, annonce-t-il à brûle-pourpoint. Ça vous en bouche un coin, n'est-ce pas ? Vous ne pouviez pas imaginer que cette jolie archéologue puisse tomber dans les bras d'un minable petit journaliste.

— Tous mes compliments, dit Combelle.

— Vous pensez que ça ne durera pas ? Certes, ce n'est pas une femme pour moi. Mais Adèle n'était pas non plus une femme pour moi. Et pourtant...

— Et pourtant quoi ?

— Nous avons fait un bout de chemin ensemble.

— Vous en parlez déjà au passé.

— J'ai rompu.

— Vous avez rompu ? Si vite ? Sans savoir si Esther resterait avec vous ? Oh, mon cher, vous êtes un sacré joueur. Là, vous m'étonnez. Je vous voyais plutôt dans la peau d'un type hésitant, le caractère douceâtre.

Richard Combelle appelle Lucienne pour qu'elle apporte une fiole de whisky et deux verres.

— Nous allons fêter ça.

— Je n'accepte de trinquer avec vous, monsieur Combelle, que si vous acceptez de rencontrer Patcha.

— Mais je n'ai rien à lui dire, à ce type. Vous ne m'avez pas compris ou quoi ? Seriez-vous borné à ce point ? Je veux tirer des coups de fusil sur ses moutons, lui envoyer une meute de loups... Que faudrait-il dire de plus pour qu'on me croie ?

— Vous n'êtes pas si méchant.

— Vous verrez de quoi je suis capable. Mais je consens à discuter avec lui pour lui signifier mes droits et la manière dont je les appliquerai, avec célérité.

— On établira entre vous deux un code de bonne conduite, comme il sied entre gens civilisés.

Lucienne apporte les verres et le maître de maison indique entre pouce et index la dose à servir.

— À vos amours, jeune homme.

13

Esther Walden

QUI POURRA UN JOUR m'expliquer pourquoi je ne suis pas douée pour le bonheur ? Peut-être ne suffit-il que de suivre son instinct pour le croiser ? Mais j'en doute fortement, car le destin, s'il se plaît à jouer des tours pendables dans l'existence, ne sourit en définitive qu'aux audacieuses. À la vérité, je ne suis pas du parti des audacieuses, mais plutôt de celui des suppliantes, à l'image des cinquante filles de Danaos. Avec les hommes, je ne sais pas m'y prendre, je n'ai jamais su du reste. Car pour plaire, me dis-je souvent, il faut vouloir se donner, et moi, comme les Danaïdes, je ne veux pas m'abandonner à un homme.

Décidément, les belles histoires d'amour ne sont pas faites pour moi. Ainsi finirai-je en vieille fille acariâtre avec de grosses lunettes sur le bout du nez, des cheveux gris, une poitrine raplaplate. On aura de la compassion, une pitié arrogante et, sans doute, bien des reproches à me décerner au moment de la distribution des prix. Comment, mademoiselle Walden ? Vous n'avez su rendre un homme heureux ? Quel gâchis ! Mais, dirai-je, pourquoi les femmes doivent-elles rendre les hommes heureux, offrir leur âme et leur corps en partage, s'il n'est d'autre plaisir à ce jeu que la soumission ?

En quittant la demeure des gomorrhéennes, j'ai éprouvé un trouble. Mon chevalier servant en a profité pour passer un bras autour de ma taille et me dire d'une voix suave :

« Vous me plaisez, Esther. »

Je croyais avoir perçu chez lui cet aveu, déjà. En matière de sentiments, les hommes se répètent lorsqu'ils ne sont pas entendus. Un silence vaut un désaveu dans mon système de valeurs. Et le mien était assourdissant. Un coup de tonnerre.

— Mais, cher Frédérik, vous n'êtes pas mon type d'homme. Combien de fois faudra-t-il vous le dire ?

J'ai craint de semer en lui le désarroi. Que peut-il advenir quand une femme n'a rien à offrir à un homme amoureux ? De vilaines tempêtes, d'assommants malentendus, des reproches sans objet.

— Je crois que je vais rentrer à Sainte-Enimie, dis-je.

— Mais alors pourquoi être revenue vers moi ?

Je ne saurais expliquer ce qui m'attire chez cet homme dont je n'attends rien. Peut-être cette extrême nonchalance, ce pas hésitant dans la cour des grands, ce côté rêveur outragé. Les femmes ont des candeurs coupables, comme si le péché originel dont on les a affublées n'en finissait jamais de noircir leurs espérances. Les miennes ont des reflets intimes, il faudrait avoir des lunettes spéciales pour les confondre. La myopie masculine heureusement nous protège, elle nous entoure d'un flou généreux.

— Permettez-vous que je vous tienne la main ?

— Si vous voulez.

Silence enfin, juste le crissement de nos pas sur la pierraille. La nuit est descendue avec sa clarté de lune. Les odeurs ensorcelantes courent le plateau. Nous nous arrêtons. Il me prend dans ses bras. J'esquive son baiser. Ma réticence le désespère. Soupirs. Mon Dieu, me dis-je, ce que tout cela est banal et affligeant.

— Je ne sais pas ce qui m'a pris.

— Ne dites rien, Frédérik.

Je lui tends la perche pour qu'il ne s'enlise pas plus encore. Les hommes ne savent jamais se retirer sur la pointe des pieds. Il faut qu'ils en rajoutent, bien inutilement. Mais à ce moment, je ne sais pourquoi, peut-être pour me faire pardonner, mais quoi, grand Dieu, je viens lui poser un baiser sur la joue, furtif comme l'éclair. Il reste pétrifié de surprise. Je sais ce qu'il se dit, à ce moment, que miss Walden (c'est ainsi qu'il a pris l'habitude de m'appeler) décidément ne sait pas ce qu'elle veut. Ensuite, je me tiens à distance respectable, c'est-à-dire que nous ne nous tenons plus par la main. C'était assez ridicule du reste, ce comportement enfantin, mais on ne peut tout refuser à un homme qui marcherait à genoux pour vous suivre. C'est une pitié dangereuse, comme dirait Zweig, car on pourrait finir par s'attacher sans l'avoir désiré. Jadis, on faisait des mariages avec ce genre de bêtise logée dans la tête des filles, qu'un homme gentil et doux et généreux finit toujours par faire un bon mari.

Mais hélas, Frédérik Charme n'a pas gardé sa distance bien longtemps. Son instinct de séducteur se rebellant, il a voulu revenir vers moi, à la charge. De prime abord, *piano*, par des gentillesses.

— Je m'étais cru autorisé à vous prendre dans mes bras. Peut-être m'aviez-vous laissé apparaître cette impression que je ne vous étais pas indifférent ? Il ne s'agirait que d'un malentendu. Ce n'est pas si grave ?

Comme je reste à distance, sans répondre, bien sûr, il ajoute :

— Pensez-vous que c'est un malentendu ? L'aurais-je rêvée, cette chose, que vous pourriez être si proche de moi ? Qu'une affinité sentimentale s'était fait jour entre nous deux ? Rassurez-moi, miss Walden ?

J'ai pris quelques pas d'avance, comme si j'avais hâte enfin de parvenir à ma voiture et de rentrer à Sainte-Enimie, où j'ai loué une chambre d'hôtel. Lui, par contre, freine l'allure. C'est son intérêt, me dis-je, que notre promenade au clair de lune n'en finisse pas. Jamais une autre occasion ne se présentera aussi favorable pour lui. Je me reproche ma légèreté, celle d'avoir attendu la nuit pour quitter la communauté des Aiguillets. Peut-être aurais-je dû demander une couche à Mara Salicorne ? Elle m'aurait hébergée sans hésitation. Mais à ce moment rien ne me laissait envisager que Frédérik Charme serait aussi entreprenant.

— Je ne voudrais pas me fâcher avec vous, Frédérik. Mais tant d'insistance finira par gâter nos relations.

— J'ai compris ! s'écrie-t-il. Pour une fois que je tombe amoureux d'une jolie fille, belle et séduisante, elle se refuse.

— Ne faites pas l'enfant. Vous n'êtes pas amoureux de moi. Je vous plais, certes. Vous êtes un garçon séduisant aussi. Mais je n'ai pas envie d'une aventure.

— C'est à cause d'Adèle que vous dites cela ? Adèle ! s'écrie-t-il.

Il y a des tourbillons de vent sur ce chemin qui coupe la lande en deux. Elle est comme une mer grise qui viendrait battre à nos pieds. Le sentier forme une longue bande crayeuse qui nous conduit à perte de vue. Cette sensation d'oppression dans une nature hostile n'est que le fruit de mon imagination.

— Non, dis-je.

— Mara a jeté le nom de ma compagne en pâture avec une légèreté coupable. Oh, je la connais, Salicorne. C'est une vipère. Elle a imaginé que nous pourrions sortir ensemble et elle a voulu vous prévenir.

— De quoi donc ?

— De l'homme volage sans principes.

— Je ne crois pas que Mara Salicorne se méprenne à ce point sur notre compte. Ce serait manquer de psychologie. Il suffit de m'observer. Je suis un esprit libre, indépendant, et si d'aventure je succombais à un homme, cela se verrait comme le nez au milieu de la figure.

Les amas de genêts forment des ombres alentour, comme des priants muets.

À la croix de Peyrière, j'hésite à prendre la bonne direction pour Rougerol. Charme me rejoint, posant une main sur mon épaule. Elle est un peu caressante, comme si elle quêtait un acquiescement.

Mais je reste froide comme un glaçon. Sa caresse ne me fait aucun effet.

— Peut-être n'aimez-vous pas les hommes ? Je comprendrais.

— Je vous en prie, dis-je. Ne tombons pas dans la vulgarité.

— Peut-être avez-vous un compagnon ?

— Non, dis-je sans réfléchir.

Il aurait été plus simple de m'inventer un amoureux, un concubin, un mari. Mais pourquoi mentirais-je à Charme, qui ne m'est rien ? Un mensonge est parfois comme un aveu, une invitation à transgresser une loi sentimentale. Tous les couples se déchirent dans le mensonge, tôt ou tard, même lorsque l'amour est fort, puisqu'il ne garantit point du désir de l'éprouver au feu des faux-semblants.

— Si vous m'aimiez, miss Walden, je serais prêt à tout abandonner pour vous.

— Même Adèle ?

— Bien sûr. Nous sommes peu attachés l'un à l'autre.

— Je vous en prie, taisez-vous.

— Pourquoi ?

— Parce que, innocent homme, je serai toujours du côté de votre Adèle.

— Une complicité entre femmes ?

Il éclate de rire. Je le méprise à cette seconde. Et je sens que ce mépris qui vient de s'éveiller envers lui ne se dissipera plus. Pourtant, un moment d'égarement mérite quelque indulgence.

— Quelle direction prenons-nous ?

Je vais tour à tour sur chacun des chemins, puis m'en reviens à la croisée. Frédérik Charme hésite, lui aussi, ou feint d'hésiter, car je crois qu'il connaît Peyrière comme sa poche. C'est sa manière d'étirer le temps qui nous lie par les circonstances. Il joue avec moi au chat et à la souris. Tandis que je m'engage sur une des directions, il en choisit une autre, puis revient au point de départ.

— Seriez-vous assez généreuse, propose-t-il, pour gommer tout ce que nous nous sommes dit ? C'était un jeu. Rien qu'un jeu. Je savais que vous ne tomberiez pas dans mes bras. Vous êtes trop subtile, Esther.

— Revenir sur nos pas, reprendre l'histoire là où nous voudrions qu'elle se fût arrêtée, en faisant abstraction de nos paroles et de nos gestes ? Comme ce serait aisé, la vie ainsi.

— Vous ne voulez pas ?

— Non.

— Chaque minute qui s'écoule est irréversible. Les mots, les gestes, tout reste à jamais. Une indélébile trace sur nous.

Nous nous sommes mis à observer le ciel, sans doute pour ne point nous observer l'un l'autre. Car me cherchant à tâtons dans la nuit, il n'a heurté qu'une ombre le fuyant. Un cri de désespoir l'a ébranlé, soudain, à force de croire que la pitié m'était accessible. Je n'ai jamais fondu devant un homme qui pleure, qui gémit et qui prie. Je les choisis dignes et fiers, à mon image. On n'aime que son double et si possible mieux encore que son double, plus fier et digne.

Au moment où j'allais grimper dans ma Land Rover, le journaliste est revenu à la charge. Je n'avais rien de plus à lui offrir que ma mine défaite, mes bâillements de fatigue et mon ennui. Pourquoi devrais-je passer la nuit chez lui ? Et malgré sa belle sollicitude, je me retire sur la pointe des pieds, profil bas, en lui assurant que mes recherches ne tarderaient pas à me reconduire à Rougerol et que, sans doute, nous nous reverrions un jour.

Une fois à l'hôtel de Sainte-Enimie, j'ai décidé de prendre une bonne cure de sommeil avec deux somnifères. Au préalable, j'ai demandé à ce qu'on ne me dérange pas, quelle que soit l'heure. On m'a conseillé de libérer la chambre avant midi, du moins le temps d'y faire le ménage. Je connais les habitudes de ces petits hôtels de province, où l'on doit se conformer à des règles strictes, contrairement aux palaces où j'ai séjourné en compagnie de mon père durant mes années d'adolescence après que ma mère a disparu sans laisser d'adresse. J'ai tenté de monnayer ma tranquillité, mais la direction n'a rien voulu savoir.

Le lendemain, réveillée aux aurores avec une lancinante migraine, je suis allée prendre mon thé sur le bord du Tarn avec un paquet de journaux. C'est une dépense inutile, me dis-je souvent, que tous ces quotidiens que j'acquiers, puisque je n'en lis que les titres et que rarement j'éprouve de l'intérêt pour un article au-delà du premier paragraphe.

Je me suis étalée généreusement au soleil avec des lunettes noires pour ne pas être incommodée. J'ai sorti des feutres, rouge, vert et bleu, de mon sac pour encadrer des articles susceptibles de m'intéresser un jour. La manie des archivages. Mais je sais que c'est un pur passe-temps chez moi, un divertissement gratuit, puisque, à peine la table quittée, les journaux finiront dans une poubelle, comme les autres, tous les autres, au fil des jours et au fil des mois et des années.

Ne s'accrocher à rien qui puisse ralentir le rythme de mes activités, voilà à quoi j'occupe le plus clair de mon temps. C'est manquer singulièrement d'ambition, mais par-delà le goût que je porte à une multitude de sujets, j'ai fini par comprendre qu'un individu aussi doué soit-il ne peut s'adonner à dix activités à la fois.

À la vérité, je n'appartiens pas vraiment à mon époque. C'est pourquoi – du moins c'est l'avis de mon père – j'ai choisi l'étude du passé, enfin, des vieilles civilisations. Je m'y sens à l'aise comme un poisson dans l'eau. Nous quêtons des traces improbables sur le chaînon manquant. Une fois sur mille, que dis-je, sur dix mille, nous tombons juste, ou du moins nous apportons une pierre de plus à l'édifice de la connaissance. Mon œuvre présente consiste à fournir des matériaux de réflexion pour les chercheurs en chambre. Voilà qui n'est pas très gratifiant. En bref, sans l'aide régulière de mon cher papa, je ferais la manche.

Sur mon téléphone que je viens d'ouvrir s'affichent une dizaine de textos au moins, tous provenant du journaliste. Il n'a pas digéré notre conversation sur le Méjean. J'ai décidé de ne pas répondre. Il serait cruel de jouer avec ce garçon en entretenant de vaines espérances.

En replaçant mes feutres dans le sac, par hasard je découvre une photo de Frédérik Charme, un portrait assez avantageux qu'il y aurait glissé subrepticement. D'agacement, je l'expédie sur le trottoir. Jusqu'où viendra-t-il me poursuivre ? me dis-je. Ne comprend-il pas que cette insistance ne fait qu'aggraver son cas ? Même s'il espère obtenir de moi, un jour, quelques faveurs, un tel acharnement m'en décourage à jamais. Tu es trop collant, mon ami, me dis-je. Je n'aime pas les types qui s'imposent. L'exécrable mâle attitude ! Chaque fois que nous la croisons chez un bonhomme, cette mâle attitude conquérante et dominatrice, nous les femmes, nous fuyons, loin, loin.

Mais au moment de quitter la table, mes journaux soigneusement pliés et fourrés dans le sac, j'hésite à laisser Charme sur le bitume. Peut-être un peu de pitié tout de même. Je récupère sa photo d'un geste rapide, comme une voleuse, sachant que je finirai par le regretter.

La valse-hésitation, c'est le drame de ma vie, un pied dedans, un pied dehors... Alors que je donne l'image d'une Esther Walden déterminée, autoritaire, vindicative en société, voici que je redeviens hésitante et craintive une fois seule, face à moi-même, comme si j'avais des comptes à me rendre.

Trois journées de travail dans ma petite chambre d'hôtel auront suffi pour que je me mette à jour sur soixante relevés topographiques réalisés entre La Parade et Aurès. Ma chef de l'INRAP a jugé que mon travail était correct et que je recevrais dans les jours prochains un nouvel ordre de mission. En attendant, me dis-je, je peux me tourner les pouces.

J'en ai profité pour faire quelques balades dans les gorges de la Jonte. C'est un territoire hostile où il faut se confronter aux éléments : kayak, grimpette et marche...

À la veille de remonter sur le Méjean, la direction de l'hôtel m'a remis une enveloppe. J'ai longtemps hésité avant de l'ouvrir, craignant sans doute qu'il ne s'agisse de Frédérik Charme. Mais l'écriture hésitante, pour ne pas dire tremblante du pli, a attisé ma curiosité.

Mademoiselle Walden,

Nous n'avons pas eu l'honneur de nous croiser encore. Ça ne saurait tarder. Je me nomme Richard Combelle et j'occupe une demeure spacieuse à Rougerol depuis une trentaine d'années. Je suis un ami de votre père. Nous nous sommes connus à la Banque de France dans ce délicieux hôtel de Toulouse où votre père Aristide Walden travaillait alors – en 1975 – pour le Fonds de stabilisation des changes. Les circonstances de notre rencontre ont ici peu d'importance. Sachez toutefois que j'ai conservé l'entière amitié de votre père et que ma confiance en retour ne lui a jamais fait défaut, bien que nous ayons assez peu l'occasion de nous voir.

L'objet de ma lettre est de vous mettre en garde contre le dénommé Frédérik Charme, journaliste free lance. Peut-être trouverez-vous ma manière d'agir assez inconvenante, mais sachez que celle-ci n'est dictée que par l'amitié que je partage avec votre cher papa.

Monsieur Charme se targue ouvertement d'entretenir avec vous, Esther, une relation sentimentale. Ce garçon ne possède pas les qualités requises pour entrer dans votre famille. Ce n'est rien d'autre qu'un coureur de jupons. Du reste, il entretient déjà une liaison avec une jeune femme demeurant à Toulouse.

Par ailleurs, il faudrait s'interroger sur sa présence à Rougerol. Il mène une croisade contre mes intérêts de propriétaire forestier, jugeant que je participe à la détérioration de l'équilibre écologique sur le causse Méjean. C'est une stupidité. Vous êtes assez avisée, mademoiselle, des affaires du Parc national des Cévennes pour savoir que le boisement en pins noirs est nécessaire au progrès économique, que la prolifération des buis est au contraire une calamité sur notre causse. Il a trouvé en la personne d'un éleveur de moutons, Georges Silveyre, un acharné à sa cause. Jusqu'alors, les relations entre forestiers et éleveurs ne posaient aucun problème majeur. Désormais, me voici accusé de grignoter l'espace des paysans et d'en aggraver la précarité.

Je suis tout disposé, mademoiselle Esther Walden, à vous rencontrer.

Richard Combelle

14

Patcha

La bataille est engagée depuis sept jours, depuis que le troupeau est à Recuzas, affairé à brouter les jeunes pins. Mais ça ne fait pas que des heureuses parmi mes brebis. Y en a quelques-unes qui rechignent aux jeunes pouces, pourtant si tendres, leur préférant le serpolet et le thym. Comme je les comprends. Mais mes chiens veillent à l'affaire. Je n'ai pas besoin de les commander, fichtre, ils savent que je les veux mener jusqu'à la lisière de la forêt, là où la semence de pin vient s'épandre dans notre combe.

Ça fait dix ans, peut-être quinze, que je me bats contre le propriétaire forestier. Celui-là est sans foi ni loi, sans respect pour notre terre sacrée. Ça veut juste gagner de l'argent en se moquant éperdument de ceux qui ont conquis le droit de vivre sur ce territoire dont, jadis, personne ne voulait. Le Sauveterre, le Méjean, le Larzac, qui voudrait de ces terres-là, de ces cloups, de ces combes, de ces dolines, sinon l'agneau d'herbe qui s'y sent à l'aise sous la canicule l'été et tout autant sous le vent froid et rasant de la basse saison ? Il n'est que l'eau qui manque, ici, l'eau rare et si précieuse. Il y a des mois de sécheresse et d'intense soif qu'il faut conjurer par des réserves. Nous autres, les Caussenards, nous avons appris à mériter cette terre pauvre et à l'aimer aussi parce qu'elle nous a enseigné quelques valeurs, dont l'époque se moque éperdument.

Hélas, je n'ai pas réussi à faire aimer Rougerol à Adrienne. Elle a tenu cinq ans à mes côtés. Cinq années à trimer avec mes aides... Puis un jour elle s'est amourachée d'un petit fonctionnaire du Crédit à Bricoles. Je ne l'ai pas retenue. On peut avoir de l'amour pour une femme, le lui dire tous les jours, toutes les heures, ça ne suffit pas. J'en suis la preuve vivante. Adrienne a choisi la ville et une petite vie tranquille dans un appartement de confort. Contre ça, l'amour ne peut rien lorsqu'il n'a à offrir que des incommodités.

Mais c'est manière de parler, me dis-je, parce que je n'ai conservé de ces années aucune aigreur. Je me suis résigné à vivre seul, avec le troupeau et mes chiens. Je produis mon lait pour le Fédou et du mouton à viande. J'ai de quoi vivre et payer mes aides. Ensuite, il ne me reste rien. Sinon juste de quoi réparer les toitures et tenir les murs. Les toitures surtout. Ce sont elles qui souffrent l'hiver avec la neige et la burle et le gel qui casse et concasse tout, petit à petit.

S'il n'était Combelle, Richard Combelle, mon ennemi intime, tout serait parfait. J'aurais mes parcelles pour moi seul ajoutées aux vaines pâtures, et non point cette saloperie de forêt qui dévore la terre et l'appauvrit. Car le pin d'ici est vorace comme un chancre. Là où il pousse, il n'y a plus rien, sinon la mort lente de nos plantes rares comme la saponaire, la gagée des prés ou l'orchis punaise, de nos papillons comme le mercure ou le petit agreste, et la régression de nos oiseaux, le bec-croisé, l'alouette lulu ou la linotte... Dans cinquante ans, si personne n'y prend garde, il n'y aura rien à brouter sur les croupes du Méjean. Et vue du ciel notre île ne sera plus qu'un immense plat d'épinards.

Les frères Jamois, attachés à mon service, ont compris depuis belle lurette où je voulais en venir, pourtant ils ne sont guère futés ces deux-là, la cervelle atrophiée par moult mariages consanguins, à moins que je ne fasse faute route sur la question... Nos familles sont tellement enracinées dans la terre cévenole que, des générations durant, on ne s'est fréquentés qu'entre proches cousins. Marco et François ne se marieront jamais, eux, à ce que je crois. Ils ont peur des filles. Il suffit qu'une étrangère passe à portée de regard pour qu'ils rougissent jusqu'à la racine des cheveux. Ça se cache, ça fuit le monde, ça zieute en douce, pour rien. Il n'y aura plus de Jamois après eux, sinon un nom gravé sur une pierre tombale au cimetière de Hures. C'est instructif de visiter ça, nos familles disparues, rayées du monde, sans personne pour entretenir les tombes. Et moi-même, me dis-je souvent, je serai le dernier des Silveyre, puisque Adrienne n'a jamais voulu un enfant de moi. Elle a sans doute eu raison. Que lui aurais-je apporté, à cet enfant ? Une vie miséreuse et triste. Un destin de sacrifié. Sur l'île Méjean il n'y a que les pierres, les dolines et les avens qui ont de l'avenir.

Alors, me dis-je souvent, surtout la nuit, lorsque la neurasthénie me revient, pourquoi te battre,

Patcha ? Puisqu'il n'y a pas de descendance. Pourquoi conserver la terre, pourquoi se battre contre la prolifération des pins noirs, pourquoi semer de l'orge, de l'avoine ? Pourquoi agrandir sans cesse ce troupeau ? Le mieux ne serait-il pas d'abdiquer une bonne fois ? Faire monter à Rougerol le marchand de moutons et mener tout ça à l'abattoir. En finir, mon Dieu, en finir.

Je suis trop sentimental. C'est l'avis du journaliste, Frédérik Charme. Il me répète sans cesse que c'est le paysage décharné, la lande, la steppe, les vents, les fleurs jaunes, rouges et bleues qui me rendent sentimental. Certes oui, je ne voudrais vivre nulle part ailleurs. Même si ma solitude est souvent insupportable, elle est une richesse qui me lie aux miens, à tous les miens, passés et à venir, la solitude du premier homme qui est venu et qui a décidé de s'installer malgré la rudesse du climat, la dureté de l'existence.

Mais, me dis-je aussi, Richard Combelle, un homme de la ville, un exilé, pourquoi se bat-il, lui aussi, pour faire prospérer sa forêt ? Pourquoi ce combat obscur et insensé ? L'argent ? Il en possède tellement qu'il n'en verra jamais la fin. Alors qu'est-ce donc qui le motive à faire front contre de petits éleveurs comme moi ? La haine ? D'où lui vient-elle ?

Le journaliste ne sait pas répondre à cette question, comme à tant d'autres. Il s'interroge comme moi. Et nous sommes tels deux imbéciles à chercher des réponses, le nez en l'air, à scruter le ciel. Ces observations silencieuses nous rendent si minuscules sur cette terre. Ici, au moins, on a conscience de sa petitesse, de son insignifiance. Le seul attendrissement qui nous est autorisé, à nous les derniers des Mohicans, ce sont les agnelages, la vie qui recommence et se perpétue. Mais quelle fragilité ! Une agnelle qui ne trouve pas dans les heures qui suivent sa naissance le lait de sa mère est déshydratée en un rien de temps. Alors, le cœur lourd, on l'abandonne aux vautours en se reprochant de n'avoir su veiller sur cette petite vie si fragile.

Charme espère saisir la quintessence du Méjean avec des photos. Il mitraille dans toutes les directions, les espaces incernables et les menus détails. Je crois qu'à ce jeu il a fini par s'éloigner de ce qu'il était venu chercher, jusqu'à perdre le fil conducteur de son projet. Il me suffit d'écouter ses silences, et parfois d'observer sa fébrilité. Tant de notes, de clichés, de croquis amassés, qu'il ne sait plus par où chemine son dessein : produire, inventer, créer. Tout va à vau-l'eau. Et qui pourrait le consoler de son égarement, lui apporter un avis ? « Non, jeune homme, malgré votre bonne volonté, vous ne parviendrez pas à sortir de cette pagaille… » Voilà une phrase qui pourrait lui venir en aide, mais j'ai autre chose à faire que m'occuper des états d'âme d'un petit journaliste.

Le huitième jour, une grosse bagnole tout-terrain noire est venue stationner à la lisière de Recuzas. Les frères Jamois se sont précipités vers l'avant du troupeau pour éviter la panique chez les bêtes. Depuis que nous ne faisons plus la transhumance sur les routes départementales, les moutons ne sont plus familiarisés avec les véhicules. Du reste, on ne se soucie même plus de dresser un parrot pour mener le troupeau. Je n'ai pas estimé nécessaire de monter jusqu'à la bordure de la forêt, car la voiture en vérité n'a fait que suivre le chemin forestier. Un type est descendu, vêtu d'une saharienne pain brûlé. On trouve beaucoup de touristes ainsi fagotés, parfois même en tenue paramilitaire avec des motifs de camouflage comme on en a vu aux actualités au moment de la guerre du Golfe. Il a fait le tour de son véhicule, puis s'est installé sur un point rocailleux, le regard fixé dans ma direction. Les chiens sont montés renifler cet intrus, avec trois ou quatre aboiements brefs. Noiro est allé pisser contre les roues de l'engin, histoire de marquer son territoire. Il est coutumier du fait. Je n'ai pas bougé de mon poste d'observation. Le type m'a fait un signe du bras, un grand signe. Mais je n'ai pas réagi. On ne me siffle pas, moi, Patcha. On vient me saluer poliment, si l'on veut engager une conversation. Je ne suis pas un sauvage, un Indien dans sa réserve, un arriéré des montagnes. Que croit-on ? Que je me laisserais impressionner par un char d'assaut japonais ?

Le type a compris que je n'étais pas d'humeur ce jour-là. Alors, il est venu dans ma direction en marchant en canard, comme un péquenot des villes qui craint la caillasse. Peut-être que ça ne porte pas de bonnes chaussures, me suis-je dit. La voiture est carénée pour affronter les pistes défoncées par les mastodontes forestiers, mais on a omis de se chausser en conséquence. Sur le coup, je me suis roulé une cigarette de Bergerac. Il s'est arrêté à mi-distance, croyant sans doute que je viendrais vers lui. Bernique. Un homme sur ses terres se comporte en seigneur, n'est-ce pas, même s'il n'a pas un sou en poche.

— Monsieur Silveyre ? crie-t-il, les mains en porte-voix.

Cette fois, me suis-je dit, je ne peux plus l'ignorer. Faut tout de même que je m'y fasse, à cette intrusion. Car je suppose que le bonhomme en saharienne n'est pas venu à Recuzas pour m'adresser des amabilités.

— Vous pourriez répondre, tout de même ?

— Pourquoi je vous répondrais ? Et qui êtes-vous, d'abord ?

— Maître Jaunet, huissier de justice.

— La belle affaire.

— Il y a un problème, monsieur Silveyre...

— Quel problème ?

— Vos moutons paissent sur un terrain privé.

— Comment ça ?

— Et je viens constater. Puis établir un procès-verbal de constat pour le compte de mon client.

— Qui est votre client ?

— Ne faites pas l'ignorant, monsieur Silveyre, vous le savez parfaitement.

Les border tournent autour du bonhomme. Il n'aime pas ça, cette manie des chiens de vouloir protéger le troupeau de toute intrusion.

— Il serait plus sage, dis-je, que nous allions voir ça un peu plus loin. Mes chiens ne sont pas très sociables.

— Remontons un peu, juste à l'endroit où j'ai fait le constat, approuve-t-il.

Je consens à l'accompagner, sans enthousiasme, plutôt en traînant la patte.

— Votre parcelle s'arrête ici.

Il pointe la limite d'un geste.

— Je ne sais pas au juste. Quelle importance ? La prairie ici se mesure à la bramée d'âne, dis-je.

— Que dites-vous ?

— Ce sont des histoires de Caussenards. Vous n'y entendez rien. Et c'est mieux ainsi. Remontez donc dans votre guimbarde et allez faire votre boulot ailleurs.

L'huissier se fige dans une pose conquérante, le pied en avant, le bide aussi, et le menton agressif.

— Vos bêtes dévorent de jeunes plants d'arbres qui appartiennent à Richard Combelle. Reconnaissez-vous les faits ?

— Je ne reconnais rien du tout.

— J'ai fait des photos, prévient-il en me montrant son téléphone. Et avec ça, les preuves amassées, plus mon constat d'huissier, monsieur Combelle vous assignera en justice, puisque vous ne reconnaissez rien. Alors il faudra établir le montant du préjudice.

Le bonhomme ausculte mes moutons avec dégoût, flaire l'odeur de suint, ça lui donne envie de gerber, cette histoire, je le vois bien. Il se retient pour ne pas crier. Mais moi, je l'aiguillonne en ajoutant que ce n'est pas un Combelle qui me fera changer mon fusil d'épaule. Je suis éleveur, je le resterai, même s'il faut monter les marches pour me défendre contre l'invasion des pins noirs.

L'huissier referme son calepin et remonte vers sa bagnole. Il sue à marcher aussi vite. Le raidillon lui casse les jambes. Ici, il faut avoir le sens du rythme, le pas lent, montagnard, celui qui nous mène loin, me dis-je. Mon pas dans le sien, je finis par le rejoindre, puis le dépasser.

— Il y a cent mètres à peine, dis-je en montrant la lisière où les jeunes arbustes ont gagné.

— On bornera. On clôturera. Et s'il le faut, on montera la garde, menace Jaunet. Monsieur Combelle a les moyens. Il est formel. En finir avec cette guérilla.

— Les grands mots, dis-je.

— Aux grands mots, les grands remèdes, ajoute Jaunet.

À cause des chiens qui épousent la cause de leur maître, l'huissier s'est réfugié dans sa voiture. Il a eu peur que Noiro l'attaque, ce sale bonhomme. Mais je connais Noiro mieux que quiconque, c'est un chien docile. Il ne mordrait que sur ordre. Cependant, il suffirait d'un geste et hop.

Maintenant que le gratte-papier a fait retraite, je me tiens à petite distance, au milieu de mes bêtes. Les frères Jamois ont préféré fuir lâchement vers la doline. Sans doute s'estiment-ils trop peu payés pour me prêter main-forte. Mais je m'en fiche. Ce que je leur demande, à ces deux imbéciles, c'est de s'occuper de mes brebis, sans commentaire ni raillerie. Cette affaire se joue entre Combelle et moi, entre le pot de fer et le pot de terre, comme dirait le petit journaliste qui a le goût de la formule.

Je me suis mis à genoux au milieu de mes moutons, histoire de les caresser, de les flatter, les bonnes bêtes, de bêler mon aise avec eux.

— Bravo, les petites, leur dis-je, vous en avez décapité plus de la moitié, déjà, de cette satanée espèce. Ce sont les pointes les plus tendres. Mais un pin qui a perdu la tête, c'est un pin fichu. Désormais, il va profiter à l'horizontale, prendre du pourtour comme un benêt castré. Voilà le boulot. Et j'en suis fier. Continuez, je poursuis, en caressant la toison de mes moutons, n'arrêtez pas. Le temps travaille pour nous. Le vilain monsieur veut nous contenir sur les zones arides, là où l'herbe met trois fois plus de temps à repousser. Jusqu'à ce qu'on crève tous, petit à petit.

Les Jamois ont installé la clôture électrique pour que le troupeau passe la nuit tranquille.

— Parfait, dis-je en vérifiant la tenue des piquets et la résistance du filet. Faut brancher le poste maintenant.

Marco hésite à le faire. Il a une sacrée horreur de ces électrificateurs pour avoir pris quelques pêches, un jour même en pissant sur les fils pour vérifier qu'il y avait du courant. Faut reconnaître, parfois, que la bêtise humaine est incommensurable. Alors je m'y attelle sous l'œil des Jamois m'encadrant à petite distance, bras croisés.

— Paraît, dit François, qu'un jour il y en a un qui a pété à la gueule d'un type.

Je me mets à rire, doucement, pour ne pas les vexer. Mais un poste de clôture, tout de même, c'est inoffensif.

— Une batterie de bagnole ferait l'affaire, les gars.

— Va donc z'y faire, dit François à son frère en collant sa main à sa braguette.

Une fois tous les moutons rentrés dans le périmètre clos, je mets la sauce. Comme un métronome, le poste martèle la tension électrique, pan, pan, pan, pan. Ça rend les Jamois nerveux. Les chiens vont se coucher près de nous, là où Marco a allumé le feu. Quelques pierres plates nous servent de foyer et d'autres de protection pour éviter que les escarbilles filent dans la nature à la levée des vents. Ça brasille fort avec une bonne odeur de genévrier. Bientôt, quand le feu aura fait un peu de braises, nous y mettrons de la callune et du buis. Ça ne manque pas alentour. Et pour s'occuper aussi, car les Jamois débordent d'énergie à l'approche du casse-croûte, ils tailladent au Laguiole des petits pins que nous allons ajouter à la flamme.

— Ça parfumera nos côtelettes, dit Marco.

Ils ont mis la viande à griller, bien plus vite que je ne l'aurais voulu, car la flamme est encore trop haute et ça la calcine. François la retire du foyer. Je lui ordonne de venir poser les côtelettes sur une pierre plate chauffée à blanc. Nous y mettons un peu de thym et de serpolet que nous égrenons entre nos doigts.

— Je crois que j'ai oublié un tire-bouchon, dis-je.

Marco ne me croit pas. Ça fait cent fois au moins que je leur fais ce coup-là. Nous buvons en silence le petit vin d'Ispagnac.

— Du bouché, en plus, fait Marco en clappant.

Sur le pain tranché, nous avons déposé chacun notre côtelette d'agneau pour ne pas perdre le jus. Ensuite, un peu de fromage de chèvre et le tour est joué. La bouteille d'Ispagnac a fait long feu. Les Jamois ont le gosier en pente. Il ne faut pas leur en promettre. Et c'est très bien ainsi.

Maintenant, le feu sur l'horizon s'est estompé.

— Le soleil s'est noyé, dit François.

Je m'amuse de l'expression. Il y en a tant d'autres que j'aurais pu noter, évidemment je ne le fais jamais, par paresse.

Marco a déniché un endroit tranquille pour passer la nuit. Une petite doline bien à l'abri du vent. Nous nous glissons dans nos sacs de couchage. Comme il n'a pas fait très chaud jusque-là, et que les dernières pluies sont assez récentes, la terre est humide. Elle sent l'humus.

— M'est avis qu'on va se geler, dit Marco en tendant à son frère une fiole de gnôle. Et n'en donne pas au patron, à cause de l'augmentation qu'il a refusée.

— Quoi ? dis-je. Une augmentation pour quelques nuits passées à la belle étoile, le temps que le troupeau s'habitue… ? C'est un plaisir que d'être ici, comme au bon vieux temps des transhumances.

— Mais il y avait des refuges dans la montagne. Lorsque le mauvais temps arrivait, mon gars, les pluies, le vent fou, les orages, on pouvait se retrancher dans les bergeries. Quitte à coucher avec les moutons.

Je ne veux pas parler de cette époque. Bien sûr que j'ai été berger, à mes heures, pour le compte d'un troupelier, à faire l'estive à trois francs six sous. On ne comptait pas les heures. S'agissait juste d'emporter de quoi lire : William Burroughs, Henry Miller et tous les écrivains de la Génération perdue… Ça permettait de s'évader, quand même, d'imaginer un autre monde.

— Dors donc, Marco. Tu nous embêtes avec tes discours. Si le mauvais temps revient, mais j'en doute, en deux heures nous sommes rendus à Rougerol. Le temps de remettre le troupeau en marche... disons trois heures. Mais moi, j'ai une mission à remplir. Et je n'en démordrai pas. C'est mon os à ronger, ça, dis-je, en montrant dans la nuit les petits pins essaimés sur la lande.

François ronfle déjà comme un bienheureux.

— Et le journaleux ? repart Marco. On ne l'a pas vu, le journaleux. Oùsqu'il est, çui-là ? Ce fouineur.

Je décide alors de prendre mon barda et d'aller pioncer ailleurs, à cinquante pas d'un feu réduit à l'état de braises dont l'incandescence ne tardera pas à s'évanouir enfin. Je m'installe sur les terres de Combelle, à l'orée de la forêt, juste en contrebas du chemin où l'huissier de malheur est venu garer sa guimbarde.

— Tu es bien là-haut ? s'écrie Marco.

— Ferme-la, dis-je. Ferme-la donc, ta grande gueule.

15

FURIEUX, FRÉDÉRIK CHARME, si furieux qu'il a préféré se murer dans sa petite bicoque caussenarde pendant trois jours au moins. Le camouflet avec miss Walden n'était pas le pire à ses yeux, bien que sa fierté en ait pris un coup au passage. Mais le pire, en vérité : la violation d'une parole donnée. Patcha ne lui avait-il point promis de rencontrer le sieur Combelle ? Ce n'était donc pas le moment de monter le troupeau à Recuzas.

Durant ces trois journées, le journaliste en a profité pour mettre de l'ordre dans ses affaires. Il a commencé à entasser ses livres et ses disques dans une cantinière, puis à placer les vêtements d'hiver dans une housse. Dans une semaine, pense-t-il en faisant ses bagages, je serai à Toulouse. Et nous ne parlerons plus du Méjean pour un sacré bout de temps.

Voici qui le rend heureux, cette perspective : un passage au bar de la place Saint-Pierre, une soirée à la *Brasserie Flo* avec Adèle, histoire de renouer des liens fort distendus, et enfin, le plus difficile sans doute, convaincre l'éditeur que le projet de livre prendra une tournure inattendue. Mais qu'importent les conséquences d'une décision, l'essentiel n'est-il pas de percer l'abcès, se rassure-t-il en s'acharnant à passer et repasser sur les étagères, les meubles et le plancher son aspirateur de poche.

De même qu'un rapide aller-retour à Millau aura été l'occasion de se rendre au cinéma, puisque, avant de lâcher le Méjean, il s'était promis de conclure enfin avec l'ouvreuse dans son petit uniforme, une tocade au demeurant. Mais le désir fonctionne ainsi, sur des obsessions et des images incertaines. Ce soir-là, on y donnait une comédie stupide comme seuls les Français savent les fabriquer, une bonne idée de départ et ensuite, hélas, le cafouillage habituel. Mais hélas pour lui, l'ouvreuse avait rendu son tablier depuis un bout de temps.

— Vous ne savez pas où je pourrais la trouver ? a-t-il demandé à sa remplaçante.

— Je ne suis pas autorisée à vous donner son adresse. Qui êtes-vous, monsieur, pour me poser une telle question ?

La nouvelle ouvreuse eût-elle été un tant soit peu piquante, comme Marion, peut-être aurait-elle fait l'affaire.

Les préparatifs de son départ achevés, Charme décide enfin de s'accorder un peu de repos. Rien de tel que la *Suite lyrique* de Berg et un bon cigare pour se réconcilier avec soi-même. Le soleil de juin attiédi par l'air vif du plateau active cette quiétude qui le submerge. Soudain, il ne peut croire que cette histoire d'amour entre lui et le Méjean va s'interrompre sur ce malentendu.

Pourquoi se mentir à ce point ? se reproche-t-il en jetant les cendres de son cigare sur les lames d'iris. Tu n'as jamais possédé l'ouvreuse du cinéma de Millau et encore moins miss Walden... Et Adèle t'a quitté sur une simple lettre de rupture sans que tu aies trouvé le courage de lui écrire...

Les accents lunaires de l'*andante amoroso* ajoutent un trait de mélancolie à la situation. Tout semble en accord avec son état d'âme, le quatuor à cordes d'Alban Berg et la parure dorée du plateau avec ses pâles volutes bleuies d'un ciel que le printemps ne parvient pas à apprivoiser. Dans cette composition, Charme se trouve bien à sa place, un point posé sur cet infini de silence. Il sent les larmes au plus profond de lui, mais rien ne se libère. Il n'aurait rien à gagner dans une tempête intérieure, dans la rage destructrice et l'aigreur impuissante.

La Coccinelle bleue de Salicorne vient brouiller cette image paisible dans un nuage de poussière rouge. Il la suit longtemps d'un œil distrait. Charme n'a pas encore compris que cette visite est pour lui, sinon il prendrait la fuite, forcément. Il est des moments dans l'existence où l'on est indisponible et où toute intrusion n'est qu'élément perturbateur.

— Je viens d'apprendre que tu partais, Charme ? s'écrie Mara. Je ne peux pas le croire. Que deviendrons-nous sans toi ? On a encore besoin de ta présence. Tu ne le comprends pas. Comment faudrait-il te le dire pour t'en convaincre ?

La dame des Aiguillets fait virevolter autour d'elle ses voiles de tissu bariolés. La fièvre printanière l'habite déjà ; elle paraît flotter dans l'air malgré sa physionomie imposante.

— C'est bien la première fois qu'on sollicite ma présence.

— Pourquoi dis-tu ça, petit journaliste ?

— Patcha poursuit sa guerre en solitaire. J'avais espéré un peu de raison entre Combelle et lui. Mais je ne sais plus aujourd'hui quel est le plus fou des deux.

— Et surtout, ajoute Mara Salicorne, il y a Esther Walden.

— Je n'ai plus de nouvelles. Et toi, en as-tu ?

— Non, dit-elle d'un ton tranchant.

— Ce n'est pas une femme pour moi, déplore Charme.

— Je n'aurais pas dû parler d'Adèle…

Le journaliste éclate de rire. Il se dit : Si au moins il y avait encore une Adèle. Mais voilà une situation inavouable. On ne comprendrait pas qu'un garçon comme lui ne sache pas retenir une femme.

— Et tes pensionnaires ? Comment vont-elles ?

Mara Salicorne ne répond pas.

— Et Fiona ? Tu as de ses nouvelles ?

— Nous nous sommes disputées comme des chiffonnières. C'est indigne de nous.

Elle vient s'asseoir à côté du journaliste, lui prend la main comme une mère prévenante. Mara, il est vrai, a la caresse facile. Nous avons besoin de toucher les corps pour savoir qu'ils existent, pense-t-elle. Dans le plaisir, la douleur et même l'indifférence, il y a toujours quelque chose de sensible qui se rappelle à vous. On croit que les corps s'enlacent, se détachent, se fuient, se désespèrent, et que cette mécanique ne possède qu'un mouvement irréversible. Mais ce qui a été demeure, se dit-elle, et parfois s'en revient d'on ne sait où par le mouvement du balancier qui veut que tout perdure, indéfiniment.

— Esther Walden n'a pas dit son dernier mot, rassure Mara Salicorne. C'est une personne tellement compliquée.

— Et toi, tu crois au retour de Fiona alors ?

— Bien entendu. Peut-être les choses ne seront plus comme avant, aussi belles et flamboyantes. Mais il restera une trace amoureuse de ce qui nous a unies.

Ce côté fleur bleue amuse Charme. Un pan entier du caractère de Mara se dévoile ainsi, insoupçonné, malgré ses airs supérieurs de militante féministe. Il l'avait imaginée bien au-delà de ces questions, comme si les griffes de la passion ne pouvaient plus l'atteindre.

— Pourquoi tu ne demandes pas à Diane d'aller la chercher, là où elle se trouve, cette divine Fiona ?

Aussi surprise que déconcertée, Mara s'en retourne vers sa Coccinelle.

— On ne commande pas aux passions. Il me suffit d'espérer, toujours espérer, pour être heureuse.

— Chez moi, la lucidité fait obstacle à cet optimisme, réplique Charme.

Elle le salue.

— Je sais maintenant que tu ne partiras pas, journaliste de mes deux. Tu l'attendras tout l'été, et plus longtemps encore…

Après le départ de Mara, Charme a cessé de faire ses bagages. Il a longuement contemplé le désordre de sa maison, puis il s'est assoupi dans le coin d'une banquette, entre des livres et des journaux. Au matin, il a découvert qu'il n'avait même pas pris soin de refermer la porte de sa demeure. Il s'est préparé un café en hâte, un peu de Nes en poudre et une cuillerée de miel. Puis il est monté à Recuzas avec son 4x4, à petite vitesse, pour prendre le temps de contempler le paysage. Avec l'efflorescence des prairies, les couleurs ont explosé. Il aura suffi de quelques jours à peine de beau temps, et tout est changé, si luxuriant. Pour une fois, le journaliste ne perd pas une minute à faire des photos. Sous la colline boisée de Recuzas, on distingue le troupeau de Patcha, à la lisière de la forêt. Le vieux est passé à l'attaque, pense-t-il. Les moutons boulottent le chancre vert. Il suffira de deux semaines ou trois pour que toute cette partie de Recuzas soit nettoyée.

Parvenu à la clôture électrique, les frères Jamois se portent à son devant.

— Manquait plus que vous, dit Marco.

Le type pue la sueur aigre. On ne gaspille pas d'eau à se laver, ici, se dit Charme. À peine de petites frictions d'eau de Cologne, sous les aisselles et sur le poitrail, quand ce n'est pas de la mauvaise gnôle qu'on utilise aussi comme antiseptique de fortune pour les bêtes.

— Où est Patcha ?

François arrive à son tour, il porte dans ses bras une brebis qui a le gros ventre.

— Dans la forêt, dit-il. J'sais pas ce qu'il fabrique…

Patcha s'est enfoncé d'une centaine de pas au moins dans la pinède. Sous le couvert végétal, les anémones hépatiques à fleurs bleues sont parsemées sur le tapis d'épines et de cônes. Charme accommode peu à peu sa vue à l'obscurité et chemine en se faufilant entre les troncs ténus. Le bois mort et quelques épineux rendent la marche malaisée.

Soudain, Patcha surgit derrière lui et fait mine de le transir, par jeu sans doute.

— Tu n'as pas tenu parole, reproche Charme.

Le paysan l'observe, l'air absent. Une barbe de trois jours encadre son visage. Il n'a guère fallu longtemps pour qu'il redevienne l'homme sauvage et solitaire qu'il avait été autrefois, lorsqu'il travaillait pour un troupelier. Le journaliste lui en fait la remarque, ce qui le fait sourire, un peu tristement il est vrai.

— C'est Adrienne qui m'a fait déserter les estives. À l'époque, j'aimais cet isolement. Je me disais qu'il n'y aurait de plus grande liberté au monde que de n'obéir à personne, seulement aux besoins du troupeau. Je passais mes jours à lire et à méditer. Puis ma femme m'a persuadé que tout homme un jour doit se sédentariser. Nous avons acheté cette bergerie de Rougerol. Et nos ennuis ont commencé avec les premiers problèmes d'argent. Les disputes et querelles incessantes ont fini par miner notre couple. Il y a eu deux ou trois séparations, quelques rabibochages sur le fil. Mais à chaque coup de chien, notre alliance en prenait un coup, jusqu'à ce que ce soit terminé, d'un commun accord. On a soldé nos comptes. C'est Adrienne qui a mené les négociations avec la banque. Et forcément, elle est partie avec le directeur. C'était couru d'avance. Je ne sais pas pourquoi je te raconte cette histoire,

Charme, car elle est d'une banalité affligeante. Je n'ai pas le beau rôle.

— Au contraire de toi, dit le journaliste, j'entends toujours me donner le beau rôle, même si j'en arrive à me mentir. Voilà ce qui me désole. Cette petitesse dans ma vie, et cette petitesse de mon existence tout court.

— Je crois en effet que tu n'es pas un type heureux, dit Patcha. Ni Mara Salicorne, ni les filles qui l'accompagnent, ni cette Fiona qui s'en va et qui revient, incessamment. Chaque fois qu'un étranger s'installe sur le Méjean, c'est pour fuir, pour se cacher ou pour s'exiler. Rarement pour être heureux. Peut-être que la beauté âpre et austère de ce lieu est une consolation.

— Est-ce qu'on en repart différent ?

— Je ne sais pas, dit Patcha. Peut-être qu'à force de contempler les nuages qui passent, on finit par s'aérer la tête.

Charme éclate de rire. Patcha est resté grave et hautain, comme les bergers d'autrefois qu'on voit sur les photos anciennes, enveloppés d'une houppelande, coiffés d'un chapeau à large bord et le bâton en main comme une crosse d'évêque.

Ils ont rejoint les moutons et les chiens. Les frères Jamois s'occupent à les maintenir près des sapins pour faire razzia.

— Je ne pourrai pas les tenir longtemps à cet endroit, déplore Patcha. Faut de l'espace pour paître et il y a de la bonne herbe sur Montal. Dès qu'il fera chaud, faudra aller vers les lavognes, sinon transporter l'eau par tonne.

Cette réflexion a l'air de faire plaisir au journaliste. Il y trouve la justification de ses efforts.

— D'où la nécessité de parlementer avec Combelle, dit-il.

Un air de lassitude traverse le regard du paysan. Tantôt il croit que sa guerre est juste et sa stratégie la meilleure et plus tard que la forêt ne cessera de croître sur l'île envers et contre tout. De mille deux cents hectares on passera à deux mille, et ainsi de suite. Les normes de boisement établies par le Fonds forestier ne sont jamais respectées. Les propriétaires font la loi contre tous les règlements et les diktats. Il y a trop d'argent en jeu. Mais ce discours a fini par l'épuiser, lui aussi, le résistant de la première heure contre les mirages du Parc des Cévennes. Il ne croit plus que son combat puisse aboutir, ses arguments triompher, puisque le rang des éleveurs s'éclaircit, peu à peu. Et un jour, sans qu'on s'en étonne, il n'y aura plus de moutons sur l'île, plus de paysans, plus rien. Il restera les exilés et les promeneurs.

— Il y a trois jours, ton ami Combelle m'a envoyé un huissier pour constater que mes moutons portaient préjudice à sa forêt.

— Ce sera difficile à prouver, rétorque Charme.

— Quand on a des appuis dans la haute administration, on peut prouver tout ce qu'on veut.

Mais le journaliste n'en démord pas. Il faut tenter tout ce qui est possible. C'est une loi du genre, en additionnant les arguments de la défense, on finit par épuiser les cartouches de l'accusation.

— Quel minable procès on me fait, déplore Patcha. Le même contre les Awas d'Amazonie, les

Bororos du Cameroun, les Ouïghours du Xinjiang… Les minorités sont toujours menacées d'extinction… Et nous autres, les derniers éleveurs des causses, nous ne sommes pas mieux lotis.

— Tu exagères, Patcha. Il n'y a pas une politique délibérée contre vous. C'est la loi du progrès qui s'impose, l'agriculture intensive encouragée par la Politique agricole commune. Les estives d'antan et les transhumances qui fournissaient du fromage de qualité et des viandes irréprochables sont balayées par la concurrence massive de l'Espagne ou du Royaume-Uni.

Depuis que le journaliste adresse des articles au *Devoir français*, hebdomadaire très axé sur les rapports entre citadins et ruraux dans les zones sensibles : périphérie des villes moyennes ou secteurs isolés de la vieille France rurale, il s'est acquis une réputation de défenseur des minorités. Il a ferraillé contre le gaz de schiste dans l'Ardèche, les implantations des McDonald's dans les régions de tradition culinaire, les lignes TGV dans les zones viticoles. Maintenant le causse Méjean et les derniers des Mohicans… Pourtant, ses pairs lui reconnaissent assez peu de talent, lui reprochent ses obsessions passéistes. « Oui, dit-il, mais ça fait vendre du papier, n'est-ce pas ? » À vrai dire, ces questions n'en finissent pas de revenir sur le tapis. Les hésitations du monde politique à réformer enfin le mille-feuille administratif contribuent à tenir ces fers-là au feu, incessamment, comme un marronnier.

— Tu veux me traîner devant Combelle pour voir comment je m'en sortirai, n'est-ce pas ? Si nous

nous étriperons comme des chiffonniers ou si nous pactiserons enfin sur un compromis mou ?

Charme se dirige vers sa voiture. Il en a assez entendu. Il avait espéré que son héros, Patcha, serait à la hauteur de son destin, mais le voilà déçu, en vérité, de ses réticences. J'ai perdu mon temps à croire que ce type m'inspirerait un portrait à la mesure de mon journal. Mais non, pense-t-il en grillant nerveusement sa dernière cigarette. Il chiffonne son paquet vide de Camel et l'expédie dans la nature.

— Tu ne vas pas nous laisser ta merde derrière toi, non.

— T'es écolo, maintenant ?

— Le Méjean est un territoire qui doit rester intact, comme à ses origines. Pour que l'archéologue ne trouve pas ces saloperies comme des sacs en plastique, des pots de yaourt ou des capotes, des capotes même, sur les lieux de fouilles. Ça contrarierait ses recherches. Imagine donc, une poterie du bronze moyen voisinant avec une bouteille plastique de Coca-Cola ? Les gens qui viennent ici ont appris à respecter ce sanctuaire de nos vies perdues. Il n'est plus nécessaire de mettre des pancartes à chaque croisée de chemins : « Interdiction de jeter des ordures sous peine de... » Tu me comprends, Charme ?

— Oui, dit-il en allant ramasser son paquet de Camel froissé. Tu as raison. Mais j'y suis aussi pour quelque chose. J'ai milité pour ça.

— Alors ?

— Je suis en colère. Quand on est en colère, on fait des choses qu'on regrette ensuite.

Il démarre son 4x4, amorce son départ avec une marche arrière, une marche avant, histoire de se diriger dans la bonne direction. Soudain, Georges Silveyre lui fait signe. Charme fait semblant de ne pas l'avoir vu. Il s'obstine. Patcha vient se jeter contre sa portière avec de grands coups de bâton.

— T'es con ou quoi ?

Le journaliste baisse sa vitre.

— D'accord, dit Patcha.

— Pour voir Combelle ?

— Oui.

— T'es bien sûr ? Tu ne vas pas me demander de faire demi-tour dans trois kilomètres ?

— Je l'ai décidé ! s'écrie Silveyre. La mort dans l'âme.

— Pourquoi « la mort dans l'âme » ?

— C'est comme une sorte d'abdication.

— Trop d'orgueil gâte l'homme libre, conclut Charme.

16

Richard Combelle

— J'APPRÉCIE que vous veniez vers moi, plutôt que l'inverse. Ce ne serait pas mauvaise volonté de ma part, dis-je à Silveyre, mais ma santé est défaillante. Ne le prenez pas comme une reddition, n'est-ce pas ?

Je me tourne vers Frédérik Charme, l'accompagnateur de service. Et je me mets à le prendre à partie, puisqu'il est venu, c'est son rôle après tout :

— Monsieur le journaliste, vous avez bien expliqué tout ça à Silveyre, que je ne joue plus à ce jeu-là, depuis que j'ai pris mes distances avec la politique. Oui, continué-je sur le même ton détaché, je ne suis pas l'homme que vous croyez, monsieur Silveyre. Je suis un honnête bourgeois, gâté par la vie, certes, surtout en fin de parcours, mais qui n'a pas de haine, pourvu qu'on respecte les règles habituelles. Ne point toucher à la propriété et se garder de toutes manipulations qui pourraient me nuire. Car alors, monsieur Silveyre, je deviendrais une bête obtuse, fais-je en me tapant le front à poing fermé. Comme les taureaux entrant dans l'arène et cherchant non point le sacrificateur en habit de lumière, qui n'est qu'une marionnette, tout compte fait, mais la porte de sortie…

Je me mets à rire, mais je suis le seul. Comme si l'heure était si grave. Me sentant particulièrement à l'aise dans cette rencontre qui devrait être selon toute logique une joute décisive, je ne boude point mon plaisir d'avoir marqué le premier point. C'est une de mes forces, cette capacité de parler sans ajouter quelque pathos à mon propos, et à voir la mine défaite du petit journaliste, on apprécie de ce côté-ci mon flegme, tout de même.

Et alors que je suis reparti de plus belle dans ma démonstration, soudain le berger m'arrête d'un geste. J'ai cette bêtise de m'interrompre. Fatale réaction, car Silveyre, évidemment, en profite pour placer son mot :

— Au point où en sont nos relations, Combelle, je doute fort que ça continue sur le même ton…

Un point pour lui, me dis-je. Un petit point car la suite n'augure que rigidité et acrimonie.

— Vous m'avez envoyé un huissier, poursuit Silveyre. Et ceci afin de produire un rapport qui servira, je n'en doute pas, à une action en justice. Mon troupeau s'est bien tenu, puisqu'il paît hors de votre propriété. Car le fameux huissier a une conception toute personnelle des limites cadastrales. La vaine pâture ne vous appartient pas, Combelle. Le droit est de mon côté. Mes moutons dévorent votre essaimage de pins sur des terres qui ne sont pas les vôtres, combien de fois faudra-t-il vous le dire ? Et de ce point de vue, oui, assène-t-il avec colère, je les encourage, mes vaillantes brebis, à détruire cette lèpre verte qui dévore notre Méjean.

— Je crois qu'il va nous falloir borner tout ça, dis-je.

— La piste forestière en cet endroit longe vos bois, dit Silveyre, elle marque la frontière entre privé et public. Voilà ma défense. Si vous m'attaquez, je saurai apporter les preuves de ce que j'avance.

D'une chiquenaude, j'écarte l'opportun en le priant de se lever et de quitter ma demeure. Je ne veux pas parlementer sans fin avec ces paysans fanatiques qui se croient les maîtres partout où ils ont traîné leur bosse. Que m'importe que la corporation soit en déclin. Lorsque les forces du progrès sont en marche, il est évidemment des archaïques qui restent au bord du chemin, regardant le train de l'avenir prendre le large. Il ne sert à rien de se retourner, de cultiver la nostalgie du bon vieux temps. L'homme est un animal triste qui ne se résigne jamais à voir le monde changer autour de lui.

Le petit Charme m'écoute tête baissée. Il sait que mes propos sont sensés, malgré mon vieil âge. Il y a belle lurette que j'ai appris ce que sont les fractures du temps qui passe, les souffrances qu'elles engendrent, et la colère impuissante qu'elles inspirent.

— Vous n'empêcherez pas le boisement du Méjean. Il n'a pas toujours été une lande à moutons. Demandez à Esther Walden. Il y avait du chêne, du hêtre et que sais-je encore sur ce beau plateau, autrefois. On y a introduit du pin à partir des années 60 pour satisfaire la demande en bois industriel. Je suis dans le négoce, monsieur Silveyre.

Je possède toutes les autorisations. Je fais ce que je veux sur mes parcelles… Comprenez-vous ?

Puis, à ce moment, la lassitude m'a saisi. De vives douleurs dorsales. Comme le jour où j'ai failli crever. Et l'angoisse s'est emparée de moi. Tout de même, je ne vais pas expirer devant lui, me suis-je dit, ce serait le bouquet.

Le journaliste a voulu réfréner nos colères, jugeant que ce n'était pas de cette manière qu'il fallait s'y prendre. J'ai laissé courir à ce moment. Reprends ton souffle, Richard, me suis-je dit. Mais le paysan n'a rien voulu savoir. Et au moment des insultes, Charme s'est levé pour contraindre son comparse à baisser le ton. Alors, Silveyre s'est rué sur moi, me prenant au collet comme un chien enragé. Il a juré qu'il allait me crever… Puis, comme un sourire amusé se dessinait sur mon visage, il m'a giflé, le saligaud, avec une violence inouïe.

— Vous décrirez cette scène dans votre article ? ai-je demandé à Charme. Il ne faudra rien omettre. Affaire d'objectivité.

— Je comprends maintenant la haine que vous suscitez, monsieur Combelle. Vous êtes un provocateur-né. Cela vous est facile de jouer sur ce registre, sachant les réactions que vous provoquerez. Et ensuite, bien sûr, vous aurez le beau rôle. Voilà ce qui importe pour vous, avoir le beau rôle…

J'ai plaqué les mains sur mon visage comme pour m'abstraire de cette vilaine scène. Ces mots-là, si terribles, m'ont rappelé une vieille histoire. Ma dernière dispute avec Éléonore. Tu es un hypocrite, Richard, m'a-t-elle dit. À force de vouloir posséder les autres, tu les réduis à ta merci, en les faisant passer pour ce qu'ils ne sont pas. Regarde donc ce que tu as fait de moi. Une vilaine mégère. Alors que je t'ai tout donné, ma jeunesse et mon amour. Tu me piétines par orgueil, Richard, pour avoir envers et contre tout le beau rôle. La belle affaire. Je vais te laisser seul dans ton trou à rat. Tu pourras y cultiver tes précieuses haines, tes rancœurs vénéneuses, et finir un jour comme un vieux con abandonné du monde. Je doute même que la mort veuille de toi pour t'en délivrer. Tu vivras longtemps dans cette aigreur. C'est tout le malheur que je te souhaite, une longue vieillesse triste et solitaire.

Je n'ai plus revu Éléonore, trois années durant. Puis elle a mis fin à ses jours. Et c'est alors que pour moi a commencé un long calvaire. Tout ce qu'elle m'avait prédit, ma chère Éléonore, est arrivé.

Attirée par les éclats de voix, Lucienne est venue aux nouvelles. En me voyant en mauvaise posture, elle m'a pris en pitié.

— Mais vous n'avez pas honte, tout de même, faire des misères à un vieillard !

Le petit journaliste a été pris de panique.

— Nous ne voulions pas que ça tourne ainsi, monsieur Combelle... Vous saviez quel était mon état d'esprit en venant ici. Et il aura fallu, Patcha, que tu gâches tout...

— Va te faire foutre ! réplique Silveyre, le feu aux joues. On est venu me menacer. Quand on me cherche, on me trouve. Nom de Dieu, je suis un esprit simple, capable de beaucoup d'indulgence, mais là ça dépasse la mesure.

— Vous ne dites rien, monsieur Combelle ?

— Non. Tout est dit. Votre protégé, dis-je en me tournant vers Charme, a décidé de m'affronter de la manière forte, il en ira ainsi, que la violence appelle la violence, même si elle ne la justifie pas.

— Que comptez-vous faire ?

Je cache assez mal les envies de me gondoler, parfois, posture qui m'a joué de vilains tours du reste, mais là, franchement, c'est plus fort que moi. On ne compte tout de même pas que je vais me déballonner devant un éleveur de moutons.

— Il continuera de m'emmerder, dit Silveyre. Je le connais.

— Non, vous ne me connaissez pas, dis-je, car si vous me connaissiez vous ne m'auriez pas affronté.

— Allons ! Faisons la paix, propose le petit Charme.

— Quelle paix ? demandé-je. Après les gifles, les embrassades. Vous en avez de bonnes…

— J'avoue que c'est un peu compliqué, admet Charme.

Le paysan arpente mon salon de long en large. Je connais assez cette espèce d'homme pour comprendre que, désormais, Silveyre regrette son geste. Mais moi, je ne suis pas de la race de son troupeau, ni une lacaune ni un scottish black. Plutôt de celle des loups, même si le vieux que je suis fait plutôt pitié dans le tableau. Mes crocs sont usés, mais la rage est intacte, quitte à faire sauter le vieux cœur qui me tient en vie sur un fil. N'avoir plus rien à perdre dans la vie rend libre, n'est-ce pas ? Je me dis que je pourrais tuer cet homme. Je n'en aurais certes pas la force physique, mais il y a moult façons de tuer… Dans ce domaine, nous avons fait, lors des campagnes d'Indochine et d'Algérie, tout ce qu'il est possible de faire sans encourir les foudres d'une justice rendue défaillante au nom du droit de la guerre et des justes causes, et parfois de la raison d'État… Tôt ou tard, on est conduit au crime lorsque des hommes lâchés dans la nature sont le dos au mur.

— Dites-lui d'arrêter de marcher, dis-je à Charme. Ça me tape sur le système.

Lucienne est retournée dans sa cuisine, mais conserve un œil sur nous. Elle a compris que j'étais dans une posture difficile. Ce n'est pas pour lui déplaire, mais ces femmes-là, avec si peu d'instruction, ont tout de même des principes moraux élevés.

— Si nous trouvons un terrain d'entente, monsieur Combelle, dit le paysan, je consens à vous présenter des excuses pour mes débordements.

Je n'ai pas envie de lui répondre directement. Il me semble que nous sommes suffisamment en froid pour que j'aie droit à un médiateur.

— Qu'entend-il par « terrain d'entente » ?

— Que vous demandiez à vos bûcherons de supprimer les plants invasifs, et qu'enfin vous laissiez ses troupeaux paître en toute tranquillité.

— Faudrait-il aussi que je renonce à acheter les parcelles d'Aubelin Noé ?

— Comment voyez-vous la chose ? m'interroge le journaliste.

— Oui, ajoute Silveyre, ce serait chic de votre part d'arrêter le boisement. Vous disposez d'assez de forêt comme ça.

— Ai-je bien entendu ?

— Je crois que c'est assez clair, confirme le journaliste.

— Dites-lui, ajouté-je, que je compte au contraire procéder à plusieurs coupes à Lageol et à Barrest.

— Et après ? demande Silveyre.

Charme m'interroge d'un regard suppliant.

— Ce sont les acheteurs qui décideront si je dois continuer à faire du bois ou tout autre chose. Qui sait !

— On n'arrivera à rien, se lamente le paysan. Fiasco complet.

— Laissez-moi le temps de réfléchir. Maintenant, j'ai besoin de prendre un peu de repos.

Alors que je suis enfin seul, trônant au milieu de mon salon, le vague à l'âme, Lucienne vient s'enquérir de ma santé. Peut-être a-t-elle cru que j'allais tomber en syncope, crever devant mes visiteurs comme un chien. Je suis bien plus solide qu'on ne le croit généralement. Car cette adversité, au fond, ne fait que renforcer ma résistance. C'est bien connu. Il n'est que l'ennui qui tue, lorsque l'on voit ses proches descendre dans leur tombe, et qu'on se retrouve seul, rescapé de l'âge et sauvegardé par les médications. Ne me soignez plus, docteur, je veux partir, moi aussi... Faire comme tout le monde. Sinon, je finirai par me découvrir étranger à cette époque, décalé, déphasé, et que sais-je encore. Mais j'ai une expérience qui m'a préservé de ces tristes pensées mortifères. Après la mort d'Éléonore, j'ai su qu'un pan de ma vie se détachait de moi, et par ma faute. Une faute si difficile à admettre mais dont je ne puis me débarrasser, puisque Elora sera toujours là pour me la rappeler.

— Croyez-vous que je suis un monstre, Lucienne ?

— Pourquoi dites-vous ça ? Je ne comprends pas.

— Il n'est aucune personne au monde qui me trouve socialement supportable. N'est-ce pas un signe...

— Vous êtes un vieux ronchon. La vie vous a gâté, à ce que je sais.

— À cause de ma petite fortune ? C'est voir pas plus loin que le bout de son nez, dis-je.

— Vous avez une fille et elle vous néglige. C'est étrange. Ne vous êtes-vous pas posé la question ? Pourquoi elle ne vous aime pas ?

— Elora croit que je suis responsable de la mort de sa mère.

— Est-ce vrai que madame Éléonore a mis fin à ses jours ?

— Qui vous a dit ça ?

— Ça se sait.

— Voyez, dis-je, on ne s'intéresse à Combelle que pour le juger.

— Vous pourriez faire un démenti.

— Mais auprès de qui donc, grand Dieu ? Par un encart publicitaire dans le canard de Frédérik Charme... « Monsieur Richard Combelle informe les lecteurs qu'il n'est en rien responsable de la mort de son épouse. »

Je me mets à rire. Elle ne partage pas mon cynisme, le cynisme n'étant qu'un mot d'esprit grinçant à partager entre initiés.

Puis je monte à l'étage, là où la lunette me tient lieu de délassement avec vue imprenable sur le microcosme. Certains étudient la vie des insectes, moi ce sont les hommes qui m'intéressent. Tant de petitesses et si peu d'élévation. Pour une fois, me dis-je, ce serait justement une preuve d'élévation que d'accéder à la demande de Silveyre. Mais la petitesse me conforte tellement, elle m'enivre, elle me ravit, alors qu'une belle action me laisserait sur ma faim. Nous ne ferons rien, me dis-je, de ce que demandent le paysan et le journaliste. Je planterai où bon me semble, sans rendre de comptes à personne ni justifier mes actes. Ne suis pas un propriétaire forestier ? Le boisement et le reboisement constituent mon activité principale. Sinon, il me faudrait quitter le Méjean.

Je serais donc un monstre d'égoïsme, d'orgueil, de cupidité et d'indifférence. Nulle qualité, comme l'altruisme ou la compassion. Pour quoi faire ?

Mes mains farfouillent dans les tiroirs, s'agacent, s'excitent de ne pas trouver ce qu'elles cherchent. Je le sais, moi, ce qu'elles cherchent, pourtant je ne suis pas d'accord, mais elles sont plus fortes que moi. Elles commandent à cette partie de moi-même que j'ai passé tant de temps à nier.

Enfin, une photo d'Éléonore. Je l'avais oubliée, celle-là. Elle est nue au sortir de son bain, la chevelure enroulée dans une serviette. À cette époque, elle possédait encore des seins fermes et une ligne de mannequin. Mon Dieu, ses longues jambes, lorsqu'elles venaient à s'enrouler autour de ma taille. Je la portais ainsi. Et, chaque fois, elle refusait que je la prenne dans cette gymnastique des corps. L'amour, nous le pratiquions confortablement, dans une pose où elle pouvait observer mon visage. Et je n'aimais guère qu'elle me dévisageât au seuil de l'orgasme. La grimace qu'il inspire est comme un aveu de soumission à l'ordre féminin. « Laisse-toi aller, me disait-elle, ne sois pas rétif. » Et je m'abandonnais presque à regret, comme si je ne voulais pas lui donner tout de moi-même. À la vérité, je n'étais pas généreux non plus dans l'amour. J'avais hâte d'en finir, comme si à trop m'exposer à la lascivité de ces jeux je pouvais perdre de ma supériorité. Sans doute est-ce la raison de sa première tromperie ? Je ne lui donnais pas assez pour qu'elle fût heureuse ou du moins pas ce qu'elle attendait d'un homme, c'est-à-dire ce souverain abandon dans le plaisir qui nous amollit l'âme et corrompt nos sens. Quel homme stupide ! me dis-je parfois en songeant à ces histoires anciennes. Éléonore a collectionné les amants de passage, faisant en sorte que je n'en sache rien. Mais, à la vérité, je n'ai jamais été dupe de ses trahisons. Je les ai ignorées durant tout le temps où elles sont restées secrètes. Et ensuite, la guerre est venue entre nous. Une guerre épouvantable.

Sur cette photo à la sortie du bain, on ne voit que ça : le sourire sur son visage et la toison de son pubis. Tandis que son sexe me suppliait de venir en elle, en battant mon ventre, son sourire me tenait la dragée haute, comme une interrogation devant laquelle on ne peut se défiler. Oseras-tu me repousser ? Maintenant que je te tiens et que je ferai de toi ce que bon me semble…

Bien que le grenier soit interdit à l'aide ménagère, Lucienne est venue apporter mes cachets. Une demi-douzaine de pilules. J'ai glissé en hâte la photo d'Éléonore sous une pile de vieux papiers et refermé le tiroir.

— Que faites-vous ?

— Ça ne vous regarde pas.

— Il serait temps de descendre prendre votre repas. Je veux bien vous servir, monsieur Combelle, mais pas attendre au-delà de huit heures. À moins que vous me payiez des heures supplémentaires ?

— Bernique, dis-je.

— Grossier personnage ! Sale type !

— Je suis donc un monstre. Enfin, je tiens ma réponse.

— Vous faites tout ce que vous pouvez pour qu'on vous déteste.

— Je me déteste moi-même, dis-je.

Je renvoie Lucienne en lui promettant de descendre séance tenante. Mais je sais déjà que je lui ferai perdre une heure au moins. On se venge comme on peut. Et quand la vieillesse vous assaille, on dispose de peu de moyens.

17

PERTUZE TRAVERSE le jardinet de Mara Salicorne en courant, essoufflé, comme s'il était en train de fuir un poursuivant. Puis il vient buter à la porte d'entrée dans un grand bruit. Il fait jouer la poignée mais elle reste close. Il pousse un cri en agitant la tête, se mordillant les lèvres.

— J'veux, j'veux... répète-t-il, sans parvenir à finir sa phrase.

Les filles viennent coller leur nez à la fenêtre, craintives.

— Tu vois ce que je vois ? dit Diane.

— Il fait la bête, répond Laurène. C'est son moment d'excitation.

— Vrai, ce n'est pas le moment de sortir, ajoute Diane.

— Pourquoi ?

— Nous deux en maillot, ça va le rendre marteau, tu ne comprends pas ? relève Diane.

— Oh là là, on en a vu d'autres, dit Laurène.

— Pour toi, peut-être, mais j'ai pas envie qu'il me mette ses sales pattes sur...

Mara Salicorne les observe, bras croisés sur sa grosse poitrine. Ça pourrait l'amuser, mais elle n'a pas le cœur à plaisanter.

— Vous avez fini d'équeuter les fraises ?

— On en a plein les doigts. Ça colle. C'est dégueu, déplore Diane.

— Il faut bien qu'elles aient du sucre, ces fraises, si on veut que notre confiture ait du goût, explique Mara.

— Mais c'est vrai, assure Laurène. Tu as acheté des fruits trop mûrs.

— Tu préférerais qu'ils soient verts ?

Mara leur a demandé de porter un tablier pour faire ce travail, mais avec la chaleur, les filles ont jeté leurs nippes par-dessus bord.

— Regardez ça, vous en avez foutu partout après vous.

Avec un torchon, elle essuie les traces de fruit, délicatement. Les filles se tortillent sur l'air de hard rock qui claironne dans la maison. Pour un peu, elles se rouleraient dans la purée de fruit, rien que pour le plaisir de prendre un bain dans la piscine. Mais Mara Salicorne en a interdit l'accès à cause des dytiques qui font du pédalo dans l'eau saumâtre.

— Pertu est contre la porte, annonce Laurène d'un ton voilé.

— Je croyais que c'était SDF.

— Tiens, c'est curieux, note Diane. Il n'a pas aboyé.

— Si c'est Pertuze, tu sais bien qu'il n'aboie pas, dit Laurène. Il lui mangerait dans la main. C'est pourquoi ce malade vient nous zieuter le soir…

Mara Salicorne ouvre brutalement sa porte, tandis que les filles s'enfuient dans la chambre en piaillant. Le garçon s'est assis sur les marches, occupé à renouer un lacet de croquenot.

— Rentre donc, bonhomme, dit Mara.

Le garçon hésite, jetant un regard de droite à gauche, comme s'il s'agissait d'un traquenard.

— J'sais pas si j'dois.

— Tu viens voir les copines ?

Elle se met à rire. Pertuze l'observe si intensément qu'elle ressent chaque fois une sorte de vertige trouble. Quelle est la part de raison et quelle est la part de folie ? Serait-ce quantifiable au juste ? Mais la reine des Aiguillets a décidé une bonne fois pour toutes que ce jeune homme était aussi inoffensif qu'un mollusque. La tête est vide la plupart du temps, avec quelquefois des prémices pulsionnelles, sans autre effet que d'apeurer les donzelles.

— Qu'as-tu à dire, Pertuze ? Je te sens fébrile. Ce n'est pas ton heure, pourtant.

Quand il rôde nuitamment, à grandes enjambées, venant se cogner aux fenêtres et s'éloignant et revenant, comme un papillon de nuit, on pourrait craindre le pire. Un loup-garou, comme dirait Jos, qui rêve de lui faire la peau. Mais Jos est plus dangereux que Pertu, avec son fusil et ses bacchantes d'homme des bois. Celui-là, il ne ferait pas bon le croiser à la pleine lune sur le chemin de Claparède…

— Dieu m'est témoin que…

— Que quoi, Pertu ? Tu peux me le dire.

Les mots se bousculent dans sa tête. Mara l'oblige à respirer profondément pour reprendre le fil de ses idées. C'est un petit exercice qui met longtemps à apaiser son excitation.

— Ils sont venus… Là-bas.

— Qui ? demande Mara.

— Deux hommes. Des étrangers.

— Où donc ?

Ses yeux semblent se retourner dans leurs orbites. Elle lui prend la main, la caresse. Elle sent cette force qui le possède, ce tressaillement des muscles et toute la tension qui en émane.

— À la ferme Matteo, dit-il.

— Tu veux dire que deux types se sont installés dans la vieille ferme abandonnée des Étrives ?

Il fait oui en secouant la tête. Mara Salicorne soupire enfin.

— Tu le sais bien, Pertuze, cet endroit est souvent squatté. Des gens qui passent. Des gens inoffensifs. Des marcheurs.

Elle veut le rassurer.

— Ce ne sont pas des culs de singe au moins ? Il y en a parfois qui s'installent là pour tirer les cailles, les lapins, ou même les biches et les sangliers. Ils remplissent leur remorque de gibier pour le vendre dans la vallée. Sinon, je ne vois pas qui pourrait être assez toqué pour s'installer dans ce trou à rats. La ferme Matteo est en ruine depuis belle lurette, depuis que le vieil Italien s'est pendu dans sa grange. C'est un drôle d'endroit, lugubre, sinistre. Un repaire à *tchiottes*[1].

Pendant ce temps, les filles s'impatientent dans la chambre. Elles ne veulent pas se montrer en maillot

1. *Chouettes chevêches.*

de bain. Cet embarras est l'occasion d'une conversation animée et feutrée entre elles. Au bout d'un moment, Laurène se décide en enfilant une robe bain de soleil en coton transparent. Finalement, l'effet est encore plus excitant. Dès son entrée dans la cuisine, Pertuze ne voit plus qu'elle et en oublie son histoire.

Mara se décide à lui faire goûter sa tarte aux fraises.

— Il paraît que nous avons de nouveaux arrivants. Depuis quatre ou cinq jours, ils se sont installés à la ferme Matteo. Deux types, précise-t-elle.

Mais Pertuze ne parvient pas à les décrire.

— Des jeunes ? demande Laurène.

Le petit berger confirme en hochant la tête.

— Pourquoi ? Ça t'intéresse qu'ils soient vieux ou jeunes ? dit Mara.

— Je préfère qu'ils soient de mon âge. Ici, il n'y a que des vieux.

Mara raccompagne son visiteur jusqu'au portail du jardin. Il dit qu'il voudrait rester encore un petit peu, mais elle le pousse à avancer, jusqu'à ce qu'il comprenne enfin qu'il est devenu indésirable. Pertuze se met en colère.

— Au lieu de le renvoyer, critique Laurène, vaudrait mieux lui faire nettoyer la piscine.

— Ce n'est pas aujourd'hui que vous vous baignerez, les filles, dit Mara.

— On va sortir les chaises longues, ça nous fera prendre un peu de soleil.

Mara Salicorne n'a pas l'air d'accord. Jusqu'à preuve du contraire, c'est elle qui commande aux Aiguillets, d'une poigne ferme, comme à son habitude.

— Tu es jalouse ou quoi ? interroge Laurène.

Diane demande à ce qu'on lui explique la situation.

— J'ai raté un épisode, dit-elle.

— Allez donc vous brûler le cul ! s'écrie Mara d'un geste. Je finirai la confiture toute seule.

Après avoir visité les moindres recoins de la ferme Matteo, Thomas et Virgil ont décidé de camper dans la salle de séjour. Le seul lieu sans désordre. Le reste, grange, bergerie, cuisine et chambres, est sens dessus dessous. Et dans ce capharnaüm les rongeurs ont fini par élire domicile, sans compter les chouettes et les corneilles. Ce sont ces dernières du reste qui ont été les plus faciles à déloger.

— Tu ne vas pas gaspiller des balles à tirer dessus, tout de même, a protesté Virgil.

Mais c'est plus fort que lui, Tom a la gâchette qui le démange. C'est un fou des armes à feu, surtout de poing. Il le bichonne sans cesse, son Glock 17, par petites touches de graisse et vigoureux astiquages, puis le chargeant et le déchargeant sans se lasser, comme pour se préparer à toute éventualité.

Les garçons ont repoussé la table ronde et les chaises branlantes pour étendre leurs duvets. Puis ils ont tiré un buffet contre la porte du fond pour en condamner l'accès.

— J'aime cet endroit, dit Virgil, parce qu'ici personne n'aura l'idée de nous chercher.

Tom ne répond pas. Il est allongé sur le sol, fixant le plafond. Il y a un paquet de plâtre qui est tombé, jadis, et qui a mis à nu la pierre. Dans les demeures caussenardes, les plafonds sont voûtés pour soutenir la toiture. Mais l'eau en s'infiltrant aura fini par déstabiliser ce bel ordonnancement.

— Tu es optimiste, dit Tom après un long silence. Faudra qu'on descende à Florac pour se ravitailler et là, mon gars, les gens nous verront et se poseront des questions.

— Sûrement pas si nous prenons soin de nous habiller en randonneurs.

— Pourquoi pas en scouts ? dit Tom en rigolant.

Virgil, qui a l'âme d'un chef et d'un vrai petit soldat dévoué à sa cause, n'aime pas la plaisanterie. Il ne rit jamais. Son crâne rasé de skin lui prête un air sinistre qui lui convient parfaitement. Il est petit, râblé, abonné cependant à tous les exercices physiques qui maintiennent en forme. Un faux maigre. Tandis que Thomas est un grand gaillard avec de l'embonpoint déjà. La course, la nage, les pompes et le reste ne lui conviennent pas. Sa force, en vérité, se loge dans le prolongement de sa main droite, celle qui tient l'arme et qui fait mouche à tous les coups.

— Il faut obturer cette fenêtre, dit Virgil. On pourrait nous voir de l'extérieur.

Il montre les deux vitres brisées et par-delà la cour de la ferme où sont entassées quelques ferrailles composées d'outils aratoires, de roues de charrette, plus une vieille carcasse de 4L. C'est un décor qui lui va, ce style de ferme abandonnée à tous les vents. Et surtout ne rien toucher, pour qu'on continue à croire qu'elle est vouée à l'outrage des ans.

— On y mettra du carton. Et ça fera l'affaire, dit Tom.

Virgil va s'asseoir dans l'angle de la pièce. La poussière le dérange, bien plus que l'humidité des murs et ses traces verdâtres.

— Y a un petit mec qui est venu se balader dans le secteur, explique Virgil. J'ai eu le temps de l'observer. C'est l'idiot du village.

— Après tout, on a rien à se reprocher, rassure Tom.

— Tu rigoles ou quoi ? Il y a des moments où je me demande ce que je fais avec toi.

— Ben quoi, on se cache, c'est tout. On est en *stand-by*. On attend que ça se calme.

— La Toyo, on a dit qu'on la sortait seulement de nuit. Le reste du temps, dans la grange. Personne n'est rentré dans la grange ?

— Non, appuie Tom, j'ai vérifié.

— Sinon, on fera quoi ?

— On déguerpira, c'est tout. Mais, mon cher Virgil, nulle part on ne sera mieux qu'ici. Le Méjean est ravitaillé par les corbeaux. Les cimetières sont pleins à craquer. Et les rares habitants sont calfeutrés chez eux. Quant aux bergers, c'est une espèce en voie d'extinction. Nous avons tout le pays pour nous. Reste les randonneurs, certes… Mais ce sont des bucoliques qui photographient les fleurs, les pierres et le cul des brebis. Un pays où le mouton est roi ne peut pas nous être hostile.

Après un petit roupillon, Virgil descend dans la cour pour fumer. Il a une réserve d'herbe pour tout l'été. C'est un instant de délassement extrême pour lui, l'atrabilaire. Ça le fait bicher en moins de cinq minutes. Une sorte d'orgasme cérébral. Ainsi, il va faire un petit tour dans la grange, vérifier la Toyo, comme il dit. En plus il a des tocs, comme de mettre le contact pour vérifier, deux fois par jour au moins, que le réservoir est garni. Il s'installe au volant, allume la loupiote du plafond et sort de la boîte à gants *Le Manuel du petit terroriste.* C'est pourtant un bréviaire qu'il connaît par cœur, les mille et une façons de se fondre dans la masse, de préparer un attentat, de doser nitrates, acides et chlorures... Même s'il n'est jamais passé à l'acte, il a fini par se persuader qu'un jour son heure viendrait et qu'il lui faudrait être au top. Puis il s'assoupit de nouveau.

Virgil a des rêves obsessionnels de grand gamin immature, castagner les flics, se confronter aux fafs, comme il dit, et puis traversant les fumées âcres des lacrymos, la plage, la mer, les filles et de longues vacances, qui ne le laissent jamais en paix. Car il faut trouver de l'argent, quitte à attaquer les distributeurs de banque ou briser les vitrines de luxe à la voiture-bélier. C'est une guerre intérieure et extérieure qui n'en finit jamais de grossir dans sa tête, puisque la paix c'est la mort.

Tom l'a rejoint sans bruit.

— Cesse donc de te balader avec ce flingue, proteste Virgil. Ça ne se sort qu'en dernière extrémité, crétin !

— Quand j'étais petit, dans les terrains vagues de Bobigny, on faisait la guerre, déjà entre gamins. On s'était fabriqué des pétoires. On prenait un mec et on le torturait rien que pour rire en lui écrasant des mégots sur les fesses.

— Allez, Tom, tu racontes des conneries. T'as jamais fait ça. C'est comme les tournantes dans les caves du Chêne-Pointu. Tu as tout inventé. Je te connais. À force de lire les canards… On finit par croire que ça a existé. Mais rien que dans nos têtes.

— T'es un triste, Virgil.

— Faudra planquer le Glock dans le grenier. Et l'oublier pour un temps.

— C'est donc ça, ton idée, ajoute Tom, devenir de gentils petits randonneurs paumés sur le causse ?

18

Mara Salicorne

Laurène et Diane sont en train de déprimer. Je vois ça à leurs mines pâles comme un cachet d'aspirine et à leur paresse au lit, jamais levées avant dix heures du mat'. Ce n'est pas une sinécure que de les avoir en pension, ces deux-là. Pourtant, j'ai tout tenté pour les intéresser à la vie quotidienne sur le Méjean. Je les ai même embarquées un jeudi au marché de Florac. Au bout d'un quart d'heure, elles ont déserté les étals. Je me suis fâchée mais, après tout, elles n'avaient aucune raison de m'obéir. Je ne suis pas leur mère. Une heure plus tard, je les ai retrouvées à la terrasse du bar *Les Négociants*, sous les platanes, entourées de types excités comme des chiens. Ils ont dû croire que j'étais leur maman, ces petits cons, parce qu'ils ont décampé sans demander leur reste.

Puis, au retour, on a préparé la confiture de fraises. Pourtant, les confitures, ce n'est pas ma tasse de thé, je suis plutôt saucisson à l'ail et jambon de Bayonne. Mais, à la première occasion, les filles se sont défilées pour aller bronzer dans le jardin en bouquinant des revues féminines.

Heureusement, Pertuze nous a apporté une bonne nouvelle, la présence dans notre secteur de deux étrangers venus faire de la randonnée sur le Méjean.

— Ça changera, dis-je. Des têtes nouvelles. Vous devez être contentes, non ?

J'ai pensé à ce moment, égoïstement, que peut-être ces deux promeneurs sur la piste Stevenson pourraient me les embarquer. Ainsi, je retrouverais un peu de calme et de tranquillité. Si, comme je le crois, Diane et Laurène sont aussi intéressées par les mecs, ce sera une occasion d'en finir avec la promiscuité. La chambre qu'elles occupent, après tout, est celle de Fiona, et je n'ai pas désespéré de la voir revenir. Je ne vis que pour ça, cet amour, cette douloureuse tendresse qui nous a conduites toutes les deux sur un chemin aventureux. Mais que vaut la vie sans la passion ? Pas même un pot de confiture.

Le lendemain, j'ai enfilé mon pantalon knickers en lin blanc et chaussé mes pataugas pour suivre Pertuze, là où il a déniché les deux jeunes, c'est-à-dire à la ferme Matteo. Ça nous fait un petit quart d'heure de marche, plutôt agréable sous le soleil. Les vautours décrivent des cercles dans le ciel. Il y a même un gypaète qui fait sa ronde en solo. Et ça excite Pertuze, qui voudrait, lui aussi, voler.

— Mais tu n'es qu'un culbuto, lui dis-je pour le taquiner. On a le cul trop lourd et nos ailes sont tombées de mutation en mutation du bipède à l'hominidé.

Pertuze veut que je lui fasse un dessin, mais pour le coup le culbuto ce serait plutôt l'homme de l'avenir abandonnant ses fonctions oro-motrices et cognitives à l'intelligence artificielle. On prend le temps de respirer un peu et j'en profite donc pour lui faire un croquis. Ça l'amuse, ce petit personnage ridicule sans jambes et sans bras qui oscille sur son cul.

La ferme Matteo est le quartier général des corneilles. Ces oiseaux noirs volent en bandes, à ras du sol, et jamais bien loin de leur domaine favori. Pertuze les vise avec son bâton et imite le vacarme d'un fusil. Ça ne fait que les éloigner de nous, puis ils s'en reviennent sournoisement.

Dans la cour de ferme encombrée d'ordures flotte une odeur de café bouilli. Je vais toquer à la porte d'entrée. Je dis d'une voix forte :

— Je suis votre voisine, Mara Salicorne !

Pertuze clame son nom aussi pour ne pas demeurer en reste. Silence. Pesant silence. Je songe alors que les étrangers ne veulent pas nous voir, que nous nous comportons comme des intrus. Mais après tout, pensé-je, la ferme Matteo appartient à tout le monde. À la longue, elle est devenue un refuge de fortune, un gîte précaire, mais bien accueillant lorsque la tempête se déchaîne sur le Méjean ou que la neige efface toutes traces de chemins et de drailles.

Derrière une fenêtre, je distingue une ombre.

— Vous n'avez pas envie de partager un repas ? Nous sommes des gens hospitaliers, dis-je.

À l'entrée de la grange, les herbes ont été piétinées. Signe de mouvement, de passage, de villégiature… Qui peut croire qu'on puisse passer inaperçu, même sur le Méjean ? Ça se cache, pensé-je. Comme jadis sur le Larzac, il y avait des hurluberlus qui squattaient toutes les masures caussenardes. À la fin, ça faisait une population en goguette, un repeuplement de hippies et de zonards.

— Veut pas d'nous ! marmonne Pertuze.

Mais la porte s'entrouvre légèrement en crissant sur la margelle. Une petite tête de piaf émerge, le cheveu rasibus. Ça nous fait risette, tout de même.

— Que voulez-vous ?

— J'habite aux Aiguillets. Ça serait sympa, tout de même, de partager un repas chaud, non ?

Le type s'avance vers nous, hésitant.

— On ne cherche pas la compagnie.

— Et sauvage en plus ?

— Mais non. Quand même non.

Je lui tends la main. Il consent à la serrer.

— La ferme Matteo est maudite, dis-je. C'est un lieu où il ne fait pas bon vivre.

L'autre gaillard est sorti à son tour. Il rigole en nous voyant. Drôles de marcheurs, pensé-je.

— On fait le GR 60. Un peu de repos et dans une semaine, ouais, une semaine, on partira vers l'Aigoual.

Virgil et Thomas acceptent enfin de nous faire entrer dans la grande pièce.

— Tu connais ? questionne le grand blondinet.

— Oui, dis-je. Mais il y a longtemps que j'ai pas foutu les pieds ici.

— C'est ton mec ? demande-t-il en désignant Pertuze.

Je fais non de la tête.

— Un petit voisin, dis-je.

— Je comprends, ajoute Thomas. Un petit voisin, répète-t-il. Un autochtone ?

— Exact.

— Il a pas tout pour lui ?

— Oui, dis-je. Mais c'est un garçon serviable et gentil.

Pertuze se tortille sur place. Il adore les flatteries.

— Ils sont tous comme ça ?

— Non, dis-je. Pertuze est comme ça, c'est tout.

— Et toi ? demande Virgil, le petit brun au crâne rasé. Tu n'es pas d'ici ?

— Pourquoi ?

— Tu fais fille de la ville, non ?

— Oui, dis-je. Fille de la ville. Mais retirée dans la solitude, la grande solitude.

— Putain oui, ajoute Thomas. C'est un sacré bled. Un paysage de cauchemar.

— Ça dépend comment on voit les choses, dis-je.

— Faut pas s'aimer pour rester là, commente Virgil.

— Ma maison est accueillante. C'est l'habitude chez moi de recevoir dignement tous les visiteurs. Mais pourquoi ces questions ?

— On veut savoir où on met les pieds, ajoute Virgil.

— Fais pas attention, prévient Thomas. Mon cops est un soupçonneux.

— Et vous venez d'où, si ce n'est pas indiscret ?

Les deux gars se regardent bizarrement.

— On est des parigots pur sucre.

— De la banlieue alors... Quelle banlieue ?

— On est obligés de répondre ? s'inquiète Virgil. On n'est pas chez les flics, ici ?

— Tout doux, dis-je.

— Seine-Saint-Denis, concède Thomas. Ça nous change de voir du pays. Et sacré pays, fait-il en biglant Pertuze.

Le lendemain, juste avant midi, Thomas et Virgil sont entrés aux Aiguillets. Pour la circonstance, ils avaient fait un brin de toilette et amélioré leur tenue. Pourtant, je ne leur avais point dit qu'il y avait des frangines à la maison. Mais cette délicate attention m'a surprise et touchée, surtout le bouquet de fleurs des champs.

— C'est tout ce qu'on a à t'offrir, Mara, a indiqué Thomas, tandis que son compère se tenait sur sa réserve, un peu en arrière, pensif.

Il est venu me claquer deux bises, d'un geste viril, en me prenant par les épaules. C'est alors que les filles sont sorties en petites robes, l'une blanche avec des arabesques de brillants et l'autre jaune canari de forme trapézoïdale. Mes visiteurs sont restés babas. Ils étaient loin d'imaginer que je cachais sous mon toit une Laurène et une Diane. Elles s'étaient maquillées pour le coup : rouge à lèvres, khôl, fleurettes dans la coiffure.

Mon Dieu, me dis-je, voici un air de fête qui flotte dans ma maison, ça sent l'été, et nous ne tarderons pas à agrandir notre cercle dont le point d'orgue sera le feu de la Saint-Jean. C'est une tradition ici. On brûle tout ce qui brûle, on chante, on danse, on picole.

Aussitôt, les filles ont entrepris de faire la causette aux visiteurs. Seul le grand paraît à l'aise dans ses baskets. Ce n'est pas bien difficile de comprendre, au premier coup d'œil, que c'est Diane qui l'intéresse, avec ses beaux yeux bleus en amande et la finesse élancée de ses formes. De son côté, Laurène s'est fait un devoir de faire visiter la maison, le jardin et les alentours que nous appelons pompeusement le parc avec ses deux frênes qui se battent en duel.

Au bout de trois minutes, elle revient vers moi, le feu aux joues.

— Ils pourraient dresser leurs tentes sous les arbres. Tu es d'accord, Mara ?

Je me tourne vers Virgil, qui fume un bout de mégot qui ne me paraît pas très catholique.

— Vous avez des canadiennes ?

— Non.

— On sortira celles du grenier ? propose Laurène.

— À la condition, Virgil, que toi et ton copain, vous nous donniez la main.

— Nettoyer la piscine par exemple, suggère Laurène.

Je retourne dans la cuisine, où Diane a commencé à servir les apéritifs. Depuis un mois au moins, nous sommes redevenues whisky alors que, durant les longs mois d'hiver, c'était plutôt rhum et chartreuse. Puis on va prendre place à la table de jardin, devant l'entrée de la maison. Les fauteuils en osier sont confortables et il y a assez d'ombre sous le chêne. On trinque gentiment.

Puis un silence s'installe entre nous, une retenue habituelle lorsque des étrangers sont assis autour de la même table et qu'on ne sait pas par où attaquer la conversation. Je me dévoue en racontant l'histoire de la ferme Matteo, le suicide du vieil Italien, les querelles entre chasseurs pour se partager les quartiers de sanglier ou de chevreuil, et les raisons de ma présence, ici, sur le causse, à l'écart de la société.

Thomas veut bien apporter quelques informations sur lui, mais il me paraît être sous la surveillance de son voisin, comme s'il existait entre eux une sorte de connivence. Voici une situation qui m'intrigue fort, car ces deux citoyens ne sont certes pas des randonneurs, mais plutôt des types qui se cachent… Mais de quoi donc, grand Dieu ?

Après le repas, les garçons sont montés dans notre grenier pour y dénicher les canadiennes dans les vieilles malles que j'ai amassées depuis mon arrivée sur l'île. Elles datent, ces tentes en coton pain brûlé qui nous ont servi au début des années 1970, lorsque Élisabeth, Fabienne et moi, nous avions fait le pèlerinage du Larzac sur les pas de Lanza del Vasto. Malgré les complications du montage, il ne leur faut guère plus d'une demi-heure pour les dresser sous les frênes du petit parc.

— Ça fait bivouac de crevure, a ricané Virgil.

— En tout cas, bien utiles ces canadiennes, ai-je répondu.

Et Thomas, qui est plein d'attention à mon égard, ne serait-ce que par reconnaissance pour le gîte et le couvert, vient me remercier chaleureusement par une accolade.

Ensuite, les garçons sont partis faire une promenade dans les environs, un « repérage », comme ils disent. Le mot m'a fait sourire. Idée de cinéaste, de romancier ou de militaire, me suis-je dit, tout en jugeant qu'ils n'étaient rien de tout ça.

Finalement des paumés en déshérence. Voilà bien une explication qui m'agrée assez...

Tandis que je m'active à éplucher des carottes dans la cuisine et que je maugrée en songeant que les tâches sont toujours dévolues aux mêmes, Laurène me rejoint en traînant les pieds. J'en profite pour lui coller un économe entre les pattes. On ne peut être plus explicite. À l'aide ! À l'aide, les filles ! Car depuis deux mois au moins, ces gonzesses bien charmantes au demeurant n'en foutent pas une rame.

— Que penses-tu de ces garçons ?

— Rien, dis-je.

— Je crois que Diane a déjà un ticket avec le grand. Elle a toujours aimé les types bien bâtis.

— Ah oui, dis-je, première nouvelle. Et toi ?

Elle baisse la tête.

— Tu l'aurais voulu aussi, celui-là ?

— Non. Que vas-tu penser ? Je ne veux rien.

— Quand on s'ennuie, Laurène, on est prêt à faire n'importe quoi, et surtout des choses qu'on regrette ensuite.

— Tu viens nous faire la morale ? C'est un comble.

— Et le journaliste, il ne te dit plus rien, le journaliste ? je demande.

Laurène jette furieusement la carotte qu'elle avait entrepris d'éplucher au milieu des déchets. Je me mets à rire, doucement.

— Frédérik Charme ne s'intéresse pas à moi.

— Il t'a cataloguée. C'est un crétin ! S'il savait ? Tu n'es pas tout à fait des nôtres.

— Lui, il est amoureux d'Esther Walden.

— Mais tout le monde est amoureux d'Esther Walden, toi, moi, le journaleux et même le vieux Combelle. Mais le hic, c'est que cette petite-bourgeoise n'est amoureuse de personne, sinon d'elle-même. Alors elle joue les suppliantes. Je parierais qu'elle est aussi vierge que ce pauvre bougre de Pertuze.

Laurène vient m'entourer de ses bras graciles, caresse mes cheveux, me glisse un baiser dans le cou. Je ne la repousse pas. Elle ne me fait aucun effet. Et je ne sais pas encore pourquoi.

— Pourvu que Fiona revienne, dit-elle.

J'ai des montées de larmes cachées par des gestes désordonnés pour dissimuler mon embarras.

— Tu es gentille, dis-je. Tellement gentille que tu vas finir par me faire pleurer.

Nous sortons, bras dessus bras dessous, pour contempler les tentes des visiteurs. Ils les ont placées en vis-à-vis comme pour mieux se surveiller l'un l'autre, alors qu'ils auraient pu disposer les ouvertures vers les belles collines de Recuzas.

— Ils ne resteront pas longtemps, prédis-je.

— Pourquoi ?

— Je le sens. Peut-être n'aurais-je pas dû les inviter ?

— À cause de ce qui pourrait arriver à Diane ?

— Elle ne suivra pas ce garçon pour autant. Si c'est cela que tu crains, ma pauvre Laurène, tu peux dormir sur tes deux oreilles.

19

EN INDIQUANT où se trouvent les plus grandes réserves de bois mort du canton de Hures, Pertuze a son petit succès. On le nomme caporal en chef de la brigade des Aiguillets. Une misérable troupe en vérité, formée de trois femmes, de deux randonneurs, d'un journaliste. Peut-être s'y adjoindra-t-il d'autres volontaires ? Du moins, c'est le souhait de Mara Salicorne. Mais on a vite raclé les fonds de tiroir : le vieux fou de Rougerol, ne point compter sur lui, et quant à Esther Walden, qui sait où elle se trouve et quelle idée peut bien lui passer par la tête ? Bien sûr, il reste l'éleveur de moutons, Patcha, mais selon le journaliste un type trop sérieux pour dresser un feu de la Saint-Jean.

Alors Pertuze a conduit ses fourmis vers la forêt de Juret. C'est un petit bois de rien du tout, grand comme un mouchoir de poche. Le feu en a détruit une bonne partie il y a trois ans et la repousse est longue, du fait que le propriétaire, un habitant de Mende, n'a pas voulu engager le moindre frais. On compte sur les insectes xylophages pour achever le travail.

Sur la dernière pente, Pertuze exhorte son escouade à monter à l'assaut. Comme un général sur les images d'Épinal, il est à l'avant-poste. Il se retourne pour voir si la troupe suit. Il peut être satisfait, les filles gambadent en tête en poussant des petits cris chaque fois que leurs chaussures rencontrent des embûches. Virgil et Thomas les accompagnent de près, les couvant du regard. Ils n'ont d'yeux que pour leurs belles gambettes. Qui croirait qu'il faille se perdre sur le Méjean pour assister à un tel spectacle ?

— Je suis heureux pour toi, petit frère, dit Thomas. Pour une fois que tu ne lis pas le manuel…

— Ici, on est au poil. Je te l'accorde.

— Tu as envie de te la faire, la grande ?

— Laurène ? Non. Il faudra qu'elle s'intéresse à moi.

— En tout cas, tu me laisses la jolie sauterelle.

— Tu peux en faire ce que tu voudras, elle est si conne, répond Virgil en passant une main sur son crâne rasé. Putain, mais il nous fait suer sang et eau, le débile.

Déjà distancés, Mara Salicorne et Frédérik Charme devisent gentiment. Il lui a pris la main par galanterie. C'est une vieille habitude. On ne saura jamais pourquoi ces deux caractères opposés s'attirent comme des aimants. Néanmoins, il n'y a pas de sentiment trouble entre eux, juste de la camaraderie.

— Autrefois, j'ai testé ma libido avec quelques types gentils dans ton genre, avoue Mara.

— Et ça n'a pas marché ?

— Non. J'ai compris alors que les hommes n'étaient pas faits pour moi. Ça ne m'empêche pas d'aimer leur compagnie.

— J'ai remarqué qu'on a souvent un copain homo avec qui on s'entend bien, explique Charme. Peut-être parce qu'il n'y a pas d'enjeu ?

— Et Esther ?

— Pas de nouvelles.

— Tu as essayé tout de même ?

— Je l'ai embrassée, je l'ai caressée. Mais au moment crucial, ma chère, elle s'est débinée. Je ne peux pas croire qu'elle n'avait pas envie de moi.

— Je crois que tu n'as pas fait tout ce qu'il fallait. Au point où tu en étais, elle aurait dû succomber. C'est toi qui as hésité, n'est-ce pas ? *L'Angoisse du gardien de but au moment du penalty*, rit Mara. Un joli roman de Peter Handke. Tu n'as pas étranglé la caissière du cinéma de Millau, au moins ?

À pied d'œuvre, la troupe comprend qu'elle ne sera pas en mesure de transporter le bois mort nécessaire à un feu de la Saint-Jean.

— Je vais demander aux frères Jamois d'en remplir un tombereau. On leur donnera une pièce et ça fera l'affaire.

Virgil et Thomas se sont engagés dans la forêt dévastée, en enjambant les barres de pins secs entrecroisées.

— On ferait mieux d'y foutre le feu, dit Thomas.

— Un acte doit se justifier par un argument fort et être l'expression d'une juste cause. Sinon, nous ne serions que des apprentis…

— Tout à fait d'accord, frérot.

Ils se prennent par le cou, chahutent, se bousculent, se filent quelques gifles.

— Tu es comme moi, Virgil, de la même race. Ça te démange, le coup de poing dans les manifs. Ici, on tape dans le vide. Il n'y a rien à faire. C'est l'exil, mon vieux, un pays de neuneus. Peut-être qu'on devra pas trop s'attarder. Sinon, on va se rouiller.

Virgil l'écoute avec attendrissement. Il en faudrait des milliers comme lui, pense-t-il, des bagarreurs qui ne réfléchissent pas et qui obéissent au doigt et à l'œil, toujours sur la brèche, prêts à s'enflammer comme un bidon d'essence.

Pertuze s'est emparé d'une pièce de bois et l'a traînée jusqu'au chemin. Maintenant, il fait de grands gestes et pousse des jurons dans l'espoir que ses fourmis l'imiteront. Mais la troupe est en débandade. Elle s'en revient, les mains vides.

— Tu vois bien, Pertuze, que c'est trop dur pour nous, explique Charme. Le tracteur de Patcha fera le boulot à notre place. Et ce soir, nous allumerons le grand feu. Tu auras même le droit de sauter par-dessus.

Mara Salicorne le prend par la main pour le consoler. Mais le garçon s'obstine. Et cette colère subite prend soudain, dans la chaleur vive de l'été, des accents tragiques. Alors que Pertuze ne décolère pas, le journaliste tente de le raisonner :

— Tu aideras les Jamois à charger la remorque.

— Dieu m'est témoin que…

— Tu as fait tout ce qu'on attendait de toi. En nous montrant la forêt morte, tu la vois, la forêt, sens dessus dessous ? On n'en fera rien de plus. Faut des bras forts pour sortir le bois et un tracteur pour le transporter aux Aiguillets…

Mais Pertuze n'aime pas Marco et François, Marco surtout, qui le moque sans cesse sur sa manie de zieuter les filles.

— Diane ? dit Mara. Viens donc lui parler, s'il te plaît ?

La fille tente de se défiler, mais Mara insiste par de grands signes. Alors, en traînant les pieds, Diane vient embrasser Pertuze sur les joues. Le garçon paraît apaisé. Plus loin, Thomas ricane et Diane va le rejoindre. C'est une bouée de secours, ce grand type suffisant qui la serre contre lui, sans forcer le geste. Il le sait, qu'elle finira par lui tomber dans les bras. Et sur son visage se dessine le sourire niais de la supériorité masculine. Mara Salicorne l'observe d'un œil noir. À ce moment, il représente ce qu'elle déteste chez un homme. Alors, elle donne le signal du départ, comme pour rompre les fils compliqués d'une situation déplaisante dont le pauvre Pertuze est devenu le jouet.

Avec un billet de vingt euros, Mara Salicorne a obtenu un bûcher des plus volumineux. Excessif même, estime Charme. Mais chacun convient que ce sera le plus beau feu de la Saint-Jean de leur vie. Les frères Jamois ont même suggéré que le plus simple serait de mettre directement le feu au bois de Juret. « Que ça brûle un peu plus ou un peu moins, dans le secteur, ça ne changera rien », a expliqué Marco. Comme personne aux Aiguillets ne prend les Jamois *brothers* au sérieux, l'allusion est tombée à plat.

Ce n'est qu'au moment de l'apéritif que Virgil a demandé si ça brûlait souvent dans le pays.

— Quelquefois, du côté de Sainte-Enimie, on a connu des incendies terribles, explique Mara.

— Qui donc les allume ?

— Chaque fois, on dit que ce sont les touristes ou les randonneurs. Un mégot de cigarette et hop. À moins que des gens ne s'amusent à faire des barbecues en pleine nature. Ici lorsque le vent se lève après un mois sans pluie, c'est l'été de tous les dangers.

— Et l'orage ?

— Oui, confirme Charme, la foudre aussi allume les incendies.

Mara gratte une allumette et observe la petite flamme qui oscille à peine.

— On peut faire notre feu sans crainte, dit-elle. C'est quand le vent souffle du sud et qu'il laboure les landes qu'il y a péril.

Tout le monde s'en rapporte à la sagesse de Mara Salicorne. Pour une Parisienne, Virgil juge qu'elle s'est bien adaptée au Méjean.

— Il faut nourrir une sacrée haine contre la vie citadine, ajoute-t-il.

Charme distribue les verres de punch. C'est bien réussi avec du rhum blanc Drillon, du sucre de canne et des rondelles de citron vert. Laurène a pressé les oranges jusqu'à l'épuisement, comme elle dit, ce qui a fait hurler de rire Mara Salicorne.

— Le bonheur est en exil, clame le journaliste.

On se creuse la tête pour comprendre ce que Charme a voulu dire. C'est peut-être une de ces phrases toutes faites qu'il ânonne de temps en temps et qui semblent émerger d'une réflexion profonde sans qu'elles aient aucun lien avec la situation. Les parigots s'observent, en silence. C'est l'histoire des incendies sur le Méjean qui les turlupine. En venant à Hures, ils ont traversé des zones ainsi dévastées avec des vestiges de pins calcinés, dressés dans le ciel, sinistres comme un champ de bataille. Certains avaient survécu à la furie incendiaire, isolés au milieu des pics calcinés, déployant leurs ramures disgracieuses à la diable.

— Le sentiment de l'exil est dans les têtes, dit Mara. Quant à croire qu'il suffit de se retirer du monde, d'abandonner ses amis et tout ce qu'on a cru être l'essence de la vie pour dénicher le bonheur... Tu me permettras d'en douter.

— Pourtant, nous le cherchons sans cesse, ce point d'équilibre, répond Charme. Dans l'amour, dans l'amitié, dans la solitude parfois. Tout commencement est une fête et ensuite les espoirs s'estompent. On croit revenir à la source de nos premiers bonheurs, mais c'est impossible. Le temps a fait son œuvre.

On trinque, puis on se précipite vers la charcuterie finement découpée et étalée sur des assiettes de porcelaine blanche. Les filles ont pris d'assaut les chaises longues, en vêture légère, et délaissent les victuailles. Seule Mara Salicorne se goinfre et invite les hommes à l'accompagner, depuis le temps, explique-t-elle, qu'elle a perdu toute illusion sur son tour de taille. Néanmoins, elle se plaît à dire qu'elle a été très séduisante dans les années 70 et pour authentifier ses dires elle va chercher un portrait dans sa chambre. Celui-ci circule de main en main. Même Virgil semble s'intéresser à la question.

La nuit descend lentement sur le Méjean, avec ses roses et jaunes mêlés. Les croupes des collines semblent absorbées peu à peu dans ce glissement progressif où l'obscurité finira par triompher. Thomas a conduit Diane sur la draille pour mieux voir le spectacle du jour finissant. Il la prend par les épaules, la presse contre lui. Elle paraît si émue qu'il l'embrasse à pleine bouche. Puis ils se laissent glisser sur l'herbe tiédie, sans que leurs mains se séparent.

— Je ne sais pas comment c'est pour toi... balbutie Thomas, mais pour moi c'est comme un coup de foudre. Quelque chose que je n'avais pas ressenti encore...

Elle lui pose un doigt sur les lèvres pour l'interrompre. Trop tôt, pense-t-elle, pour dire des choses comme ça, des mots d'amour et de passion, des promesses qui s'envolent à l'aube. Il la caresse, elle se débat un peu, sans pour autant s'effaroucher.

— Tu ne dois pas aller si vite, prévient-elle.

— Pardon, dit-il.

— Non, tu n'as pas besoin de dire pardon.

Elle vient l'embrasser, cette fois avec rage. Les garçons sont toujours trop pressés, pense-t-elle, mais une fois leur affaire achevée, ils s'éloignent lâchement. Peut-être que celui-ci, tout compte fait, sera différent des autres ?

— Je veux que nous restions là, longtemps, sans bouger.

— Oui, promet-il. Et après ?

Elle se raidit brutalement, enfouissant son petit nez au creux de l'aisselle du garçon. C'est cette odeur-là qui m'a le plus manqué avec les filles, se dit-elle. Et cette découverte la fait pleurer, sans qu'il y paraisse. Car il ne comprendrait pas.

Après ? Il a entendu le silence de Diane, et son expérience des filles l'enrage. Jusqu'où me faudra-t-il aller pour l'avoir ? se demande-t-il.

— Tu feras de moi ce que tu voudras, Thomas. Mais quand je le déciderai.

Laurène distribue les assiettes garnies de melon.

— Ça va bien avec le jambon et même avec la saucisse sèche, explique Mara Salicorne.

Virgil est adossé au chêne, il somnole. La faute au punch trop dosé. À moins qu'il n'ait fumé un pétard de trop. À moins qu'il ne cuve une longue fatigue, une lassitude de se vouloir toujours en éveil, prêt à bondir comme un chat. Un garçon comme moi, pense-t-il, ne peut pas avoir une vie normale. Et pour le coup, il envie son frérot d'armes. Un repos du guerrier bien mérité. Heureusement qu'il a laissé son Glock à la ferme Matteo. Ça ferait mauvais genre dans la maison de madame Salicorne.

Charme, Mara et Laurène ont pris place autour de la table de jardin. Ils parlent de Patcha, de l'huissier de justice et du vieil obstiné au cœur fragile qui hante la belle demeure de Rougerol.

— Si ça se trouve, il nous observe avec sa lunette.

Mara n'en croit pas un mot.

— Tu exagères, Charme. Comme tous les journalistes. Tu peux te détendre. Tu n'écriras rien là-dessus.

— Si ça continue, je vais perdre mon job.

— Tu as déjà perdu Adèle, dit Mara avec un sourire de compassion.

— C'est vrai, Frédie ? questionne Laurène.

Il ne répond pas.

La lumière diffusée par les lampes à pétrole attire les papillons et d'autres insectes aux formes inquiétantes.

— Oui, reconnaît Charme. J'ai tout raté dans ma vie, mes amours et mes œuvres.

Laurène éprouve soudain de la pitié pour ce garçon. Elle vient poser un baiser sur son front. Il caresse sa chevelure. Il lui conseille de se tenir loin de lui si elle ne veut pas partager ses déboires.

— Je n'ai jamais su rendre une femme heureuse. Trop égoïste, reconnaît-il.

— Et pourtant tu es venu parmi nous pour faire un bout de chemin, explique Mara. Tu ne sais pas où est la bonne direction. Entre la voie royale et toutes les autres qui ne mènent nulle part. Puisses-tu comprendre enfin ce que tu désires profondément, ajoute-t-elle.

Mara apporte une nouvelle bouteille de bordeaux.

— C'est du Maucaillou, dit-elle.

Elle remplit les verres, généreusement.

— J'ai préparé un plat de tomates si ça vous tente.

— Pas de vinaigrette sur le Maucaillou, défend Charme.

— Alors du Fédou ?

Laurène revient avec le fromage découpé en portions.

— Je ne savais pas que tu étais si seule.

Mara Salicorne pouffe.

— Tu n'as pas besoin de mon autorisation, ma petite, dit-elle.

Et la jeune femme se met à rougir jusqu'à la racine des cheveux.

— Charme, sans te commander, tu devrais mettre le feu à ce bûcher. Et qu'il éclaire notre belle nuit d'été.

Le journaliste va chercher une boîte d'allumettes et une fiole d'alcool à brûler dans la cuisine.

— C'est comme si c'était fait, maîtresse, dit Charme en se dirigeant vers le tas de bois.

Mara prend la main de Laurène et la serre avec rudesse.

— Qu'y a-t-il ?

— Il aura suffi que ce beau blond arrive pour que ta sœur se pâme, et toi, je le vois bien, tu voudrais consoler le petit journaliste ? Vous êtes de sacrées donzelles tout de même. On vire sa cuti pour un rien. Mes pauvres filles, vous nagez dans le potage, avec votre libido incertaine, tantôt les filles, tantôt les garçons, au gré du vent et de l'inspiration. Qu'est-ce que ça veut dire, ce désordre amoureux ? De mon temps, on avait une tendance et on s'y tenait.

— De quel temps tu me parles ? questionne Laurène.

— Du temps où on renversait les tables, piétinait les lits, les conventions, les principes, les religions, les morales. On croyait que le cordon ombilical avec le père, la mère, et que sais-je encore, était coupé enfin. Mais le vieux monde nous a rattrapées avec son bâton merdeux... Tiens, je vais mettre un peu de zizique. Ça va détendre l'atmosphère.

Sur la platine, Mara Salicorne glisse un tube de Mecano : « Une femme avec une femme ». Et, au passage, elle accompagne la voix qui fuse des baffles : « Là où le doute s'installe c'est que ce geste se fasse sous la table… »

Maintenant que la flamme s'élève dans le ciel avec ses escarbilles scintillantes jusqu'à la lune, on peut applaudir et danser et crier et chanter sur le rythme endiablé de Zouk Machine. On se dandine, se trémousse dans les cailloux du Méjean. Le petit couple improvisé s'en revient aussi, bras dessus bras dessous. Mara n'est pas la dernière à danser. Les verres se vident, rhum-Coca, whisky-bière et vodka-martini.

— C'est l'heure du loup ! s'écrie Charme. Gare aux brebis.

Il surveille le petit couple du coin de l'œil. Greffe improbable, pense Charme. Mais est-il une greffe qui résiste plus de trois ans ? Il vide son verre cul sec. La tête commence à lui tourner. Ce n'est pas ce soir qu'il bondira par-dessus le brasier. Au moins, se dit-il, j'ai laissé mon Nikon au râtelier. Ça, c'est un événement. D'avoir osé partir sans lui. Il n'en revient pas.

Dans le ciel, la lune joue les coquettes. Tantôt elle se cache derrière un voile de nuage, tantôt elle redouble de paresse.

— Tu voudrais d'un type comme moi, Laurène ? demande Charme en posant une main sur son genou.

Elle le fixe avec attendrissement. C'est une idée qui ne lui est jamais venue en tête, qu'elle puisse devenir l'amante du journaliste. Et si ce soir elle se découvre quelque compassion pour lui, c'est grâce à Mara, la cruauté de Mara Salicorne, son cynisme animal, sa capacité de mépris, tout ça, bien sûr, étant le fruit d'une trop longue solitude.

— Ça ne marcherait pas longtemps entre nous, Frédie. Je ne sais pas m'y prendre avec les hommes. Je reste passive. J'attends que ça se passe.

Il se met à rire, remplit à nouveau son verre de whisky, mais sans y ajouter cette fois une goulée de bière. C'est ça qui tue, se dit-il, la mousse dans le Cardhu. Laurène veut goûter à quoi ça ressemble, cette mixture.

— Dégueulasse !

— Mais ça accélère le processus d'alcoolisation, ma beauté.

Elle lui prend la main et lui retire son verre, comme si elle voulait éloigner de lui cette tentation de l'ivresse.

— Il faudrait que nous établissions un pacte entre nous deux, que tu me prennes telle que je suis et moi idem. Je ne me ferai pas aisément à l'idée de partager le lit d'un homme durablement, avec toutes les embrouilles domestiques, les lâchetés quotidiennes, les compromis sexuels.

Il hoche la tête.

— Laisse tomber, Laurène. S'il te plaît. C'était juste manière de causer.

— Ne le prends pas comme ça.

Le journaliste tente de se lever, mais la terre est comme un bateau dans la tempête. Il se rassoit, vaincu. Trop tard, pense-t-il.

Mara Salicorne a mis un disque de Whitney Houston. C'est une voix qu'elle adore, après avoir jeté aux orties Joan Baez et Janis Joplin. Trop de nostalgie tue l'intelligence du goût, explique-t-elle en se dandinant.

Passé minuit, la Land Rover d'Esther Walden est entrée aux Aiguillets à fond la caisse. L'amazone en est descendue, le pas conquérant, crinière au vent, dans une robe en sergé écarlate avec un décolleté en V plongeant et des emmanchures américaines.

— Je m'invite à votre sauterie. C'est le plus beau feu du pays, dit-elle. On le voit de Hyelzas.

Mara fait les présentations, surtout avec les nouveaux qui posent des questions. Mais l'archéologie n'est pas leur fort. Et ça les amuse plutôt, une bourgeoise style 16e arrondissement sur le Méjean en Repetto. Esther Walden accepte une coupe de champagne avec un doigt de porto. C'est sa boisson de fête.

— C'est mieux qu'un Prozac, dit-elle.

— Je ne vous imaginais pas aussi déprimée, remarque Charme. J'espère ne pas en être la cause.

— Pour qui vous prenez-vous ? Nous nous sommes dit l'essentiel, n'est-ce pas ?

Charme baisse la tête de dépit. Mara accourt aux avant-postes. Elle ne veut rien perdre de la situation. Peut-être que l'ivresse donnera de l'audace à notre petit journaliste, se dit-elle. À voir, à voir... Mais Frédérik a le vin triste. Il ne boit jamais pour le plaisir. Mara Salicorne lui retire la bouteille de whisky, discrètement.

Laurène rapporte les plats pour que la retardataire puisse se restaurer. Mais c'est peine perdue. La ligne taille 38 impose des sacrifices.

— Où en est ce pauvre Patcha ? demande-t-elle.

Mara Salicorne explique que son combat est désespéré et que, aux dernières nouvelles, le vieux Combelle entend le poursuivre devant les tribunaux. Virgil paraît s'intéresser à la question au point qu'il voudrait en parler avec le berger.

— Où qu'on aille, même dans ce trou perdu, la guerre fait rage. D'un côté les profiteurs et de l'autre les victimes, dit-il.

Le journaliste tapote l'épaule du Parisien.

— J'ai essayé de trouver entre ces deux-là un compromis.

Virgil ricane.

— Il n'y a pas de compromis possible. S'il veut garder sa terre à moutons, il devra faire place nette en utilisant les grands moyens. Les juges, les médiateurs, les conseilleurs, les politiciens, tout ça complote allègrement pour noyer le poisson.

— J'ai entendu ce beau discours en 1972 sur le Larzac contre l'extension du camp militaire.

— L'État a bien cédé, non ?

— Le tribunal de Toulouse a rejeté le recours des agriculteurs contre le décret d'utilité publique. Si vous appelez ça une victoire ? Je doute, ajoute Charme, que l'on parvienne un jour à mobiliser sur le Méjean quatre-vingt mille contestataires. Le sort de Patcha n'intéresse personne. Les temps ont changé. Il n'y a plus de conscience collective. Le temps présent est à la pensée unique dictée par les économistes. Les politiques eux-mêmes ne comptent plus que pour du beurre. Et tous ces touristes qui viennent se promener sur le causse ne voient que le bout de leurs doigts. Les fleurs, les insectes, les oiseaux... Ce tourisme bucolique cantonne le berger au rôle d'animateur culturel. Bientôt, on le subventionnera pour animer des soirées contes et légendes.

— Richard Combelle n'est pas le monstre assoiffé de sang que vous décrivez, Frédérik. C'est un forestier qui veut juste entretenir le boisement selon les règles inscrites dans la charte du Parc national des Cévennes. Connaissez-vous Alain Moussours ?

— Le directeur du Fonds forestier, dit Charme. Il est du côté de Combelle. Il le sermonne de temps à autre, mais le vieux s'assoit dessus.

— Des solutions radicales, ça existe, non ? suggère Virgil.

— Lesquelles ? questionne Esther Walden.

Virgil se lève et arpente le jardin, le parc, visite les tentes, désappointé de ne pas trouver son ami.

Mais loin du feu qui s'amenuise, Diane et Thomas ont semé dans leur fuite jusqu'au dernier vêtement avant de s'abandonner aux gestes de l'amour.

20

Richard Combelle

LE DERNIER CHECK-UP ne m'est pas favorable. On a sondé reins et cœur, et ma vie plus que jamais ne tient qu'à un fil. *Bis repetita*, me dis-je. Pourquoi, du reste, la situation évoluerait dans la bonne direction ? Les cachets et les plats sans sel ne suffiront pas à faire de moi un homme neuf. Au contraire, je déprime à heures fixes, et je m'autorise pour apaiser le spleen un petit verre de cognac. Il n'est que Lucienne pour s'étonner, chaque matin, de me trouver encore vivant. Elle a inscrit sur un carton avec un gros feutre les numéros de téléphone à appeler d'urgence, médecin, pompiers, ambulance, pompes funèbres. Elle sait que mes dernières volontés sont déposées chez maître Furetier à Florac. Il y a même celui de ma fille, mais je doute qu'Elora se déplacera pour suivre mon enterrement. Si bien que ce sera, tout compte fait, une cérémonie sobre, sans fleurs ni couronnes, sans discours, sans prières, à l'arrache entre quatre croque-morts. Que m'importe. Ce qui parachève le destin d'un homme tient dans le mot de la fin, somptueux ou médiocre. Le mien tiendra du malentendu, parce que j'ai passé ma vie à l'ombre des espérances, dans les soubassements des tristes œuvres, sans que l'on sache jamais qui je fus, en vérité.

— Lucienne, attendez-vous au pire.

— Avec vous, monsieur, j'ai l'habitude.

— Comprenez-moi ! Non point le pire de la comédie, qui est parfois un enchantement, mais le pire de la tragédie. Cette vertu innommable des pauvres.

Ma phrase a suscité des rires. Et je n'en attendais pas moins. Puis j'ai passé deux jours à me morfondre dans mon grenier, à l'œilleton de ma jumelle, griffonnant sur mon carnet des observations, soigneusement minutées. Ainsi ai-je vu comment mes ennemis montaient au front, Patcha et ses journaliers poussant le mouton sur mes terres. Loin derrière, pleutre et irrésolu, le petit correspondant de guerre, rasant les murets, épaules basses, mine craintive. Mais Patcha grand seigneur, quand même ! Ça oui, je le reconnais volontiers. On ne gagne rien à diminuer ses ennemis, parce que, forcément, on se diminue soi-même.

Du côté des Aiguillets, la grande prêtresse féministe couve sous ses ailes maternelles les petites suppliantes. Jusqu'à quand durera cette comédie ? Je ne puis m'empêcher de songer, sans plaisir, que la gomorrhéenne est entrée dans son long hiver, et les feux de la fête n'y changeront rien. Le Méjean a cette faculté de révéler les caractères. Ici, on ne peut pas tricher. La solitude déchire les oripeaux et rien ne peut parer à la nudité des âmes et des corps. Je l'ai appris à mes dépens.

Hier, deux bivouacs ont éclos sur la verte prairie avec l'arrivée de Laurel et Hardy. Ces deux-là tournent en rond dans le pré carré, rongent leur frein, rôdent et maraudent, les idées confuses. Ils appartiennent à une espèce que les cités ont engendrée dans les fonds de cour, dans les caves sordides. Comme les rats, ils vont sonder les poubelles du vieux monde pour en tirer quelques motifs d'échauffourée.

Puis, la crise passée, j'ai rouvert ma porte sur la vie qui va. Première visite, Alain Moussours, le directeur du Fonds forestier. C'est un homme délicieux qui devance vos questions, comme si, par cette extrême politesse, il voulait vous épargner un discours inutile. Au fil du temps, nous avons fini par nous connaître, même s'il demeure en chaque individu une part mystérieuse et secrète. L'homme est un collectionneur de papillons. Je ne vois pas ce qu'il peut y avoir de grisant dans cette quête. Mais, pour ce faire, il n'hésite pas à entreprendre annuellement un voyage en Guyane, à Saint-Laurent-du-Maroni, pour chasser le menelaus, l'achille et toutes les variétés de nymphalidés. Lorsque je sortais encore de ma tanière et que ma santé n'était pas aussi vacillante, je lui rendais quelques visites dans sa propriété de Saint-Félix-Lauragais. C'est à ce cher Alain que je dois toutes mes autorisations de boisement, même si par certains aspects j'ai débordé le cadre de ce que la loi dans les Cévennes autorise.

— Alors, dis-je en lui ouvrant ma porte, encore un refus ?

Il jette au sol sans ménagement son large chapeau de paille, se déleste de sa veste et la laisse pareillement tomber à ses pieds, interdisant à Lucienne de les ramasser. Voici ce que je prise chez cet homme, l'élégance débonnaire. Il retrousse les manches de sa chemise de soie et m'offre, selon l'usage, un petit cadeau. Cette fois, les pièces pour piano de Déodat de Séverac. Je ne veux pas lui dire que je connais déjà ce compositeur et que j'apprécie en effet sa musique distinguée, sans pathos ni bouffissures.

— Un refus ? s'écrie-t-il en me serrant contre lui. Vous me connaissez bien, Richard, si bien. Je n'ai jamais pu vous refuser quoi que ce soit. Sinon, à quoi nous servirait-elle, notre amitié, n'est-ce pas ?

Son chauffeur entre à son tour, discret comme un majordome, puis me tend le dossier de Charoulède. D'une chiquenaude, Alain Moussours l'écarte pour éviter qu'un témoin s'invite à notre conversation.

— Vous pourrez planter sans restriction. La SAFER est revenue à la charge, puis le Parc, et quelques politiciens locaux. Mais je n'ai cure de ces emmerdeurs. Il faut boiser, boiser et reboiser, voilà tout. C'est ma politique.

Nous trinquons ensemble, presque en silence. Je lui narre mes démêlés avec l'un des éleveurs de moutons. Il semble connaître le personnage.

— Contentez-vous de l'intimider, conseille-t-il. Nous n'aurions rien à gagner dans un procès. Les juges exhiberaient les textes et finiraient par statuer sur ceux-ci sans réfléchir. Monstre froid que l'administration, sans âme, sans esprit. Mais moi, j'ai le cœur léger comme mes papillons. Je suis le dernier des fonctionnaires à travailler avec cet esprit-là. Bientôt, il n'y aura plus que des statisticiens, des informaticiens et des chiens de paille.

Nous feuilletons ensemble le dossier, vérifions les autorisations, les signatures, les tampons. Tout est en ordre.

— Vous comptez poursuivre votre œuvre, Richard ?

Je ne réponds pas. Comment pourrais-je savoir ce que la vie me réserve ? Moussours est assez fin pour comprendre ce que signifie ma moue dubitative. Et à ce moment, même s'il ne veut pas me laisser entrapercevoir ses sentiments, je sens qu'il m'a pris en pitié, tout de même. Il me tapote le dos, doucement, comme il faisait autrefois mais y mettant de la force car, croyant s'adresser à un ancien militaire, il fallait quelque accent de virilité dans le geste. Là, à cet instant, c'est plutôt réservé donc, puisque s'adressant à un vieux débris, un décati de première.

— S'il y a du terrain à vendre, prévenez-moi, Alain. Soyez assez gentil, comme vous l'avez toujours été. Ne tenez pas compte de mon âge.

— Il y a de la descendance chez vous ?

— Ma fille Elora. Mais je doute qu'elle s'intéresse à la forêt. Elle a fait un bon mariage avec un type plus âgé qu'elle mais plein aux as, si vous voyez ce que je veux dire.

— Donc, votre patrimoine ira à un administrateur de biens. Mieux vaudrait pour vous le choisir avant que…

— Peut-être voudra-t-elle tout vendre, en définitive, se débarrasser de mes folies. Contre un père détesté, Alain, que ne ferait-on pas ? Des bêtises à coup sûr.

Nous sortons sur le pas de porte. Le chauffeur est juste rentré dans le hall pour ramasser le chapeau et la veste de son directeur.

— Si c'est pas malheureux d'être original à ce point-là, maugrée Lucienne.

Nous nous regardons, incrédules. Puis il grimpe dans sa voiture, sur la banquette arrière. Je m'en viens lui serrer la main à travers la vitre baissée.

— Ce n'est pas utile que nous allions voir Charoulède ?

— Non, dis-je.

— Je vous fais confiance.

En soirée, après avoir pris un œuf à la coque et un verre de porto, je m'allume un Cohiba mais l'éteins à la troisième bouffée à cause des palpitations.

— Jetez la boîte aux ordures, dis-je à Lucienne.

À son air narquois, je comprends jusqu'où va se loger la détestation des petites gens. On me verrait bien clamser avec ravissement. Ainsi, mon docteur aurait enfin raison, moi qui ne cesse, jour après jour, de le faire mentir.

Je m'endors devant la télévision qui diffuse des images sur l'attaque de Pearl Harbor. Le son est bruyant pour donner du relief aux images muettes. Pourtant la guerre est d'un autre tonneau que ce bruitage western. Je me souviens alors de l'embuscade de Batna. Après un rapide échange de tirs, où nous avons eu nos premiers morts, il y a eu des répliques au mortier assourdissantes. Je suis devenu sourd dans les cinq minutes. Et, dès lors, je n'ai plus eu conscience du danger. Si j'ai survécu à l'attaque-surprise des fellaghas, c'est grâce à la chance. Car j'étais devenu au milieu du chaos comme un zombie, marchant de droite à gauche. Je ne voyais plus rien, la tête vide et un effroyable gargouillis dans les oreilles, comme on l'éprouve sous l'eau. L'un de nos gars m'a jeté à terre, et me retournant j'ai vu sa tête éclater sous l'impact des balles. Son geste protecteur à mon encontre, il aurait dû se le réserver à lui-même, mais sans doute se sentait-il à ce moment indestructible. Son sang m'a éclaboussé le visage avec une sensation tiédasse et poisseuse.

— Une jeune femme demande à vous voir, monsieur Combelle.

Je prends une serviette pour m'éponger la sueur sur le visage. Mais le sang du sergent Willis, poisseux et chaud, est encore là, après tant d'années, sans que je parvienne à m'en débarrasser. Un court passage dans la salle de bains, le temps de me rafraîchir le visage, et je vais en claudiquant vers ma visiteuse.

— Ne me dites rien, jeune fille, ordonné-je, je sais qui vous êtes.

Ce sourire engageant, ce pli sur le front et ces yeux bleus de lagon, voici des signes qui ne trompent pas. Elle me tend la main. Je la saisis avec délicatesse, l'enfermant dans les miennes.

— Esther, n'est-ce pas ? Vous êtes Esther Walden.

Nous passons dans le salon, là où dans la pénombre la fraîcheur a été préservée. J'allume une lampe pour mieux contempler la fille d'Aristide. Elle porte un jean blanc et une chemisette même ton avec une pochette rouge bouillonnée.

— J'ai osé vous écrire, dis-je. Je mesure, soudain, mon effronterie. Après tout, je m'occupe de ce qui ne me regarde pas. Mais...

— J'ai entendu vos arguments, coupe-t-elle. Ce journaliste n'est rien pour moi.

— À la bonne heure. Vous méritez mieux, je vous l'assure.

Son sourire se fige. Voici que je touche un domaine qui est plutôt sensible à ce qu'il me paraît.

— Dans l'affaire de Recuzas, il y a à boire et à manger. Il faut que vous puissiez mener votre négoce et que l'éleveur de moutons fasse paître son troupeau. Où est le problème ?

— Une affaire d'hommes, dis-je. Un conflit entre deux mondes à jamais inconciliables. Je ne veux pas céder et Silveyre non plus. Le premier qui disparaît a perdu. Ce sera peut-être moi. Mais du moins me serai-je battu jusqu'au bout.

Esther Walden hoche la tête, longuement. Elle paraît avoir compris ce qui nous oppose.

— Ce jeune homme de Toulouse a voulu jouer le médiateur. Mais il est clair que sa vision du problème est partisane. Il ne veut pas que le boisement du Méjean se poursuive. Ce n'est pas qu'il a la passion pour le mouton, non, je ne le crois pas, mais sa religion écologiste le prédispose à voir en moi le méchant pollueur de la planète, le responsable du réchauffement climatique, de la montée des eaux et des phénomènes du type El Niño...

— Quelle exagération, dit-elle en faisant la moue.

Sans doute croit-elle que l'ampleur de la querelle m'a forgé une opinion encore plus fanatique que celle de ce jeune homme, sans doute estime-t-elle que j'aurais mieux à faire que de me vautrer dans cette controverse douteuse.

— Non, ne le croyez pas. La vocation du Méjean est de voir sa forêt se développer. Sinon, ce serait laisser place nette aux buis et à la callune qui infestent ces montagnes.

— Il faut l'un et l'autre.

— Le juste milieu est une pensée propre à notre vieux monde occidental. Faire la part des uns et la part des autres et embrassons-nous, Folleville. Les lois du progrès économique n'ont rien à faire de ces tièdes arbitrages. Si l'on pouvait produire ici de l'huile de palme, on couvrirait la montagne de palmiers. Je vous le dis, tout net, le pin noir est nécessaire à l'économie française. Plantons des pins et laissons-les coloniser cette terre inculte.

— J'en reviens au juste milieu et à la préservation des diversités. Tout excès va à l'encontre de cette loi naturelle.

— Vous qui avez étudié l'archéologie et l'histoire des peuplades anciennes, vous croyez que l'affrontement des tribus pour la conquête de l'espace vital s'est réglé en conclave dans les cercles vertueux ? Non, mademoiselle, sur le terrain, en joutes intestines, jusqu'à ce que le plus fort l'emporte et impose sa loi. Notre civilisation est née dans ces guerres tribales, puis unificatrices. Peut-être qu'en perdant cette vitalité civilisatrice notre déclin s'est amorcé. Un Silveyre n'a aucun avenir et dès lors sa parole appartient au passé, son combat archaïque ne peut intéresser que les nostalgiques du vieux monde.

— J'ai entendu ces propos dans la bouche de mon père. C'est à son école, monsieur Combelle, que vous avez été formé.

Je ne puis m'empêcher de sourire.

— Laissons aller les choses vers leur but avant que d'autres se profilent à nouveau. Un pas après l'autre. Jamais en arrière, jeune fille.

Ensuite, nous sommes allés prendre l'air dans le parc de ma demeure, là où je vais rarement, du côté de mes ormes qui font chanter le vent. Sur un vieux banc, nous nous sommes assis l'un près de l'autre. J'ai pris sa main qu'elle n'a pas osé retirer. Je lui ai dit que sa beauté me faisait songer à Éléonore, la beauté de ma jeunesse, avant que la vie nous sépare. Ce que l'on croit éternel est fugitif, mais cette conscience de la précarité des sentiments nous est révélée trop tard.

— Comment avez-vous connu mon père ?

— Nous étions jadis comme les trois mousquetaires : Aristide bien sûr, Hubert Decourtiol, Francis Rocroi et moi-même, qui suis venu en dernier dans le cercle intime des affaires. Parmi ces gens, j'étais le moins diplômé, une sorte de type formé sur le terrain, à la dure. Mais mon expérience intéressait Aristide. Il écoutait en moi la parole pessimiste qu'il n'eût point trouvée chez les diplômés de Centrale ou de Polytechnique. Ainsi, nous avons ferraillé pour bâtir nos affaires en remportant de grands succès. Il a fait de moi un administrateur de banque alors que je n'en avais pas le profil, mais j'y ai tenu correctement ma place. On y enviait mon instinct de guerrier, surtout à une époque où les batailles industrielles faisaient rage en Europe. Il y fallait conquérir des positions fortes devant des ennemis opiniâtres, les Anglais surtout, ma chère, avec leur Commonwealth, une toile d'araignée économique redoutable dans le monde… Puis nous nous sommes séparés lorsque votre père a été chargé de mission par le ministère des Finances.

J'ai longuement hésité avant de lui demander où elle en était avec son père. Aussi, une fois la question posée comme on se jette à l'eau, je l'entoure des précautions d'usage, du genre « vous n'êtes pas obligée de me répondre », mais ma curiosité ne lui paraît point causer de problème, à ma grande surprise.

— Nous nous voyons de temps à autre. Il m'a toujours soutenue, monsieur Combelle, bien que ne partageant pas mes choix. Il aurait voulu que je devienne haut fonctionnaire, à son image. Nous en avons assez des conseilleurs en tout genre, tandis que les chercheurs font défaut.

— Le recensement des sites préhistoriques sur le Méjean a déjà été fait dans les années 60, si je ne m'abuse. On a trouvé ce qu'on cherchait, que le pays avait été habité, et bien plus que de nos jours.

Esther Walden me juge un peu léger sur la question. Je ne sais pas grand-chose en effet sur l'homme de Hallstatt, et mon propos sur l'espace vital date un peu, il est vrai.

— Quant à moi, dis-je, ma fille Elora refuse de me voir, depuis la mort de sa mère. Ça fait tant d'années.

À ce moment, Esther comprend pourquoi j'ai amené la conversation sur le sujet, simplement pour parler d'Elora. Je voudrais savoir enfin ce qu'une jeune fille de son âge a dans la tête, puisque la mienne a un âge comparable.

— Écrivez-lui. Demandez une rencontre.

— Je l'ai fait, bien sûr. Refus total. En vérité, j'ai passé ma vie à aller d'un conflit à un autre, avec mes pairs, avec ma famille, avec les voisins.

— C'est sans doute ce que vous recherchez, monsieur Combelle, la rivalité permanente. Il y a là de quoi occuper un psy.

— Horreur, dis-je. Se déshabiller l'âme devant un étranger…

Elle se met à rire. Elle me dit que j'appartiens au vieux monde, que ma posture est touchante, qu'on ne peut se priver d'aller vers les autres, sinon à connaître des tourments inutiles.

— Oserais-je, dis-je, vous demander un service, Esther Walden ? Vous rendre auprès de ma fille à Sète afin de plaider ma cause. Je n'aurais pas de meilleure avocate que vous. Et lui dire, certes oui, lui dire enfin combien je souffre de son silence. Venant de vous, Elora se sentira évidemment dans l'obligation de me transmettre un message.

— Voici qui est bien délicat…

— Mais non, Elora comprendra ce que j'ai voulu faire. Elle sera impressionnée par votre démarche. Vous lui parlerez si nécessaire de mes liens avec votre père, elle en connaît déjà l'existence, et ce sera une excellente entrée en matière, n'est-ce pas ?

Esther Walden baisse le regard. Je le sens, elle a envie de me dire non, mais elle n'ose pas. J'avais compté du reste sur cette timide réaction. Un non immédiat, un refus catégorique, c'eût été irrécupérable, tandis qu'une hésitation n'est-ce pas un pas de géant ? Je lui prends les mains, les serre dans les miennes affectueusement. Mon émotion transpire par tous les pores. Je tremble, j'ai l'angoisse du petit homme vulnérable. Une belle comédie, en vérité. Seul un homme défait comme moi peut inspirer cette pitié... Et sentant qu'il me faut encore forcer la décision, j'évoque ma santé précaire, les ultimes mois qui me restent à vivre, et le sentiment tant redouté que je ne puisse la voir, Elora, avant de disparaître de la surface de la terre.

D'un hochement de tête timide, Esther accepte enfin. Il me faut désormais inscrire l'adresse d'Elora sur un bristol. Je la griffonne promptement. Pour une fois, mes doigts m'obéissent. À croire que ma détresse n'est que de nature psychologique. Certes oui, un psy, ça pourrait me convenir, à la condition que je fixe moi-même le cadre de nos entretiens. Je ne fourrerais jamais le nez dans une situation dont je n'aurais point la maîtrise. On ne se refait pas.

— Il faudra attendre un peu, toutefois.

— Bien sûr.

— Et je ne garantis rien. Si je me fais éconduire, il faudra en accepter l'augure, et ne pas me reprocher ensuite d'avoir fait preuve de maladresse...

— Oh là, je reconnais Aristide. La prudence d'Aristide Walden. Digne fille, dis-je.

— Non, je ne crois pas. Vous faites fausse route, monsieur Combelle. Mon père et les sentiments, ça n'a jamais fait bon ménage.

21

CONTRE TOUTE RAISON, un troupeau de six cents têtes à Recuzas est un luxe que Silveyre a les plus grandes difficultés à justifier. Point de lavogne à proximité, aussi faut-il acheminer l'eau en tracteur. Deux tonnes par jour. Cette manœuvre découragerait n'importe quel éleveur sensé. Mais là, qu'importe le temps perdu, le travail fourni, le gasoil brûlé... C'est une œuvre sacrée que de combattre l'extension du pin noir avec le mouton bataillant contre son propre prédateur.

De leur côté, les frères Jamois jugent que c'est une excentricité de trop, alors qu'il y a tant et tant de vaines pâtures vers Montal où le troupeau se gaverait aisément de nourriture, avec juste les chiens pour le garder, et un point d'eau à proximité sous Croix-du-Villaret. Mais le bonhomme s'entête. C'est à Recuzas que l'herbe est la meilleure, dit-il, là précisément où Combelle entend mener sa sourde guerre.

— Alors le richard ne veut rien entendre ? demande Marco.

Patcha se roule une cigarette sous le vent qui contrarie ses gestes. Le tabac s'envole sur la feuille de Rizla Croix. Il se retourne pour se protéger du vent et enfin la termine d'un coup de langue. Il l'allume avec difficulté.

— Autant parler à un mur, insiste Marco.

François ricane dans son coin. C'est lui qui se tape le transbordement de l'eau, de la tonne aux trois bassins en tôle galvanisée. C'est un micmac harassant pour un type payé au lance-pierre. Sans compter les enclos électriques qu'il faut déplacer tous les deux jours sur la lande. Car Patcha a programmé les déplacements de son troupeau afin que le pacage soit ratissé en long et en large. Plan de bataille méthodique...

— Je partirai quand l'ouvrage sera achevé, dit-il enfin pour rappeler que c'est lui le patron, et qu'une décision ne se discute pas.

— Tu ne m'empêcheras pas de penser, ajoute Marco, que ces grandes manœuvres sont stupides, qu'elles contrarient la production de lait.

— C'est vrai. J'en assume les conséquences.

— Même si quelques brebis crèvent de soif. Ça fait le bonheur des vautours.

— Je me bats pour la bonne cause. Il n'y a pas de guerre sans victimes.

Patcha ne supporte plus les ricanements de François Jamois, mais il lui faut les endurer. La main-d'œuvre est rare dans le pays. Et à ce jeu des grandes colères dévastatrices, l'éleveur a découragé l'un après l'autre tous ses journaliers. Faut que ce soit les frères Jamois pour se résigner. Des oiseaux rares dans leur genre. Ça mérite un peu de patience.

Au milieu de l'après-midi, le berger est descendu à Rougerol pour faire le plein d'eau. En tracteur, la route est plus longue, il faut suivre la piste de Hures qui est malaisée en certains passages, depuis le ravinement des pluies d'hiver. La terre rouge est sensible au dessèchement de l'air. Dix jours de chaleur ont suffi à la rendre poudreuse. Et le déplacement de l'engin soulève un nuage visible de Hures même et des hauts de Costes-Vieilles.

Il croise les Ségalier père et fils dans leur 4x4, eux aussi sont des éleveurs de moutons, mais en élevage intensif pour produire du lait en quantité ; méthode moderne qui veut que les animaux ne voient jamais la prairie et qu'ils se nourrissent par des aliments industriels. On s'arrête pour parler, bien que Patcha soit un taiseux et qu'il rechigne à la conversation.

— Alors, Silveyre ?

— Je vais, dit-il. Comme tu vois, André, je vais...

— Tu vas et tu viens... dit le fils Ségalier, coiffé d'une casquette rouge aux armes dorées de Manchester United. Et tu bricoles. Toujours la bricole, n'est-ce pas ?

Le père, les mains sur le volant, fixe la piste devant lui. Il a conservé l'allure et le port de béret du vieux berger qu'il n'est plus depuis belle lurette, depuis que son fils a décidé de transformer la ferme en GAEC.

— Chacun mène ses affaires comme il l'entend, dit Silveyre.

— Plutôt que de faire le zouave, Silveyre, dit le fils, tu ferais mieux d'adhérer à notre organisation.

— Jamais, répond Patcha. Je veux rester libre.

— Tu perds les aides de la PAC. C'est vingt et un euros par brebis...

— Oui, reconnaît Patcha, mais vous êtes tenus à une performance minimale de productivité. Moi ça ne me va pas de remplir des registres et d'obéir aux diktats des fonctionnaires de la Chambre d'agriculture. Tu comprends ça ?

— Tu es un franc-tireur, déplore Alain Ségalier. Tu as toujours voulu être différent des autres. Mais tu devras t'y conformer, toi aussi.

— Pour faire ce travail, on n'a pas besoin de prairie. Vaudrait mieux se battre pour garder l'espace du Méjean et y faire paître nos troupeaux en liberté, non ? défend Patcha.

Le fils Ségalier ricane haut et fort. C'est sa façon de mépriser les autres. Il le sait, Patcha, que la PAC a fini par pervertir l'esprit des éleveurs avec la carotte des primes et des indemnités. Mais à quoi bon discuter, ce sont deux logiques qui s'affrontent, l'une déclinant, l'autre progressant dans les têtes des paysans. Décidément, Patcha appartient au vieux monde et s'en console dans la solitude eu égard à la mémoire de tous ceux qui ont habité les causses et qui ont traîné leur misère honorablement, sans rendre de comptes à qui que ce soit, ni aliéner leur liberté.

— Et la compétitivité ? Faut être compétitif, insiste le fils Ségalier.

— Quitte à produire de la merde… Un jour, mes amis, ça vous retombera sur le nez. Vous verrez ! Vous verrez !

Patcha embraye sèchement, le tracteur se cabre et bondit sur le flanc du chemin. Ségalier repart à son tour. Patcha se retourne pour voir la Land Rover prendre de la distance dans un nuage de poussière.

À la bergerie, Charme est assis devant la porte d'entrée. Il semble attendre Patcha depuis une heure au moins, depuis qu'il a vu le nuage rouge sur la piste de Hures. Ces jours derniers, par flemme, le journaliste n'a pas eu le courage de remonter à Recuzas. Et aussi, sans doute, par déception... Leur rencontre avec Combelle lui a laissé un goût amer. Il aurait tellement voulu qu'un pacte soit scellé entre les deux hommes.

— On n'a plus rien à se dire ! lance Patcha.

C'est un comble, pense Frédérik, j'ai tout fait pour le tirer d'affaire et voilà qu'il m'en veut. Mais il se trouve sans voix, sans défense, presque coupable.

— Tu n'aurais jamais dû frapper Combelle, dit-il enfin. Maintenant, il va t'envoyer ses chiens de garde.

Patcha vaque à ses occupations sans attacher d'importance au journaliste qui tourne dans ses pattes. Il a mis en marche la pompe à eau électrique. Le temps que la crépine s'amorce et enfin l'eau jaillit à gros bouillons. Il plonge le tuyau dans l'ouverture de la tonne à eau. Il faudra dix bonnes minutes pour la remplir. Néanmoins, dressé sur le châssis, le berger surveille le débit. On ne veut pas se laisser surprendre au risque de perdre une eau si précieuse ici. Pourtant, Charme est prêt à bondir sur le commutateur de la pompe afin de couper l'écoulement. Patcha veut lui faire comprendre qu'il n'a pas besoin de lui, ici, et qu'il peut se retirer. Mais c'est une posture qui a peu de chance de l'atteindre. Le journaliste est décidé à poursuivre son enquête, jusqu'au bout, malgré les rebuffades, les humiliations. Il a commencé à rédiger un long reportage. Le rédacteur en chef du *Devoir français* a accepté son sujet pour les vacances. Au journal, on espère que l'article de Charme donnera un autre regard sur le Méjean. Pas seulement une réserve d'oiseaux protégés et d'orchidées rares... C'est du reste l'amorce de son papier, les hommes qui l'habitent sont aussi des espèces rares. Chacun se bat pour sa survie avec ses propres moyens, même si ceux-ci peuvent apparaître dérisoires.

Patcha lui fait signe d'arrêter la pompe. Charme s'exécute d'un geste. Le berger rabaisse le couvercle de la tonne à eau et serre les papillons de fermeture. D'un bond, il saute aux pieds du journaliste.

— C'est le seul langage que ce genre de type comprend, justifie-t-il.

— Je ne crois pas que tu l'aies impressionné.

— Depuis, on laisse mes moutons tranquilles. Et la fameuse assignation devant la justice, je l'attends toujours.

— Je voudrais remonter à Recuzas, propose Charme.

— Pour quoi faire ? Encore des photos ?

Sans perdre de temps, Patcha grimpe sur le siège de son tracteur.

— Je voudrais profiter du taxi. Si ce n'est pas trop demander.

— Et tu redescendras à pattes ?

— Non, dit Charme, je dormirai là-haut.

Il court récupérer son sac à dos et un duvet saucissonné sous le rabat.

Le vacarme du Ford couvre la voix du journaliste assis en équilibre précaire sur le garde-boue. Ses remerciements appuyés ne sont que paroles inutiles dont Patcha n'a que faire.

Cependant, l'agacement de Silveyre n'est pas dû à proprement parler à Charme, mais aux propos aigres-doux échangés avec les Ségalier. Patcha n'a pas encore digéré leur arrogance. Pourtant, il n'y a pas de quoi s'émouvoir. Voici une sorte d'éleveur qui n'accepte aucune leçon, pense-t-il. Ils ne sont que deux familles sur le Méjean à avoir sauté le pas, à vouloir faire de la production intensive. Mais celles-ci lui reprochent son refus d'entrer dans l'organisation, son besoin de jouer les irréductibles. Trop d'orgueil, trop de fierté, des défauts qu'on ne pardonne pas dans la confrérie.

Dès l'arrivée de la tonne d'eau à Recuzas, Patcha a ordonné aux frères Jamois d'abreuver les animaux en veillant à ce qu'aucun n'échappe à la distribution.

— Tu changeras les batteries des enclos, en prenant garde à ce que les piquets soient bien enfoncés, ajoute-t-il à l'adresse de Marco.

Mais c'est le frère qui se charge de cette vérification. Un petit coup de massette sur chaque pieu, ça ne demande guère plus de dix minutes. Pendant ce temps, Charme recharge le foyer. Le bois mort a été pris dans la forêt de Recuzas. Ça amuse le journaliste qu'on vole ainsi avec légèreté et insouciance le vieux Richard Combelle.

— Un dédommagement, justifie Patcha.

— Le vieux surveille tout ce qui se passe avec sa longue-vue.

L'éleveur dirige son regard vers Rougerol et fait un bras d'honneur.

— Et celui-là, tu crois qu'il va le consigner dans son registre ?

Mais là où quelques paquets de brume commencent à s'accrocher sur les flancs des collines, dispersés et épars, Marco a repéré deux promeneurs.

— Ils viennent vers nous, dit François. On a rien à leur donner. De l'eau et du café. Pour le reste, ils se débrouilleront, pas vrai, Patcha ?

— Déjà qu'on va devoir nourrir le journaliste, ajoute Marco.

Charme se défend d'être un pique-assiette :

— J'ai tout ce qu'il me faut, de la viande des Grisons, du fromage et un paquet de pain complet. Même une fiole de whisky, ajoute-t-il fièrement.

— Et des cigarettes ? demande François.

— Des blondes.

Dans la poche de côté de son sac, il récupère un paquet de Camel et distribue généreusement ses cibiches aux Jamois. Patcha refuse. Lui, il préfère rouler son tabac gris. Charme allume le feu en brûlant un *Libération*.

Sur un torchon étalé à même la prairie, l'éleveur dispose ses saucisses. Il les essuie méticuleusement puis les badigeonne d'huile d'olive, les saupoudre de poivre noir et d'herbes odorantes. Il a prévu large. Et François reconnaît qu'on pourra quand même nourrir les visiteurs sans que personne, ici, trouve à y redire.

— Même que j'aime pas partager, déplore-t-il. Surtout la conversation. Des étrangers avec nous, ça me coupe l'envie de parler.

Marco est de son avis. On doit rester entre soi pour profiter du repos bien gagné.

— N'ayez crainte, dit le journaliste, je les connais, ces types.

Patcha l'interroge d'un coup de menton.

— Trop d'huile sur les saucisses, proteste Marco. Ça ne fait qu'aviver le feu et ça les carbonise.

— Quand les pierres plates seront chauffées à blanc, on écartera les braises, le rassure Patcha. Alors, qui sont ces types ?

— Thomas et Virgil. Des gens de la ville qui ont squatté la ferme Matteo. Puis Mara Salicorne les a invités chez elle.

— À l'auberge espagnole, on partage tout, ricane Patcha.

— Tu n'aimes pas Mara ? Je le vois bien, que tu ne la portes pas dans ton cœur, déplore Charme.

— Elle fait ce qu'elle veut. Ce n'est pas mon affaire.

— Des gens qu'on peut pas comprendre, assure Marco. Pour le coup, j'aurais préféré la visite des filles.

François ricane.

— T'sais bien que les hommes, c'est pas leur tasse de thé. Alors, ça ne ferait rien de plus que nous exciter. Comme au guinche de Florac, on danse, on frotte, et puis c'est tout.

Charme éclate de rire. Pour le coup, il prendrait bien quelques notes sur son petit carnet, mais il n'ose pas. On le soupçonnerait, du côté des frères Jamois, de jouer les espions.

Les visiteurs marquent le pas au pied de Recuzas, à hauteur des genévriers.

— Ils sont vite essoufflés, tes copains, dit François.

— Ce ne sont pas mes copains, réplique Frédérik.

— Manière de parler, dit François.

Patcha ne les quitte pas des yeux. Il n'a jamais aimé les randonneurs du causse Méjean et encore moins les touristes en camping-car. Ça l'effraie, cette promiscuité. Ils nous observent comme des Indiens dans leur réserve, et leurs conversations ne varient jamais. La chaleur, le froid, le vent, la pluie… « Et comment faites-vous pour vivre sur le causse toute l'année ? Sans cinéma, sans théâtre, sans restaurant, ça ne vous manque pas ? »

— Ils hésitent à venir vers nous, constate Patcha.

— Je ne crois pas, dit Charme.

— Tu les connais à ce point-là ?

Mais le journaliste ne répond pas. Il préfère s'occuper du feu, rassembler les pointes calcinées de pin pour accroître la braise.

Sur l'horizon, le soleil descend en jetant ses derniers feux. Et les deux types ont repris leur marche, lentement, comme si le dernier kilomètre leur pesait.

— Il y aura du vent cette nuit, le vent chaud venant du sud, dit Patcha. À mon avis, il faudra bivouaquer à la lisière de la forêt. Ici, ce serait infernal. Trop de vent, ça finit par prendre la tête.

Patcha toise les nouveaux arrivants avec une froide distance. Ils ont des têtes qui ne lui reviennent pas. Ça lui rappelle de lointains souvenirs sur le Larzac. Il y en avait ainsi des arrivages entiers, de types dans leur genre, insaisissables, intraitables, armés d'une colère froide, en révolte contre tout. Il n'avait alors que dix-sept ans, mais ces événements l'ont profondément marqué, surtout la journée du 25 août 1973, avec la marche de quatre-vingt mille personnes sur le Rajal del Gorp, chantant, dansant et faisant la fête toute la nuit.

— Paraît que tu te bats contre les envahisseurs ? demande Virgil.

Le journaliste se croit assez malin pour lui montrer le festin des moutons sur cette pente aride où les jeunes pins se sont essaimés.

— Tu crois que ça suffira à reprendre ta terre, Patcha ?

— J'en fais mon affaire.

— Tu sais que tu nous intéresses ? avoue Thomas.

— En quoi mes affaires pourraient vous intéresser ?

— Faut intimider le bourgeois... Lui faire comprendre qu'il a plutôt intérêt à surveiller les bordures de sa forêt, dit le grand blond.

— Note bien, ajoute Virgil, qu'on n'a pas de sympathie pour les moutons. Nous, on les connaît, les moutons. Y en a plein dans les cités, dans le métro. L'homme, c'est comme ça, ça vit en troupeau. On ne sait pas qui commande, mais ils vont tous dans la même direction. T'as remarqué ?

— Ce n'est pas une idée originale, dit Charme. Richard Combelle pense la même chose.

— Oui, mais lui, il est le chef du troupeau. Forcément qu'il n'aime pas l'homme-mouton, puisqu'il le commande. Une deux, une deux...

Thomas se met à marcher au pas en exagérant le balancement des bras et le coup de talon sur la pierraille. Ça fait rire les frères Jamois. Pour le coup, ils les trouvent bien sympathiques, ces gars.

— Toi, t'es un ermite, flatte Virgil. Tu vis seul, dans la grande solitude, sans toutes ces saloperies qui nous bouffent l'existence, les putains de téléphones portables, les ordis, les smarts, les bidules, tous les bidules... Ça participe à l'esprit moutonnier, mon gars. Les machines, ça sert à les rendre tous pareils, les gens, à les formater, à les faire marcher au pas dans la pensée unique. T'es d'accord, quand même ?

Patcha s'occupe des saucisses. Il va les retourner sur la pierre plate. La graisse grésille sur les braises et exhale une odeur de viande grillée.

— Partagerez-vous notre festin ?

Charme a rempli des gobelets en plastique, whisky à ras bord.

— Navré pour les glaçons.

— Ça tombe bien, nous on est comme la frangine des Aiguillets, on le boit sec, assure Virgil.

— Tout alcool doit être bu sec et même cul sec, dit Thomas.

— Ce ne sont pas des rigolos, nos invités, dit Marco. Ils prennent ça au sérieux, nos affaires, n'est-ce pas, Patcha ?

On trinque sous le vent qui chahute les hautes herbes. Ça fait une belle musique sur la lande. Il aura suffi que la nuit tombe pour que les murmures dans le Méjean changent de registre. C'est plutôt inquiétant, même, pour quelqu'un qui n'aurait pas une connaissance du milieu.

— Y a des loups au moins ? demande Virgil.

— Des fois, oui, confirme Marco. Ils viennent rôder autour des moutons.

— Moi, j'aime bien les loups. On en a aussi dans les cités. Ils sont utiles. Ils dispersent le troupeau. Ça donne de l'adrénaline dans les couloirs sombres. Sinon, on trouverait la vie morne.

— Je comprends, dit Charme.

— Tu comprends ? Un journaliste qui comprend… Le sentiment tragique de la vie.

Thomas rit à gorge déployée. C'est dans ces moments qu'il apprécie le plus son copain de Bobigny, celui qui peut se vanter d'être le spécialiste des feux de bagnoles.

— T'as ce qu'il faut, Patcha, pour les expédier, les loups ?

Il montre ses deux chiens. Virgil hoche la tête.

— Je veux dire des…

Et il fait le geste d'épauler une carabine.

— Parfois il y a des territoires qu'il faut défendre, déplore Virgil en grimaçant. Toi, tu es pour la cohésion du troupeau, nous on est pour la dispersion du troupeau. Voilà ce qui fait notre différence. On partage le même but mais avec des moyens opposés. Affaire de générations.

Marco distribue les grillades, équitablement, tandis que Charme a tranché dans une tourte de longues tartines régulières. Les frères Jamois les font griller avant de poser leurs saucisses dessus. Virgil préfère celles-ci en hamburger, coincées entre trois tranches de pain et agrémentées d'une giclée de moutarde. François remplit les gobelets de vin. Il met de l'application à son service. Il surveille les niveaux puis revient à la charge. Maintenant que le boulot est terminé, on peut se saouler tranquille.

Virgil et Thomas s'éloignent vers la lisière de la forêt. Charme les suit du regard, jusqu'à ce qu'il ne les distingue plus. Il entend leurs chuchotements. Plus tard, on les appelle pour la distribution du fromage. Marco a tartiné le chèvre sur une croûte épaisse avec un frottis d'ail.

— Diane ne t'a pas accompagné ? demande le journaliste.

Thomas bombe le torse de ravissement, sous le regard froid de Virgil. Fier comme un coq, il n'a que de bons souvenirs de sa soirée passée avec Diane, même si ensuite on les lui a reprochés. Son copain aurait préféré qu'il s'abstienne de courtiser la donzelle. Faute impardonnable à ses yeux.

— J'ai fait ce que je devais faire, répond-il. Point barre.

Charme songe à la caissière du cinéma de Millau. Il y a des types qui n'ont pas besoin de se forcer, se dit-il, ça leur tombe tout cuit. Et moi, je suis obligé de me raconter des histoires. C'est peut-être la raison pour laquelle je veux devenir écrivain, vivre des aventures au travers de mes personnages. Aujourd'hui, je me suis reconnu dans Patcha, mais rien ne dit que mon récit finira comme je l'imagine. Peut-être que Patcha me fera mentir, peut-être qu'il me décevra, peut-être qu'il ne se passera rien avant la retournade...

— Si vous voulez redescendre à la clarté de la lune, faudra pas trop tarder, conseille le berger. Il y a des nuages qui vont venir et on n'y verra plus rien. À l'aveugle, vous ne retrouverez pas la piste de Hures.

— Non, décide Virgil. On va dormir ici, à la belle étoile. Près du feu.

Thomas n'avait pas prévu cet inconfort. Lui, il retournerait bien aux Aiguillets. Il s'est habitué aux commodités de la canadienne de Mara Salicorne, car les matins, même au cœur de l'été, sont terriblement froids et humides sur le Méjean.

22

Esther Walden

Après coup, j'ai réalisé que ce cher ami de papa, ce délicieux Richard Combelle, m'avait singulièrement piégée. Lorsque j'ai accepté la mission de l'INRAP sur le causse Méjean, je m'étais juré de n'entretenir aucun lien quel qu'il soit avec l'habitant. Pourquoi a-t-il fallu que je rencontre ce journaliste, que j'accepte d'entrer dans son jeu pour en sortir aussitôt, heureusement, indemne ? Sans doute, une moitié de moi-même, celle que je n'arrive jamais à contrôler, a pris le dessus sur l'autre. Car j'ai éprouvé, tout de même, le premier soir, du désir pour ce garçon. Heureusement qu'il n'en a point profité, ce qui m'a encouragée ensuite à reprendre le contrôle de la situation. Ensuite, la deuxième ou troisième rencontre, je ne sais plus, tout à fait fortuite du reste, a été l'occasion pour moi de l'humilier. Un homme humilié par une femme qu'il désire ne s'en remet jamais complètement.

Pourtant, étrange affaire que la psyché humaine, de retour à Sainte-Enimie, j'ai éprouvé du regret pour ce que j'avais fait à Frédérik Charme, pour son air de chien battu, pour mon inconduite de petite fille capricieuse et ce côté tristement allumeuse dont j'abuse manifestement dans mes rapports avec les hommes. Voudrais-je sans cesse vérifier ce que je sais déjà, mille fois, que les hommes sont attirés par mon élégance bourgeoise et mon éducation des « beaux quartiers » ?

L'adresse d'Elora Combelle en poche, je ne me suis pas précipitée à Sète, comme le vieil homme l'aurait désiré. Quelques jours d'errance autour du mont Gargo, dont deux nuits à la belle étoile et la dernière plus confortable chez mes correspondants de Saint-Pierre-des-Tripiers, m'ont empli la tête de bonnes résolutions.

Termine les relevés topographiques, me suis-je dit, et fuis donc le causse où il n'y a rien à attendre... Des engagements sans lendemain. Des promesses stériles. Et au bout, de toutes les façons, quelle que soit la manière dont tu t'y prennes, une désertion en rase campagne sans laisser d'adresse...

Enfin, respecter ma parole. Elle ne se reprend jamais aisément, sans dégât. Dire par exemple, à l'ami de papa, entre deux portes : « Écoutez, monsieur, j'ai réfléchi. Je ne vais pas aller voir votre fille. C'est une affaire de famille qui ne me concerne pas... » Mais non, comment s'y résoudre ? Le vieil homme a mis tant d'espoir en moi que je suis prise dans la tourmente des sentiments, j'en deviens une pièce maîtresse, puisque la résurrection d'un tel amour passe par ma médiation. Et si j'échoue, comme j'ai toutes les raisons de le croire, on m'en tiendra responsable.

Au terme de ma réflexion, j'ai décidé de me rendre à Sète pour le week-end du 14 juillet. Mais au courrier un petit bristol de monsieur Combelle avec quelques mots laconiques pour me rappeler ma promesse. Nous ne voulons pas vous obliger, ma chère, me suis-je dit, mais tout de même la pression continue. Et bientôt, me suis-je dit, ce sera un ordre. Voilà bien des manières de mon père, l'on use jusqu'au bout de la politesse extrême, l'on veut vous persuader que toute situation possède une porte de sortie, puis l'on vous assène le coup fatal. Petit soldat ! disait Aristide Walden. Allons, petit soldat ! Il est temps de marcher au pas. Et ne jamais se retourner, surtout. Ainsi, jadis, avait-il voulu me contraindre à la haute administration, jusqu'à ce que je déserte l'ENA au milieu de l'année et qu'il me coupe les vivres. Puisque l'on veut voler de ses propres ailes, alors coupons le cordon une bonne fois !

Par retour du courrier, petit soldat obéissant, j'ai répondu que j'allais me mettre en ordre de marche. « Pas d'espérances inutiles, ai-je écrit à Richard Combelle, pas de fausses certitudes, le verdict au bout et le cri de la vérité… Ne m'en tenez jamais rigueur, monsieur, car vos reproches seraient mal venus. »

Après Agde, la route suit fidèlement la mer, elle en épouse même le front de côte. Je n'ai pu résister au plaisir d'enfiler un maillot de bain et de faire trempette. Cette plage tendue à l'infini m'a paru fort fréquentée. J'ai dû enjamber quelques couples allongés sur le sable, slalomer entre les parasols et les serviettes-éponges, et, enfin, atteindre le jusant. J'ai nagé un bon kilomètre, jusqu'à ce que je me découvre enfin seule, entre ciel et mer, portée par le roulis tranquille. Mais des jet-skis à moins de cinquante mètres m'ont incitée à faire demi-tour. Comme le reflux me portait au large, j'ai dû fournir quelque effort auquel je n'étais plus habituée. Mais je suis une bonne nageuse, sauf au milieu des jet-skis, au risque de se faire découper par les hélices de ces satanées machines.

Mon GPS m'a conduite devant la porte de la villa à la pointe du Barrou, imposante demeure aux murs crayeux et aux tuiles rondes, cernée par des palmiers, des tamaris et des chênes kermès. Une jeune femme brune en djellaba blanche est venue m'ouvrir le portail. J'ai décliné mon identité. Un hochement de tête et un sourire vague m'ont incitée à croire, enfin, que mon nom ne lui était pas inconnu. Voici qui se présente au mieux, ai-je pensé en la suivant sur l'allée étroite bordée de plantes grasses. Histoire d'engager la conversation, je lui ai fait des compliments sur ses aloe vera.

— Ils viennent de Majorque, dit-elle. Vous connaissez Majorque ? Là-bas, ils poussent à la diable.

— Majorque, dis-je, j'ai surtout souvenir des figuiers de Barbarie. Avant d'en déguster le fruit, si l'on n'y prend garde, on se couvre les doigts de piquants.

Elle se tourne vers moi avec un sourire engageant.

— Étant une Walden, lui dis-je, vous vous doutez des raisons de ma visite ?

— Mon père était associé à un Walden, autrefois. Dans des affaires louches.

Je me mets à rire. Mais elle reste impassible, fixant par-dessus le mur blanc la Méditerranée. Nous montons sur la terrasse protégée par un auvent que le vent du large agite comme une voile. Une fois assises, nous nous observons en silence.

— Je ne fréquente pas plus mon père que vous ne fréquentez le vôtre, dis-je.

Elle hoche la tête, la tristesse dans le regard. Ses yeux gris parlent pour elle. Et je ne sais comment lui dire ce qu'elle sait déjà, que son père voudrait renouer avec elle. Elle me sent désemparée à cette seconde.

— Je viens du Méjean, dis-je.

Elle paraît étonnée.

— Que faites-vous dans ce bled ?

— De l'archéologie.

— Il y a encore des vestiges à découvrir ?

— Votre père m'a suppliée de me rendre ici.

— Mon père ? Il ne manque pas d'air. Ça fait dix ans au moins que nous ne nous parlons plus.

— Il voudrait que vous renouiez avec lui.

Elle tourne son visage de côté. Des mouettes rieuses rasent la villa avant d'aller se poser sur les maisons hautes.

— Je n'ai pas l'intention de le voir.

— Pourquoi ?

Ses longs doigts ornés de bagues viennent se plaquer sur son visage. Serait-ce si difficile, me dis-je, d'enterrer les vieilles querelles ?

— Je ne vous connais pas assez pour évoquer avec vous, Esther Walden, l'histoire des Combelle.

— Je comprends, dis-je. Mais il a désiré que je me fasse l'avocate de ses sentiments.

— Une démarche tardive, répond-elle en mettant ses lunettes noires.

Ce paravent semble la garantir de ses émotions, mais je ne suis pas dupe. J'ai compris que ma visite lui pose question.

— Alors, il a réussi à vous décider, parce qu'il n'a pas eu le courage de venir lui-même.

— Votre père est très malade, dis-je. Sa dernière attaque cérébrale limite son rayon d'action. Il ne pourrait pas entreprendre un voyage. Il est cloué dans sa demeure de Rougerol, au milieu du Méjean. C'est là qu'il finira ses jours, et ceux-ci pour tout dire lui sont comptés.

— Je ne savais pas, dit Elora.

— Il vous a écrit, je crois ?

— De temps en temps, mais je n'ouvre pas ses lettres. J'ai tiré un trait. C'est ainsi.

Elle m'invite à descendre dans son parc. Cette partie de la villa est couverte de bougainvilliers rouges. Ça fait une tache heureuse sur le blanc de la façade enluminée par le bleu du ciel. Nous nous asseyons sur des chaises longues, face à la mer. Le vent est entêtant avec ses fragrances marines.

— Je ne comprends pas qu'il vous ait imposé cette corvée, dit-elle.

Je lui assure alors que ma démarche a été librement décidée entre lui et moi, et que dans cette affaire singulière je n'ai fait que suivre mon instinct.

Elora ôte ses lunettes, enfin. Ses yeux languides sont humides. Voici un chagrin qui n'ose dire son nom. Tout ne serait donc pas perdu, comme je le craignais à l'instant.

— Comment pourrais-je pardonner ?

— Le temps finit par dicter le renoncement à toute amertume. Parfois, il nous faut revenir sur ce qu'on croyait en nous irréversible, parce qu'il est une raison plus forte que tout. L'approche de la mort...

— Je ne savais pas qu'il en était là. Ce ne pourrait être une comédie de plus, une roublardise comme il en a le secret ? Mon père a raté sa vocation. Il aurait dû suivre les cours Florent à Paris, je crois qu'il aurait eu une chance de réussir sur une scène de théâtre. Peut-être est-ce dans la finance qu'il a appris le cynisme. Mais avant de « faire de l'argent », comme il disait, mon père a traversé deux conflits majeurs où il a montré plus de zèle que d'honneur. Passons, tranche-t-elle, en déplaçant sa chaise longue sur la pelouse pour se mettre à l'ombre.

Je dois aussi faire mouvement, je ne veux rien perdre de ses propos et des expressions de son visage. À ce moment, il semble qu'elle a recouvré assez de sérénité pour s'ouvrir à moi. Sans doute ai-je cette faculté de mettre en confiance. Toujours est-il qu'elle éprouve ce besoin de toucher ma main ou mon avant-bras ou mon genou pour vérifier que son interlocutrice a quelque consistance, sinon le sentiment de parler dans le vide, comme elle a dû sans doute le faire si souvent, faute de confidente à la hauteur.

— Mon père a été odieux avec Éléonore. Éléonore, précise-t-elle, c'était le prénom de ma mère.

— Je sais, dis-je.

— Il l'humiliait, la séquestrait, la frappait, la violentait. J'ai assisté, impuissante, à tant de scènes horribles qu'il m'arrive encore d'en faire des cauchemars. Tout cela parce qu'il soupçonnait ma mère d'avoir une liaison avec un jeune homme.

À l'époque, nous vivions à Nancy, et en effet je crois qu'Éléonore se consolait comme elle pouvait. Mon père avait des indicateurs partout où elle allait, et Éléonore ne pouvait faire un pas sans être l'objet d'un rapport de police. Tous ces enquêteurs, ces « privés », comme il disait, lui coûtaient les yeux de la tête. Mais qu'importe. Il avait besoin de savoir ce qu'elle faisait à chaque instant, connaître l'identité des gens qu'elle croisait, les lieux qu'elle fréquentait. Et je crois que ces fameux « privés », flairant l'argent qu'ils pourraient soutirer d'un tel client, en rajoutaient sur ses fréquentations, brodant des histoires sordides. Mon père n'en espérait pas tant. On ne faisait que lui dire ce qu'il avait envie d'entendre. Et au fil du temps, cette situation a pris des tours et des contours malsains. Peut-être éprouvait-il un plaisir sadique à monter contre ma mère des raisons de l'humilier. Il avait besoin de ces charges douteuses pour se donner bonne conscience.

Quelques larmes coulent sur ses joues, Elora les efface de la paume.

— En ce temps-là, nous déménagions souvent : Lille, Paris, Rennes, Nice… Chaque fois, la même situation. Le temps de reprendre nos marques dans une nouvelle ville, la jalousie paraissait s'apaiser. Nous n'y connaissions personne, forcément. Il ne pouvait en être autrement. Comprenez-vous ? Mais au bout de deux ou trois mois, les violences conjugales s'en revenaient, invariablement. Si ma mère a eu quelques amants, je ne crois pas qu'elle les collectionnait maladivement, comme Richard Combelle le prétendait. Mais c'était devenu chez lui un jeu que la noircir à tout propos, sans vergogne, y compris auprès de moi.

— Vous étiez de son côté à elle, n'est-ce pas ? Puisque vous aviez compris le manège de votre père...

— Exactement.

— Vous reprochait-il cette complicité ?

— Bien entendu. Il exerçait sur moi aussi des violences... Il voulait me contraindre à épouser sa cause, à renier ma mère. Puis il y a eu les fameux articles de *L'Observateur* sur la torture en Algérie durant la guerre, dans lesquels le nom de Richard Combelle figurait en bonne place. Mon père était sans doute un agent de renseignement du 5e Bureau ou peut-être de l'OAS, je ne le saurai jamais. Toutefois, il a participé aux fameux interrogatoires de la villa Mahieddine. C'est là, me semble-t-il, qu'il a acquis ce savoir sur la torture psychologique qu'il a exercée, dans une moindre mesure, sur ma pauvre mère. Après le scandale, Éléonore a décidé de quitter mon père. Nous nous sommes établies à Montpellier, où ma mère a enseigné dans un lycée. Mais mon père s'est remis à la manœuvre, jouant de ses relations pour la faire évincer de l'établissement. Il espérait que, vaincue et brisée, elle finirait enfin par abdiquer. En effet, sans argent, nous avons dû revenir vivre auprès de lui. La guerre chez les Combelle a repris avec ses hauts et ses bas, tantôt la cruauté extrême, tantôt le baume réparateur. Mon père jouait assez subtilement des deux facettes, espérant qu'à l'usure il finirait par la réduire à sa merci.

Nous sommes remontées vers la maison, par le sentier des palmiers. À cet endroit, on distingue la pointe qui pénètre dans la mer, avec ses villas blanches et roses dans leur écrin de verdure. À cette heure, des persistances de violet marbrent la mer et les voiles blanches des esquifs paraissent minuscules. Nous montons encore jusqu'au dernier degré du jardin, là où les tamaris aux silhouettes torturées forment une haie. Nous nous glissons sous les ramures basses jusqu'à atteindre l'escalier.

— Je ne sais pas si je vais vous raconter la suite, me dit-elle en se tournant vivement vers moi.

Je ne réponds pas. Comment le pourrais-je ?

— J'en ai assez entendu, dis-je pour me justifier.

Et une fois sur le balcon, à la rambarde duquel elle se cramponne des deux mains, le visage crispé, elle se met à larmoyer. Je me retire quelques pas en arrière, par pudeur. Je sais maintenant que ma mission a échoué, que je n'obtiendrai pas le pardon pour monsieur Combelle, que sa chère Elora, comme il dit, lui demeurera à jamais hostile. Peut-être lui écrirai-je une lettre pour dépeindre ma visite ? Peut-être lui dirai-je le fond de ma pensée ? Peut-être ne le ferai-je jamais ?

— Votre mère a-t-elle mis fin à ses jours ?

Il y a un fort silence. Je crains qu'elle ne me réponde pas. Toutefois, si tel est le cas, j'en resterai là, sur ce mutisme, me dis-je. Il en est ainsi de certains événements de nos vies, il vaut mieux ne jamais les exhumer et laisser le temps les enfouir dans ses fonds caverneux.

— À cette époque, dit-elle soudain, la voix brisée, j'étais à Genève pour y faire mes études, dans un institut de droit international. En effet, je crois que ma mère a fait une tentative de suicide. Elle a toujours prétendu que non, mais moi, j'en reste persuadée. Après sa mort, j'ai trouvé des écrits personnels qui accréditent cette version. Ainsi aurait-elle voulu, dans un moment de désespoir extrême, échapper aux griffes de mon père. Y a-t-il raison supérieure dans une âme dévastée comme l'a été la sienne à ce moment de sa vie ?

— Pourtant Richard Combelle prétend que votre mère a mis fin à ses jours et que vous l'en tenez responsable. D'où votre éloignement...

— Mensonge. Ma mère est morte d'une rupture d'anévrisme à Cannes en 1991. À cette époque, elle ne vivait plus avec lui. Comment aurait-il pu l'empêcher de voler de ses propres ailes ? Combelle était diminué déjà. Et je crois que, confusément, il avait renoncé à la reconquérir. Non, la vérité est celle-ci, quoi qu'en dise mon père : Éléonore a vécu ses dernières années de bonheur et de liberté, sans rendre de comptes à qui que ce soit. Elle avait fini par tirer un trait sur cet homme et peut-être est-ce sa plus grande revanche. Un soir que nous dînions au *Hilton*, elle m'a fait jurer de ne jamais plus reprendre contact avec mon père. Ce que j'ai fait, évidemment, et ce que je continue de faire, par respect pour la parole donnée. En définitive, dans ma vie, il n'y a qu'Éléonore qui a compté, ma chère maman, dont les qualités humaines étaient si hautes et dont la seule erreur fut, sans doute, d'avoir un jour aimé un tel monstre.

Revenue à Sète à l'*Hôtel de l'Orque-Bleue* où j'ai l'habitude de descendre, face au petit port de plaisance, bordé de façades pittoresques, aubaine pour les peintres du dimanche, infinie variation de jaune, ocre, rose, rouille et que sais-je encore, je m'interroge sur le sens de cette histoire et son absurde dénouement. Elora ne reparaîtra pas devant son père, puisque la promesse faite à Éléonore le lui interdit. Combelle n'ignorait point que notre entreprise serait vouée à l'échec. Cependant, il m'y a précipitée avec l'assurance de s'offrir le beau rôle. Encore une fois, le beau rôle, me dis-je, comme lorsqu'il participait à la villa Mahieddine aux séances de torture avec la certitude que ces horreurs étaient nécessaires à l'ordre colonial. Mais ce qui l'enrage sans doute est que sa chère Éléonore a fini par se soustraire à sa domination. Ainsi préfère-t-il une autre version, celle d'un suicide, jusqu'à croire à son imposture et nier, une fois pour toutes, l'ultime revanche de sa chère Éléonore.

Non, me dis-je, je ne reparaîtrai pas devant Richard Combelle. J'épouserai la cause d'Elora. Je participerai à la promesse, comme une sœur flouée contre tous les pères immondes qui peuplent cette terre.

23

Richard Combelle

ALLER AU-DEVANT DU MAL qui nous menace, telle a toujours été ma conduite, dans les guerres que j'ai traversées aussi bien que dans l'ordinaire de mes jours. Je n'ai jamais renoncé à rendre coup pour coup. Même si, comme le signale mon notaire de Florac, je me perds en inutiles querelles. « Faites donc la paix avec votre ennemi intime, conseille maître Furetier, vous n'y trouverez au fond que du contentement. » Mais je n'ai point besoin d'être contenté. Je suis sur le gril depuis la mort d'Éléonore, inconsolable chaque matin et tourmenté par mes rêves nocturnes.

Passé minuit, je me suis traîné dans le grenier, histoire d'y consulter de vieilles archives. C'est un péché mignon de l'âge que de ne s'intéresser qu'à l'écume de nos vies, ces broutilles exhumées d'un dossier qui réveillent les figures de nos chers disparus. Je suis mort, en vérité, et je feins de n'y pas croire. L'enfer ne sera point pire que cette maladie qui me ronge la cervelle. Ma mémoire est en lambeaux. Mes espérances sont des chimères. Tout ce en quoi j'ai cru ne vaut pas tripette.

Et de dégoût, je repousse mes vieux dossiers, sachant enfin qu'il n'en sera fait aucun usage. Je les ai conservés précieusement dans l'espoir, peut-être, de m'en servir un jour pour confondre quelques personnalités bien en vue. Le jeu n'en vaut pas la chandelle. La mort est la raison finale de tout et personne ne survit, les saints comme les ignobles.

Je vais à ma lunette et allume le système infrarouge. C'est bien ce que j'avais soupçonné, on rôde dans mon parc, des chiens enragés, des loups, pas même des loups, de tristes sires, des comiques. Je les ai reconnus aussitôt, ces deux-là, Laurel et Hardy, les pensionnaires de Salicorne.

À ce que je crois, ils sont ralliés à Silveyre, au journaliste. Ils ont choisi la cause des moutons. Ils sont entrés dans le troupeau comme en religion avec l'esprit de croisade. Mais quelle est la bonne parole ? Que me veulent-ils ? M'assassiner ? Ça ne sait pas attendre le verdict du cœur. Pourtant, il ne saurait tarder, l'instant où je m'allongerai. Un peu de patience. Les loups ont de la patience, mais les chiens enragés sont insatiables. Il leur faut du sang, encore du sang.

Il me vient en mémoire l'époque où nos sentinelles tiraient sans discernement sur des ombres aux portes du désert. Tantôt les rôdeurs du FLN, tantôt les hyènes. Ça faisait des cartons. On apprenait à tirer aux bleus, ainsi, avant de les envoyer en patrouille.

Enfin, les voici dans mon viseur, ces deux idiots. Ils avancent avec précaution jusqu'à mes ormes. Espèrent-ils entrer par effraction dans mon château ? Pour quoi faire, grand Dieu ? Je sens mon cœur tressauter dans ma poitrine. Cette situation me fouette le sang. Je rajeunis. Je retrouve là le plaisir intact du chasseur. Voir sans être vu.

Il me suffit de tendre la main pour saisir la carabine. Un Mauser K 98, calibre 7,92, cinq balles dans le magasin. Je l'arme précautionneusement. La lunette de visée est infrarouge. C'est une arme redoutable de tireur d'élite. Je ne suis pas des meilleurs à ce jeu. En vérité, j'ai perdu la main. Mais à cette distance, je suis encore capable d'étendre ces imbéciles en moins de cinq secondes. Je pointe ma cible, le plus petit, l'homme au crâne rasé. C'est le chef, celui-là, ça se voit comme le nez au milieu de la figure. Une fois celui-ci effacé, le grand blond prendra ses jambes à son cou.

La première minute d'exaltation passée, je me résigne tout de même à un brin d'humanité. On ne tue pas sans être formellement menacé. C'est une des règles de la légitime défense. Sommations d'abord. À mon avis, le sifflement d'une balle de Mauser suffit à décourager le plus hardi des bonshommes.

Je m'approche de la fenêtre avec vue directe sur le parc.

— Qui va là ?

Mes visiteurs s'immobilisent.

— Je vous ai vus, messieurs les Pieds Nickelés. Déclinez vos noms et rendez-vous, les mains en l'air.

— C'est le vieux ! s'écrie un des types. J'croyais qu'il était à moitié crevé.

— Ouais, dit l'autre. Comme tu vois, il a encore du répondant.

— Allons, dis-je, on approche et on se présente. Ou alors, ouste !

Les visiteurs restent accroupis, immobiles. Je crois qu'ils ont le trouillomètre à zéro. Mais pas assez pour détaler comme des lapins.

— Je compte jusqu'à trois, dis-je.

Je vise un bon mètre au-dessus de la tête du petit. Et feu. Le coup fait un bruit d'enfer.

Maintenant, ils se sont allongés sur la pelouse. Ils rampent, prudemment. Mon deuxième tir est un peu plus bas. Ça doit faire un sacré effet, me dis-je.

— La prochaine sera la bonne ! m'écrié-je en ricanant.

Cette fois, les types se sauvent. Je m'amuse à les viser. La tête, le torse, les jambes ? Au choix, me dis-je. Mais je redresse la mire du Mauser et tire ma troisième cartouche au hasard. Assez proche de mes cibles pour qu'elles entendent le sifflement. C'est une musique qui ne laisse personne indifférent.

Nous jouions ainsi avec nos prisonniers en Algérie. Une exécution simulée. Mais les fels étaient assez courageux pour ne rien laisser paraître. Pas même un tressaillement. Ils continuaient à nous narguer, l'esprit de martyre chevillé au corps. La haine aussi. On savait ce qu'ils pensaient, ces hommes, que mourir ne serait qu'une formalité et qu'il y aurait toujours un frère quelque part pour les venger.

Cette fois, l'ennemi est en déroute. J'entends leur course affolée sur le chemin de Rougerol. La lune ne leur rend pas service, pensé-je. Voilà des cibles faciles. Comme quoi la guerre est un métier.

Sur le coup, je me sers un petit cognac et trinque avec mon Mauser. C'est une compagnie rassurante. Je ne chasse pas les sangliers, les chevreuils, même les loups lorsqu'ils s'en viennent rôder. C'est une espèce que je vénère, tout compte fait. Surtout lorsqu'ils attaquent le troupeau. Eux, au moins, ne craindraient pas mes balles. Un loup mort, le suivant le remplace. Ils ne savent rien d'autre sur le métier de la guerre, lorsqu'il leur faut trouver de la nourriture.

Au lendemain, Lucienne me retrouve en robe de chambre assis dans mon fauteuil, le Mauser entre les jambes. Elle pousse un cri qui me réveille. De là à penser que je me suis suicidé, il n'y a qu'un pas.

— Comment avez-vous pu croire ça, bécassine ? Il n'y a pas de sang. Un suicide avec ce flingue-là, dis-je histoire de l'impressionner, ça donne des éclaboussures de sang sur les murs et de la cervelle au plafond.

— Mais vous êtes fou ! s'écrie-t-elle. Je vais rendre mon tablier.

Mon rire de vioque, catarrheux, abominablement inquiétant, comme une porte qui grince, la panique encore plus. Elle apporte mes médicaments dans une coupelle. Je les ingurgite avec un peu de flotte. Ma docilité la rassure.

— Mais pourquoi cette arme ? À quoi jouez-vous, monsieur Combelle ?

— J'ai surpris des rôdeurs dans mon parc. Je leur ai donné une leçon. Ils ne reviendront pas.

— Et vous vous êtes assoupi avec ça ?

— En effet. L'émotion. Je prends trop à cœur les folies de notre époque.

— Vous devriez envisager la maison de retraite. À Florac, par exemple. Il paraît que les vieux y sont bien traités.

— Ne me racontez pas d'histoires. Les maisons de retraite, ce sont des mouroirs. L'antichambre de la tombe. Et puis, vous le savez bien, Lucienne, on traite les vioques comme des enfants. La vieillesse, ma chère, c'est la merde qui fout le camp par le tuyau de vidange. On ne retient plus rien, la pisse, la mistoufle et le reste. Tout se relâche. Sans compter la cervelle qui se barre en béchamel.

Je tapote gentiment mon Mauser.

— Plutôt faire confiance à ça. Une balle suffit pour rectifier radicalement la débâcle.

— Je devrais en parler au docteur Franquin.

Cette fois, mon rire est plus clair que le précédent, tristement nerveux.

— En quoi ça le regarde ?

— Il devra agir pour vous protéger contre vous-même.

Je lui fais signe d'approcher. Elle hésite. Il y a des situations qui dépassent le commun des mortels. Comment leur en vouloir, à ces gens heureux de vivre et assurés de leur éternité, tous ces joyeux imbéciles qui croient que la fête durera jusqu'au bout ?

— Montherlant, vous ne connaissez pas Montherlant ? Le grand écrivain français ? Il a fait le saut au moment où son affaire tournait en capilotade. Sa dignité d'homme exigeait cette fin, ma chère Lucienne. Il s'est tiré une balle dans la bouche avec un revolver. Mais, singulièrement, il n'avait pas totalement confiance en son arme, puisqu'il a pris soin au préalable d'avaler une boule de cyanure.

Lucienne se plaque les mains sur le visage. Je lui dis d'aller ranger le Mauser dans l'armoire pour la tranquilliser. Mais elle n'ose toucher l'arme, comme si l'objet allait lui brûler les mains.

— Dans mon cas, ça ne se passera pas ainsi. N'ayez crainte. Vous n'aurez pas à faire le ménage. La pompe rendra l'âme toute seule, vu mon état général. Mais auparavant, j'attends la visite d'Elora. Et après cette petite cérémonie, nous nous allongerons tous les deux.

— Comment cela, tous les deux ?

— Mon corps et mon esprit.

Lucienne soupire avec force en balançant la tête. Je devine à son regard qu'elle ressent un peu de pitié pour moi. Pourtant, je ne la mérite pas. Je n'ai pas été un homme bon. Un sauvage dans mon genre. Un pervers, sans doute. Une vie en vérité assez minable, faute de cette grandeur d'âme qui n'est pas donnée à tout le monde.

24

MALGRÉ LA CHALEUR, Virgil et Thomas sont restés longtemps à dormir, à flemmarder, à laisser le temps s'écouler, immobiles, comme si rien au monde ne pouvait plus les sortir de leur torpeur. Un jour, deux jours… Pour des garçons si actifs, courant la lande, curieux du moindre détail au point de poser d'incessantes questions et ensuite de faire des secrets en se chuchotant à l'oreille, c'est à n'y rien comprendre, songe Mara Salicorne. Qu'est-ce qu'ils nous préparent, ces deux-là, avec leurs petits airs sournois ?

Contrariée au possible, elle va et vient, regrettant déjà d'avoir l'hospitalité légère. Quelle idée m'a pris de les amener ici, nous étions si bien entre femmes ? se reproche-t-elle. De ce trouble, elle pourrait s'ouvrir à Laurène, certes, mais elle ne se sent pas assez libre avec elle, comme elle pourrait l'être, par exemple, avec un Frédérik Charme. Présentement, le journaliste est aux abonnés absents.

Quant à Diane, elle se tient claustrée dans sa chambre, refusant de parler d'un désespoir qui l'a mise au troisième sous-sol.

De temps à autre, Mara pousse la porte de sa chambre. Même question.

— Pourquoi pleures-tu tout le temps ?

Elle a compris que seul un chagrin peut mettre dans cet état de douleur. Pour ça, elle pourrait avoir le plus vif respect, mais Mara n'a pas envie de jouer les mamans consolatrices. Cette fois, elle referme la porte en la claquant sèchement, histoire de montrer à cette petite idiote qu'on a en plein le dos de supporter ses caprices.

Laurène ne lui est pas d'un grand secours. Chaise longue. Lecture. Bronzage. Deux ou trois ploufs dans la piscine. Plus rien. Silence complet.

Il n'y a que pour les repas que ça rapplique, en rang, dociles, et que ça vient mettre les pieds sous la table sans la moindre gentillesse pour l'hôtesse.

— Elle ne va pas durer éternellement, cette république, s'emballe Mara Salicorne en faisant tinter la vaisselle.

Pour la peine, elle a simplifié les menus : carottes râpées, tomates à la vinaigrette et steaks végétariens. Personne n'ose s'en plaindre.

Mais tout de même, il n'est pas nécessaire d'avoir un master de psycho pour voir que l'histoire entre Diane et Thomas empoisonne l'atmosphère. La petite amoureuse cherche à obtenir encore, alors que tout semble perdu, quelques gestes d'attention de ce grand garçon. Ce dernier repousse ses insistances, ses caresses de chatte. Ça énerve Mara et ça fait sourire Laurène. Cette dernière n'est guère surprise. Elle l'avait subodorée, la Bérézina.

Y a-t-il matière à suspense dans une histoire d'amour, brève ou longue ? Au début, tout beau, ensuite, calme plat. Il en va toujours ainsi avec les garçons, explique-t-elle à Mara, ce n'est pas comme entre filles, là, les sentiments se manifestent avec déchaînements. Et pour étayer sa démonstration de fine observatrice, Laurène a pris l'exemple de Fiona :

— N'a-t-elle pas tout brisé autour d'elle avant de vider les lieux ?

— Tu t'ennuies à ce point-là, déplore Mara en caressant sa belle chevelure, que tu sois devenue aussi aigrie, ma jolie ?

— Je n'ai personne en vue, ment-elle. Ça me rend nerveuse. Crois-tu que je pourrai encore plaire ?

Mara éclate de rire. Elle serait tentée de renverser sa chaise longue d'un coup de talon mais se retient.

— Ce n'est pas ici que tu vas trouver une frangine, ma belle !

— Je suis patiente.

— Conne, oui.

Laurène pose son livre de poche sur la pelouse à côté d'elle, enfile des lunettes de soleil, offre son visage au feu du ciel. Sa peau pommadée d'écran total luit au soleil. Elle en rajoute et en rajoute plusieurs couches sans se lasser. Sur le Méjean, en plein été, l'atmosphère est sèche et chauffée à blanc.

Soudain, elle semble prise d'une angoisse qui la tenaille, se tortille sur sa chaise, tandis qu'à côté d'elle Mara grille une cigarette voluptueusement, sans se soucier de la chaleur. Laurène n'a plus envie de jouer la comédie. Le mensonge la ronge, intérieurement, le mensonge et l'hypocrisie dont on se sert un temps par complaisance et qui finit par empoisonner toute relation humaine.

— J'attends le retour de Fiona...

— Le retour de Fiona, s'étonne Mara Salicorne. Qu'est-ce que ça veut dire : « J'attends le retour de Fiona » ?

— Elle m'a dit qu'elle reviendrait.

— Quand ça ?

— À Meyrueis. Elle avait loué une chambre à l'*Hôtel de France.*

— Et c'est là que tu as été la voir ? Sans me le dire ? Dans mon dos ?

— Après qu'elle t'a quittée, j'ai été retrouver Fiona dans sa chambre.

— C'est agréable à entendre, marmonne Mara Salicorne.

— Elle m'a juré qu'elle reviendrait me chercher aux Aiguillets.

— Vous avez fait des cochonneries ensemble, je parie ? Suis-je bête. Comment n'ai-je pas vu clair dans ton jeu ?

D'un coup de talon, Mara renverse la chaise longue. Surprise par la violence de la réaction, la gamine s'enfuit dans la cuisine en poussant des cris. Mara la rejoint, s'empare d'elle avec force. La petite se met en boule pour se protéger des coups. Mais Mara Salicorne s'interdit de lui expédier des gifles. On n'a pas défendu la liberté sexuelle, le droit des femmes, pour se commettre ainsi dans des violences innommables.

— J'ai enfin compris. Tu peux partir maintenant que je sais que Fiona ne reviendra pas.

— Elle reviendra pour rompre avec toi, avoue Laurène, c'est la moindre des choses. C'est quelqu'un de droit et d'honnête.

Les éclats de voix ont sorti Diane de sa chambre.

— Tu le savais, traîtresse, que ta copine couchait avec Fiona ?

Pour toute réponse, un flot de larmes.

— Je vais faire un tour, dit Mara en posant sur sa tête un grand chapeau de paille.

En sortant, elle fait le tour du propriétaire. Virgil est adossé au chêne. Il contemple l'horizon, le jaune et gris des collines et leurs longues coulées vertes de sapins.

Au bruit du pas, il se retourne vers Mara.

— Je voulais te remercier pour ton accueil.

— Vous partez ?

— Oui. Nous retournons à la ferme Matteo pour un jour ou deux, puis nous rejoindrons Paris.

— Diane va être malheureuse.

Thomas, la chevelure broussailleuse, fait quelques pas vers elle. Il tient un sac à dos à bout de bras.

— Je n'ai rien promis, moi, se défend-il.

— Oh, monsieur l'innocent, tu n'as rien promis. Comme c'est touchant, cette candeur.

Le blond avance vers Mara, d'un pas décidé. Virgil l'arrête d'un geste autoritaire.

— Tom, tu la fermes.

— Tu sors la Toyo, ordonne Virgil, et tu essuies ces salissures blanches sur le pare-brise.

— C'est de la fiente de chouette.

— Et alors ?

Le garçon fait les cent pas devant la grange Matteo. Depuis la virée chez le vieux Combelle, Virgil ne se supporte plus.

— Si au moins on avait pris le Glock, on aurait pu lui envoyer quelques pruneaux, à ce vieux con !

Thomas, lui, a digéré sa peur. Il n'a jamais cru qu'il était un petit soldat. Tout juste un gamin de banlieue avec la rage au ventre.

— Ce n'est pas sérieux, tout ça. Le vieux a tiré au-dessus de nos têtes. Pour nous faire peur. Tu n'as pas compris ? Il ne voulait pas nous atteindre. Peut-être avait-il l'angoisse au ventre, lui aussi ?

Virgil pousse un cri de colère. Ce sont des explications qu'il n'a pas envie d'entendre.

— Nous avons détalé comme des lâches, dit-il. Voilà ce qui importe. Je me déteste.

— Il n'y avait rien d'autre à faire...

— Nous aurions dû investir sa baraque et lui flanquer une correction.

— N'importe quoi. Ça ne t'est jamais arrivé de fuir devant les keufs ?

— Ce débris nous a donné une leçon. Il nous a appris que nous n'étions pas à la hauteur. Lui, il n'a pas hésité à se servir de son arme.

— Il était chez lui, justifie Thomas. Et puis, c'était pas une bonne idée d'aller traîner dans son jardin. Pour y faire quoi, au juste ? L'intimider ?

— Tu n'as rien compris. Combelle fait la loi dans le pays. C'est insupportable. Je voulais montrer à Patcha que nous pouvions faire quelque chose pour lui, que ce Combelle n'était pas aussi fort qu'il le pensait.

Thomas grimpe dans la voiture et la recule dans la cour. Son copain observe la manœuvre, les bras croisés. Le conducteur actionne les essuie-glaces pour effacer les dernières traces blanches. Puis il coupe le contact.

— Je ne renoncerai pas, jure Virgil.

— Ne me dis pas que tu as encore envie de t'amuser ?

— Tu n'es pas obligé de me suivre...

Le blond remonte dans la maison Matteo et va récupérer l'arme cachée sous la toiture. Il engage le chargeur dans le compartiment et fait jouer la culasse. J'espère qu'on n'en aura pas besoin, se dit-il. Il s'assoit en tailleur sur le plancher, devant la cheminée emplie de gravats. Incroyable, se dit-il, c'est moi qui deviens le raisonnable de la bande, maintenant. Il caresse le revolver, presque amoureusement. Il a toujours eu cette passion-là. Car les idées, au fond, il s'en fiche, les idées sont toutes les mêmes, des prétextes. Il se lève, s'approche de la fenêtre. Virgil est appuyé à l'arrière de la voiture. Il réfléchit en se caressant le crâne. Qu'est-ce que je fais avec lui ? se demande Thomas. Nous nous étions promis de rester tranquilles, une semaine ou deux, le temps que ça se tasse, là-bas...

Dans la cour, Virgil lui ordonne de cacher l'arme sous le siège.

— Piet a dit qu'il nous trouverait une kalach pour cinq cents euros. Ça serait mieux que ce pétard de merde.

Virgil n'est pas de cet avis. Il ne voit pas ce qu'on pourrait faire avec une kalachnikov, à moins de braquer une banque.

— Rien que pour le plaisir, la classe quoi ! s'exclame Thomas.

— Tu as eu ta dose... ricane Virgil.

— Tu veux dire, la petite ?

— Diane, oui, Diane...

— C'est pas une affaire. J'ai trouvé mieux. T'souviens de Sarah ? Celle-là, elle m'a tout donné.

— Tu la fermes, Tom. Une meuf, c'est des emmerdes garanties. Et cette fois, on s'est barrés à temps.

— Oui, ajoute Thomas, quand j'ai vu que ça prenait de l'ampleur, j'ai pris un raccourci.

Les visiteurs font le tour de la ferme Matteo pour se dégourdir les jambes. Il n'y a que Virgil pour apprécier le bâti d'autrefois, lorsque les Caussenards n'avaient que de la pierre pour dresser leurs murs et couvrir les toitures.

— Patcha a raison avec la forêt qui envahit tout, dit Virgil. C'est une plaie.

— Tu ne vas pas me dire que ça t'intéresse, tout ça ?

— Je ne crois pas que tu sois capable de réfléchir à quelque chose de sensé. Tu es avec moi pour t'amuser, mais dans le fond tu te fous de tout, Tom.

— Oui. Les histoires de Patcha, ça me gonfle. Je trouve ça plutôt con, même, de faire bouffer les pins par ses moutons. Il n'arrivera jamais à en stopper la progression. C'est un combat perdu d'avance.

— Moi, dit Virgil, je vois une solution plus radicale.

— Laquelle ?

— Tu verras, mon gars.

— Faudrait encore que je sache où tu veux en venir. Je ne te suivrai pas aveuglément, comme un larbin.

— Un petit soldat, ricane Virgil. Je ferai de toi un petit soldat, mon vieux, que tu le veuilles ou non.

25

Frédérik Charme

DANS UNE GROSSE ENVELOPPE en carton bistré j'ai reçu d'Adèle le portrait photographique d'un type, chevelure brune, yeux noirs, lèvres charnues, mâchoires proéminentes. Un beau mâle, me suis-je dit. Puis j'ai retourné le cliché. D'une belle écriture ample que j'ai immédiatement identifiée comme étant celle d'Adèle, j'ai lu : *Voici Francisco, mon nouvel amant. Comment le trouves-tu ? Lui au moins s'occupe de moi. Il est attentif au moindre de mes désirs. Je crois que nous ferons un bout de chemin ensemble. Adieu donc. N'essaie pas de me revoir. Ce serait perdre ton temps et gaspiller de l'énergie inutilement. Adèle.*

J'ai gratté une allumette et Francisco a fini en cendres. Petite vengeance mesquine. Ensuite, je me suis rempli un plein verre de whisky, je suis sorti sur le pas de porte. La chaleur est telle que j'ai reculé jusqu'à la limite de l'ombre. Puis, appuyé contre le chambranle, j'ai bu lentement, par précieuses petites gorgées.

Après tout, ce n'est que justice. Une femme, aussi amoureuse soit-elle d'un homme, ne peut se résigner à l'attendre indéfiniment. Adèle m'a beaucoup aimé mais j'ai gaspillé cette passion. Je n'ai songé qu'à moi, à mes enquêtes, à mes articles, à un livre que je n'écrirai peut-être jamais et que je recompose à l'infini dans ma tête.

Au troisième verre, j'ai senti que je ne pourrais pas rester debout bien longtemps. Alors je suis allé vers mon lit sur lequel je me suis abattu comme une masse. Des sentiments mitigés m'ont envahi, colère, dégoût, tristesse, et quelque chose que je n'avais jamais éprouvé jusqu'alors, la détestation de soi. À ce moment, je me suis senti proche de Richard Combelle, j'ai compris ce qu'il avait éprouvé au départ de sa femme, le besoin de se retirer du monde puisque tous ceux dont il s'était senti proche l'avaient abandonné à son sort. Le retranchement est une posture orgueilleuse, certes, une affirmation que l'on a raison contre tout le monde, mais du moins permet-elle de se sauver du désespoir. Il suffit juste de recommencer à vivre comme si tout ce passé n'avait pas existé, comme un romancier qui chiffonne une feuille et poursuit son ouvrage en se tenant, surtout, à distance de ce qu'il a détruit.

Au milieu de la nuit, j'ai allumé un petit feu sur le chemin de Rougerol. Il n'y avait pas assez de vent pour que les escarbilles se répandent sur la lande. Les lettres d'Adèle, les photos d'Adèle (même celles où j'étais à ses côtés à Toulouse sur notre balcon, à Soulac sur la plage, à Collioure sur la jetée), les dessins et aquarelles qu'elle m'avait offerts, tout a été brûlé dans le vaste silence de la nuit, sous les étoiles. Après coup, j'ai eu un petit pincement au cœur, une impression de regret, car je venais de renier tout ce que nous avions été durant ces années. Mais ne te retourne pas, me suis-je dit, car il n'y a rien à sauver, rien à préserver, rien à mythifier.

Au matin, je suis monté à Recuzas par le chemin de Hures, sans même une gourde d'eau, croyant que j'allais retrouver Patcha et ses acolytes. Mais là-haut point de troupeau. Mon ami avait quitté la place pour le Grand Devet ou Bessette. Là-bas, il y a des prairies gorgées d'herbe sur les vaines pâtures. Sage décision, me suis-je dit, tout en regrettant que cette guerre connaisse une trêve...

Les chaleurs de midi m'ont assailli et, la gorge sèche, j'ai dû chercher un peu d'ombre. Puis je suis reparti d'un pas mesuré afin d'économiser mes forces, sous le feu du ciel et dans l'aveuglante lumière jaune et ocre des collines. La fatigue, la soif, le délabrement moral ont accompagné ma marche de somnambule. Puis j'ai décidé de couper au plus court à travers les pentes infestées de buis et de genévriers.

Aux Aiguillets, j'ai demandé à Mara l'autorisation de me baigner dans sa piscine. Elle était d'une humeur massacrante, mais mutique pour une fois.

— Où est Laurène ?

— Toi, tu t'inquiètes de cette peste ?

J'ai posé quelques questions qui déplaisaient manifestement. Il m'a paru alors que l'ambiance aux Aiguillets avait changé et j'ai voulu en connaître les raisons. En deux mots, Diane m'a renseigné sur les derniers événements, en me conseillant au passage de rester sur ma réserve. Et comme je ne disposais pas de maillot de bain, j'ai dû me baigner dans le plus simple appareil. Mara Salicorne a jugé alors qu'il n'était rien de plus obscène à voir qu'un homme nu. Néanmoins, elle m'a offert une bière dans son petit salon en me demandant des nouvelles d'Adèle. Je n'ai pas répondu.

— Curieux que Diane n'ait pas suivi sa sœur ?

— Pour ce que Laurène doit faire elle n'a pas besoin d'une frangine qui lui tienne la chandelle.

Je n'ai pas osé rire car le ton était plutôt acerbe, sans réplique.

— Je croyais que Fiona tenait à toi, dis-je.

— Nos histoires d'amour sont comme les vôtres, mon cher, mêmes emportements, mêmes trahisons, et mille chagrins en prime.

J'ai dit alors qu'Adèle aussi avait fini par me quitter. Elle m'a regardé longuement avec du mépris dans le regard. Tu n'es pas aussi bonne et accorte que tu voudrais le laisser paraître, ai-je pensé. Et à ce moment, j'ai mesuré le poids de ma solitude sur le Méjean. Plus personne à qui parler, avec qui rire ou plaisanter… Ce serait une situation nouvelle et critique. Serais-je déjà en voie de marginalisation, comme Combelle ?

— Ça fait vingt ans que je m'interroge sur moi-même, ajoute Mara. Serais-je devenue gomorrhéenne par révolte contre la société ou par épigénétisme ?

Plus tard, j'ai vérifié la jauge de gasoil de ma voiture avant de prendre la route de Sainte-Enimie, serpentant à flanc de falaise dans le gris cendre et le jaune pierreux des parois calcinées.

Si je n'ai *a priori* aucune raison de me rendre à Sainte-Enimie, mes habitudes me portant plutôt à descendre sur Florac, comment pourrais-je m'avouer, sans éprouver une certaine moquerie à mon endroit, que je suis impatient de revoir Esther Walden ? Peut-être dans cette affaire n'ai-je pas encore brûlé toutes mes cartouches. Puisqu'en lui montrant tant d'empressement j'ai suscité chez elle la crainte de devenir vite un amoureux transi.

En arpentant la rue qui longe le Tarn, je lui découvre des circonstances atténuantes. Au premier coup d'œil, elle aura jugé que mon amour se pourrait transformer en enfer, me dis-je. Je ne puis que lui pardonner sa fuite. Mais serait-ce chez moi une fatalité, que je décourage toutes celles que j'aborde, comme l'ouvreuse de Millau qui se refusa à moi, par malentendu ? Et, à aucun moment, je ne veux croire que Frédérik Charme puisse être, en définitive, le garçon le plus ennuyeux de la terre. Tu ne t'arranges pas, avait coutume de dire Adèle. Lorsqu'il s'agit de séduire, certes, tu multiplies les efforts, mais ensuite, plus rien. Je te reproche ton absence de vigilance, disait-elle. Chaque jour qui passe se nourrit de cette tendresse amoureuse, même d'un petit rien, une attention, un geste, une parole. Tu es froid et distant, comme si ta chose ne se pourrait jamais désespérer, ni rebeller. Voilà ce que disait Adèle avant de m'envoyer la fameuse photo de son Apollon. Ces mots terribles. Je ne les ai jamais entendus. Trop fier et orgueilleux, me dis-je en descendant sur la plage de galets.

En cet endroit, le Tarn coule paresseusement, bien à l'abri des falaises, avec ses colosses de pierre qui montent jusqu'au ciel. Il n'y a de passion que celle qu'on s'accorde, me dis-je en venant caresser de la main le flot courant à fleur de galets. Cinq petites minutes suffiront à connaître le verdict, une fois encore. Sera-ce sans appel ? Je le crains.

Je remonte sur la berge à l'heure où les coulées d'ombre font des cernes gris sur les façades des maisons serrées les unes contre les autres, puis une fois le pont traversé, l'hôtel de miss Walden me tend les bras. Le hall d'entrée du *Bleu Nuit* à cette heure est encombré de valises. La dame de l'accueil est affairée à ses réservations.

— C'est complet, me lance-t-elle.

— La chambre d'Esther Walden ?

L'hôtesse me fait signe d'attendre. Un fauteuil me tend les bras devant une tablette garnie de journaux. Machinalement, je feuillette un *Midi libre* pas mal défraîchi.

— Qui dois-je annoncer ?

Je m'approche de la banque et inscrit sur un post-it mon patronyme. Charme n'a jamais été un nom facile à porter, ou plutôt il est difficile à honorer. Elle retourne au téléphone. La conversation est brève.

— Attendez là. Mademoiselle Walden descend…

Du plat de la main, je rectifie ma coiffure, un épi récalcitrant surtout. Le miroir ne m'est pas flatteur. Et il suffit que je m'observe pour me découvrir mille défauts, comme ces gens qui perdent toute aisance devant un appareil photo ou une caméra. Tu feras avec la tête que le destin t'a donnée, me dis-je. Ce sont des pensées d'angoisse qui me viennent dans des moments particuliers où il semble que mon destin se joue sur les apparences.

Miss Walden se fait attendre, cinq, dix minutes, un quart d'heure. Bientôt une demi-heure. Je reviens à la charge du côté de l'accueil.

— Mademoiselle Walden vous a bien dit qu'elle descendrait ?

La dame s'agace. Elle ne voudra pas la relancer au téléphone. Ce n'est pas son affaire, en vérité. Je pourrais tout aussi bien monter aux étages pour frapper à sa porte, mais il faudrait qu'on me donne son numéro de chambre. Ce n'est pas gagné.

Après tout, pensé-je, il ne faut rien forcer, quelle que soit sa décision. Il est tout simplement un peu stupide de ma part d'avoir fait le déplacement jusqu'à Sainte-Enimie pour me heurter à un mur. L'homme amoureux s'abandonne trop naïvement à des pensées illusoires. Il finit par croire à tous ses désirs et qu'ils finiront par se réaliser à force de temps et de patience. Mais l'être aimé peut devenir un ennemi intime en soi et en dehors de soi, comme un cercle maléfique tracé dans lequel rien ne rentrera ni ne sortira, jusqu'à l'épuisement du désir. Tout effort alors se perd dans des conjectures destructrices. Que n'ai-je fait pour la séduire, quelle faute ai-je bien pu commettre ? Jusqu'où devais-je aller ?

Mon impatience m'a reconduit dans la rue. La montée du soir apporte un souffle de fraîcheur. Déjà, je songe à la suite, un repli, une fuite... Peut-être serait-il plus correct de laisser un message ? Mais j'ai la tête vide. Je n'ai rien à lui dire, à miss Walden, sinon que je la désire et que mon souffle est suspendu au sien, mais qu'elle a choisi de me snober et que son attitude reste incompréhensible. Ce serait reconnaître ma défaite et ajouter une pierre de plus au mur qui nous sépare.

— Pourquoi êtes-vous venu, Frédérik ? Pour vous faire du mal ?

Vivement je me retourne. Elle est devant moi, miss Walden, dans une robe blanche, le visage fardé, la chevelure rafraîchie par une coupe à la garçonne. Je n'avais pas vu jusqu'alors combien sa beauté est rayonnante. Je la regarde, le souffle coupé.

— J'avais envie de vous voir, Esther. Jour après jour, après cette longue absence, je me disais : L'ai-je bien rencontrée, miss Walden, ou bien n'était-ce qu'un rêve ? Rassurez-moi.

— Allons boire un verre plutôt que de dire des bêtises sur le trottoir.

Je lui prends la main pour traverser la rue. Elle ne me rejette pas, c'est donc un point, me dis-je. Comme quoi, le sentiment amoureux se nourrit d'un rien pour se régénérer.

Nous allons au bar voisin, dont les tables ont été alignées au bord de la route. Il y a des odeurs de poisson grillé qui flottent dans l'air. Je me dis que si miss Walden accepte d'aller au restaurant, la partie sera gagnée.

— Où en est votre Silveyre ?

Je lui réponds que je n'ai pas envie de parler de ça. Elle paraît étonnée.

— Vous avez lâché cet os ? Étrange.

— Je ne suis qu'un observateur.

Une moue d'incrédulité se dessine sur ses lèvres.

— Vous avez renoncé à votre article pour *Le Devoir français* ?

— Non. Il est aux trois quarts rédigé. Il me manque la fin.

— Peut-être sera-ce une guerre qui n'aura pas lieu ?

— Alors, je n'aurai pas perdu mon temps, puisque je vous ai rencontrée.

— Vous m'aimez toujours ?

La gorge serrée, je ne parviens pas à lui répondre. Elle observe mon regard vacillant, ma timidité d'homme blessé. Je ne crois pas qu'elle en tire le moindre contentement. Finalement, elle aussi baisse les yeux. Il y a de la tristesse en elle, comme si je n'étais pas le seul responsable de son embarras.

— Je crois que vous tenez à moi, murmure-t-elle.

— Je suis sincère, dis-je, même si les apparences jouent contre moi.

— Est-ce vous qui avez glissé votre photo dans mon sac ?

— Oui. Je voulais que vous me gardiez un peu avec vous.

— C'est puéril.

— Bien entendu vous l'avez déchirée.

— Ce geste m'a troublée, dit-elle. Ou plutôt, ce qui m'a troublée c'est que, précisément, je ne l'ai pas déchirée. Alors que...

Je lui prends la main entre nos verres. Elle résiste, puis s'abandonne. Maintenant, je ne la lâcherai plus, me dis-je.

26

LE PREMIER BAISER a été bref, sans enlacement, volé à la nuit.

— C'est un début, reconnaît Charme.

— Je vous en prie. Vous ne savez pas vous tenir. Et puis, vous savez, je n'ai pas l'habitude des garçons. Je sais que vous allez penser de drôles de choses à mon sujet, mais qu'importe.

— Je vous aime, dit Charme, la main sur la poitrine.

Esther pose la tête sur le volant. Frédérik en profite pour l'embrasser dans le cou. Elle sursaute un peu. Il y a un filet de musique qui sort des haut-parleurs, doux et lent.

— Vous êtes à ma merci, maintenant. Vous ne mesurez pas le danger ?

Esther Walden se rejette en arrière, le visage contemplant le plafonnier de la Land Rover.

— Vous auriez pu abuser de moi depuis longtemps, Charme. Mais vous ne l'avez pas fait.

— Je ne vous ai jamais sentie intéressée par moi. Plutôt rétive, jusque-là. Bon ! On ne va pas remuer le sable.

— J'ai eu très peu d'hommes dans ma vie. Pour ainsi dire…

— Ne dites rien, Esther. Je ne veux rien savoir.

— J'ai hésité à quitter ma chambre d'hôtel, tout à l'heure. Je savais qu'en descendant il n'y aurait plus de retour en arrière possible.

— Oh si. Vous pouvez m'éconduire aussi simplement que ça, fait-il en claquant des doigts.

Esther sourit en s'observant dans le rétroviseur. Elle se trouve parfaite, à ce moment. Rien à redire. Plutôt classe même avec un rubis en pendentif.

— Puisque vous ne voulez pas que je vous parle de mes maigres conquêtes, alors rien sur Adèle. D'accord ? Rien sur nous. Pas de passé. Rien que le présent et un timide avenir. Timide, insiste-t-elle.

La voiture roule à vive allure sur une route qui serpente en rase campagne avec le Tarn à droite. Frédérik pose une main sur le genou d'Esther et guette sa réaction. Rien. Ses doigts remontent un peu et pianotent en douceur sur sa cuisse. Elle se tourne vers lui avec une mine faussement effarouchée.

— Voici une audace, Charme, qui pourrait nous envoyer dans le décor.

Il croise les bras sagement. La musique miaule dans le poste. Il ne parvient pas à contenir son bonheur. Ça lui donne un air béat. Faut se reprendre, pense-t-il, par un brin de conversation.

— Je ne savais pas que vous fréquentiez les discothèques…

— Je ne suis venue ici que pour ça, dit-elle, une exploration des boîtes de nuit. Bilan ? C'est plutôt pauvre. L'été, ça s'anime un peu plus avec les campeurs, les canoteurs, les grimpeurs de falaises.

Charme éclate de rire. Il n'imagine pas tous ces Indiana Jones attaquant une deuxième journée sur une piste de danse. Soudain, la voiture bifurque sur une route étroite et achève sa course sur un parking à moitié vide. Sur une façade impersonnelle, des lettres en néon rouge et bleu clignotent : *Loup y es-tu*. On a même oublié le point d'interrogation.

— Vous ne connaissez pas le *Loup y es-tu* ?

L'atmosphère saturée de lumière laser et de décibels met immédiatement dans l'ambiance. Esther Walden s'amuse du désarroi de Charme. Elle avait espéré lui faire plaisir. Elle avait souhaité, après une longue saison sur le Méjean, hors du temps, le replonger dans une ambiance de fête artificielle. Ils vont occuper une table et elle commande une bouteille de champagne. Charme veut payer, mais elle refuse. Il insiste. Alors, elle l'embarque sur la piste. Ils dansent un slow plutôt rétro, à la manière des années 80. Au *Loup y es-tu* on veut combler tous les goûts des visiteurs, tant les âges et les générations se confondent. Avec le retour en force du hard-rock, Charme déclare forfait, tandis qu'Esther Walden poursuit en solo son exhibition.

Tu es comme un poisson dans son bocal, se dit-il, faite pour ces jeux-là. Serais-je aussi vieux que je ne puisse rien comprendre ? se demande-t-il. Peut-être est-ce Adèle, en définitive, qui m'a encroûté à ce point-là, Adèle, qui ne rêvait que de soirées chics à l'*Esmeralda* ?

C'est alors qu'il décide de rejoindre la piste de danse, jusqu'à trouver dans ce jeu de corps qui se frôlent quelque contentement. Mais passé onze heures du soir, la foule agglutinée sous les sunlights rend l'atmosphère irrespirable.

— Il y a trop de poissons dans le même vivier, dit-il en se retirant du jeu.

Dans la chambre du *Bleu Nuit,* Charme est assis au fond du lit, tandis qu'Esther Walden arpente la pièce. Au passage, la main du garçon tente de l'accrocher, sans succès.

— Je ne veux pas faire l'amour pour passer le temps, murmure-t-elle.

Par la fenêtre entrouverte, on entend le ruissellement du Tarn sur les galets, puis quelques cris dans la rue, le bruit d'une poubelle qui roule sur le pavé, des rires de filles…

— Pourquoi as-tu besoin d'être rassurée ? demande Charme.

Au sortir du *Loup y es-tu,* ils ont pris tous deux une grande décision, se tutoyer enfin. Esther Walden a toujours été une adepte du vouvoiement, c'est comme une barrière de respect qu'on impose aux autres, tous ceux dont on craint qu'ils deviennent par trop envahissants.

— J'ai besoin de savoir ce que nous allons devenir au-delà de cette nuit.

— Tu ne veux prendre aucun risque, tu veux planifier ton avenir, régler l'ordre des passions. Nul ne peut se prémunir durablement. Ce serait comme un contrat qu'on passerait ensemble. Je veux bien faire l'amour, mais il faut que tu me signes une lettre d'engagement…

Esther éclate de rire et vient se glisser entre ses jambes. Frédérik la saisit par la taille et la serre fortement. Elle le repousse et il s'abandonne sur le lit. Puis elle vient le chevaucher.

— Tu n'es pas aussi beau que je le voudrais, dit-elle, mais tu as du charme, Charme.

— Et toi, miss Walden, tu es trop belle pour moi, trop intelligente. Peut-être ne te garderai-je pas si longtemps. Mais c'est un risque à courir. Sinon la vie n'a pas de sens.

— Ne dis plus rien.

D'un geste décidé, Esther Walden retire sa robe. Elle ne porte jamais de soutien-gorge. Il lui caresse les seins. Elle est plutôt sensible de ce côté-là. Et elle perd tout contrôle. Charme est surpris par tant d'emportement. Il voudrait freiner cette course qu'il ne maîtrise plus. Car il avait tout imaginé sur miss Walden, avant l'amour, pendant l'amour, après l'amour, dans ses secrètes pensées et ses brèves rêveries d'amoureux éconduit.

Maintenant, elle fume une cigarette. C'est la première fois qu'il assiste à ce prodige, une miss Walden allongée nue à côté de lui, le corps satiné de perles de sueur. Elle s'est abandonnée à fond. Elle est heureuse de son exploit. Et Charme se sent dépassé par les événements. Il avait cru à une timide scène d'amour, elle craintive, et lui distillant ses leçons de séducteur invétéré.

— Tu es prêt à me suivre partout où j'irai ?

— Partout, promet Charme.

— Je ne veux pas de ces sentiments vulgaires qui empestent une existence.

— Comment ça ?

— La jalousie, les scènes de ménage, l'irruption des médiocres contingences matérielles. L'amour doit rester au-dessus de ces bassesses.

— Je suis d'accord.

— J'attendrai juste que tu finisses ton reportage. Et puis nous quitterons le Méjean. Après, je dois participer à une opération de fouilles en Sicile.

— Je te suivrai. Même au fin fond de l'Amazonie…

— Nous vivrons deux mois à Palerme.

— J'y écrirai mon livre.

— Quel livre ?

— Un roman, je crois.

— Ce n'est pas une activité sérieuse, dit miss Walden, tout juste une occupation de dilettante.

— Je suis un dilettante. D'ailleurs, Adèle me le reprochait assez, mon dilettantisme de petit intellectuel de gauche.

— Chut, dit-elle en posant un doigt sur les lèvres de son amant. On ne parle pas d'Adèle.

— C'est vrai. Mais tu ne me demanderas pas de renier mes amours passées ?

— Je ne veux rien savoir.

— Tu n'as rien à craindre de mon passé.

Elle bondit au pied du lit, traverse la pièce et s'enferme dans la salle de bains. Il écoute l'eau qui coule à gros bouillons dans une baignoire. Il a envie de la rejoindre, mais il n'ose pas. Que sais-je d'elle, en définitive ? se demande-t-il.

— Pourquoi ne pas emporter le Glock ? Faut lui faire prendre l'air, dit Tom, de temps en temps. Sinon, on finira par s'en déshabituer. Une arme, ça s'apprivoise. À force de la porter, même sans le cran de sécurité. Comme si on n'avait plus qu'à dégainer, sec.

Virgil soupire comme un type qui prend sur lui toute la rancœur amassée sur sa tête. Il en a assez du cops, plein le dos de le traîner jour et nuit, à ses basques, avec des idées tordues en tête.

— Si le coup part, mon gars, là où tu le portes, tu vas te faire sauter les roustons. Et adieu les mouflettes !

L'autre retire aussitôt le pistolet de sa ceinture et le balance sous le siège de la Toyota.

Le crâne rasé est content. Il a trouvé le bon argument. Quatre-vingts pour cent des affaires d'homme se situent au-dessous de la ceinture, se dit-il. Et mon cops de Bobigny ne déroge pas à la règle. Un queutard déjanté qui n'a jamais su garder une fille. Si un jour nous devons tomber, ce sera à cause de lui. Même que je devrais songer sérieusement à le refiler aux dealers du Chemin-Vert. La came, ce serait plus son rayon, parce que question guerre sociale il pige que dalle ! Au moins, ça nous ferait un peu de fraîche à bon compte. La bagnole grimpe vers Recuzas à petite allure, par le chemin de Hures.

— Je voudrais pas croiser un quidam.

— Pourquoi ? On dépare pas trop dans le paysage.

— Ta gueule !

Thomas n'aime pas se laisser conduire. Ça lui donne la danse de Saint-Guy. Surtout le tout-terrain, c'est un jeu épatant pour se faire des émotions. Quand un passage difficile se profile devant lui, il crabote, lui, histoire d'éprouver la force mécanique de l'engin, alors qu'à petite allure, sans se forcer, le 4x4 s'en sortirait très bien.

— Tu as toujours été un enculeur de mouches, Tom. Et tes histoires de nanas, ça finit par nous pourrir la vie.

— Je le sais, avoue-t-il en dodelinant de la tête. Toi, tu fais quoi avec les meufs ? Tu les regardes et puis tu t'astiques. C'est malsain, mon gars. Ça finit par te monter à la cervelle.

Après l'aven, la Toyota contourne les murets qui dessinent des figures géométriques. Le temps a fini par délabrer les limites parcellaires où les bergers contenaient leurs troupeaux. Maintenant, l'espace a conquis sa liberté, contre les droits et usages coutumiers.

— Je vois pas ce qu'on va faire à Recuzas, s'inquiète Tom. T'sais bien que Patcha a quitté les lieux. La guerre est finie, mon gars.

Virgil accélère pour rejoindre la draille qui forme une sorte de raccourci. Le sol s'encanaille en cet endroit et les roues du 4x4 rabotent le sol pauvre. Ça fait une poussière du diable. Le grand blond se marre doucement.

— Pour quelqu'un qui voulait la jouer discret, tu fais fort, Virgil.

— Je trouve le temps long. C'est tout.

— Fais du crabotage. Ça sera tout bénef.

— J'ai pas envie de laisser des traces neuves à cet endroit.

— Pourquoi ? Tu ne dis jamais rien. Tu fais des secrets de tout. À croire que t'as pas confiance en moi, Virgil ?

Maintenant, la Toyota a trouvé son assise sur la pente étroite bordée d'arbustes. Le passage des moutons a dessiné des sentes approximatives qui s'éloignent, se rapprochent, s'entrecroisent. Il n'est que quelques amas de buis qui font obstacle. Mais la voiture n'en fait pas grand cas. Au contraire, ça lui donne du nerf. Et passé la pente, le chemin est bien dessiné sur le fil de crête. On voit distinctement la forêt de Recuzas, comme une épaisse coulée vert et bleu qui a phagocyté la croupe du Méjean.

Virgil soupire d'être arrivé ici à bon port, par un trajet qui laisse peu de chance aux regards indiscrets.

— Y se pourrait bien qu'il y ait des campeurs, des randonneurs... On sait jamais. Tu iras faire le tour du propriétaire, n'est-ce pas, Tom. Je compte sur toi. Pour le reste, j'en fais mon affaire.

— Le reste ?

Virgil ne répond pas. Il a juste un petit sourire narquois qui s'est imprimé sur son visage et qui ne le quitte plus. C'est le moment d'une extrême exaltation, chez lui. Et Tom sait ce qu'il signifie, ce rictus. Ça n'est pas rassurant.

Maintenant, la voiture approche du chemin communal. On se gare sous les pins, sur l'amorce d'un passage forestier. Virgil coupe le contact. Il fait signe à son voisin de descendre.

— Tu sais ce que tu as à faire ?

Thomas l'observe, incrédule.

— Que veux-tu de moi ?

— Va jeter un œil dans les environs. Je te donne dix minutes.

Depuis dix jours au moins, Virgil a repéré l'endroit où il compte faire son coup. Mais pour ça, pas de témoin. Ça l'ennuie de devoir faire confiance à Thomas. Il ne peut pas se charger de cette mission tout seul. Il ouvre le coffre arrière de la Toyota et s'empare d'un jerrican d'essence. Puis il entre dans le bois, en profondeur, suffisamment pour qu'on ne puisse le voir du chemin forestier. Il s'arrête enfin à l'endroit prévu, devant un entrecroisement d'arbres morts. Il s'assoit sur le tapis épais d'épines de pin et contemple la cime des arbres. En cet endroit le couvert végétal est suffisamment dense. On entend juste le vent dans les ramures hautes, un petit vent chaud qui convient à son projet. Il consulte sa montre. Sans doute trouve-t-il que Thomas tarde à revenir. Mais deux précautions valent mieux qu'une.

Le garçon a arpenté la piste sur une centaine de mètres au moins, l'œil aux aguets, stoppant de temps à autre sa marche pour surprendre le silence. Au loin, vers Hures, on distingue une file de voitures derrière un camping-car. Rien de sérieux puisqu'elle se dirige vers Drigas et l'aven Armand. Puis il scrute attentivement les mamelons jaunes et verts qui composent les hauteurs du causse. Pas un seul marcheur à l'horizon. Pas la plus insignifiante présence humaine.

Alors Thomas décide de revenir à la lisière de la forêt. Il s'approche à pas feutrés de Virgil, accroupi sous les pins.

— RAS, dit-il.

— Recule la Toyo sur la piste. J'en ai pour deux minutes.

— J'ai compris, dit Thomas en biglant le jerrican.

— Juste une marche arrière et prendre Nivoliers par la route régulière. Sans se forcer, sans se retourner. Puis descendre sur Florac par la D 16.

Virgil lui fait signe de décamper. Il n'a pas besoin d'aide. D'un coup de pouce, il décalotte le jerrican, verse l'essence sur les arbres morts, arrose copieusement les ramures desséchées. Puis il écoute le silence, le craquement imperceptible des troncs bercés par le vent. Il ferme les yeux. Une douleur sourde lui contracte l'estomac. Il a peur. Le jour où tu n'auras plus peur… se dit-il. Il serre les dents en craquant une dizaine d'allumettes, les jette au sol. Ça fait une traînée bleue, rapide. Un souffle chaud. Une explosion. Il court vers la voiture, balance le jerrican vide sur le siège arrière.

— Ça pue l'essence ! s'écrie Thomas. On va y rester.

— Embraye, connard !

Le 4x4 a rejoint le chemin de Hures à vive allure. À trop vive allure, de l'avis de Virgil.

— Ne regarde pas en arrière.

— Ça brûle, là-haut. Putain, ça c'est un spectacle. Tu pouvais bien me le dire. J'aurais bien voulu, moi aussi, craquer une allumette.

Virgil ne répond pas. Il fixe le tableau de bord de la Toyota. Tant que nous n'aurons pas atteint la départementale, nous ne serons pas en sécurité, pense-t-il.

— Surveille la route au lieu de regarder dans le rétro.

Mais c'est plus fort que lui, Thomas veut jouir du spectacle.

— Patcha sera fier de nous, mon gars, ajoute-t-il d'un rire nerveux.

— C'est un idéaliste, notre camarade, estime Virgil. Avec ses moutons, la razzia sur les pins du vieux c'était rien que du bricolage. Moi, j'applique une solution radicale. Regarde-moi ? Tu me connais, Tom ? Je la joue pas petit bras. Les grands moyens ! Faut ça si on veut redorer le blason des causes perdues. Pas vrai ?

27

Il aura fallu cinq jours pour juguler l'incendie de Recuzas, cinq jours d'une lutte opiniâtre mobilisant une centaine d'hommes et cinq compagnies de sapeurs-pompiers. Devant l'étendue du sinistre, douze hectares de pins, on aura dû faire intervenir des Canadair, dont les Dash et Tracker de Marignane.

Prévenu dès le début, Richard Combelle a demandé au journaliste de le conduire sur les lieux.

— Ce n'est pas une bonne idée, monsieur, dans l'état où vous êtes…

Mais le vieux a déjà enfilé ses bottes, sa tenue saharienne, son chapeau de brousse.

— Vous me devez ça. Tout de même…

— Je ne comprends pas.

— Bien sûr, vous ne comprenez jamais rien. Piètre journaliste, brasseur de vent et apprenti sorcier… Voilà ce que vous êtes, Charme. Je vous tiens responsable de cette situation. Avec vos articles, votre campagne de dénigrement à mon encontre, vous avez fini par persuader ce Silveyre, ce fou, de commettre l'irréparable.

— Des feux sur le Méjean, il y en a chaque été. Surtout par cette chaleur, tente d'expliquer Frédérik.

— Vous avez toujours réponse à tout, s'agace Combelle. Au moins, rendez-moi ce service. Sinon, j'appelle un taxi. Déjà, les pompiers, la gendarmerie ont tenté de m'en dissuader. « Ce serait un trop grand choc pour vous », m'ont-ils dit, ces gens bien intentionnés. Je me fous de leurs conseils. Je veux voir les dégâts et prendre mes dispositions.

Le journaliste sait qu'il n'obtiendra pas son renoncement. Lucienne se met aussi de la partie. Mais le vieux Combelle l'écarte d'un geste. Il monte dans la voiture avec des mouvements hésitants. L'émotion est si grande qu'il peine à respirer à pleins poumons. Mais une fois installé, il tempête et rage de ne voir déjà Charme au volant. Ce dernier hésite encore.

— Vous rendez-vous compte, Lucienne, c'est une trop grande responsabilité.

La domestique a renoncé depuis longtemps à raisonner son maître. Elle l'a connu dans les pires détresses, à l'article de la mort, puis ressuscitant une heure plus tard, fier et guilleret, jouant le jeune homme à écluser quelques petits verres.

Le Land Cruiser démarre enfin. Les deux hommes ne se parlent pas mais s'observent. Il y a de la défiance entre eux depuis que la guerre est déclarée. Charme sait que Combelle lui a porté des coups, de rudes coups même. Esther Walden lui a montré la lettre du vieux. Et cette découverte a affligé le journaliste. Il sait désormais ce qu'on pense de lui, et la haine que ses prises de position suscitent.

— La forêt de Recuzas est détruite sur vingt hectares au moins. Il n'y a pas dix pins qui ont échappé au désastre. Pensez à votre santé, je vous en prie. Est-ce que tout ça en vaut la peine ?

— Je suis en meilleure forme que ma forêt, déplore Combelle. Roulez donc.

Le vieil homme estime que le Land Cruiser avance trop lentement. Sur la piste de Hures, les gendarmes ont improvisé un barrage. Et au-delà, jusque sur la crête, une longue file de véhicules rouges encombre le passage.

— Je suis le propriétaire ! s'exclame Richard Combelle. Vous devez me laisser passer.

— Je vais couper au plus court, à travers les landes, explique Charme.

Un lieutenant de gendarmerie reconnaît le journaliste. Il l'a déjà vu à pied d'œuvre au moment du sinistre, prenant des notes et faisant des photos.

— Laissez passer, ordonne l'officier à ses hommes.

— Mon lieutenant, on avait dit que personne ne pas serait.

L'officier fait signe à ses hommes de s'écarter.

— Merci, dit Combelle. Grand merci.

— Je ne sais pas si j'agis dans votre intérêt.

— Peut-être que le bon sens va vous rattraper.

Combelle éclate de rire.

— Esther Walden sera d'un bon conseil. C'est une jeune femme admirable. J'ai connu son père autrefois et...

— Je le sais, le coupe Frédérik. J'ai lu votre lettre.

Le vieil homme baisse la tête.

— Ce n'est pas mon jour, déplore-t-il. Je me suis trompé sur cette petite. Je n'aurais jamais cru qu'elle s'intéresserait à un garçon comme vous, superficiel, sans caractère et dépourvu du moindre talent, ce que démontre chaque jour la lecture de vos articles…

— Merci à vous, ricane Charme.

Ces propos donnent du nerf à sa conduite ; le tout-terrain attaque la pampa sans éviter les obstacles. Il a bien envie de le secouer, le bonhomme, sur son siège.

— En définitive, ajoute Combelle, Esther m'a beaucoup déçu. C'est une constante dans ma vie, côtoyer des gens qui ne sont pas à la hauteur.

Enfin se dévoile au regard l'immensité du sinistre. La colline de Recuzas n'est plus qu'un tapis de cendres avec ses moignons d'arbres calcinés à perte de vue. De-ci de-là des colonnes de fumée s'élèvent encore dans le ciel d'azur. Quelques camions-citernes se sont engagés au cœur de la pinède. Les pompiers poursuivent l'ouvrage avec des lances à eau, partout où les brasiers redémarrent furtivement.

Charme se faufile entre les véhicules garés à la diable. Quelques pins en bordure de la parcelle ont échappé aux flammes.

— Laissez-moi ici, ordonne Combelle.

Le journaliste gare son Land Cruiser sous les pins rescapés. Combelle essuie quelques larmes. Puis il lui fait signe de descendre. Charme hésite.

— Je vais rester avec vous.

— J'ai bien droit à un peu de paix et de tranquillité, supplie-t-il, maintenant que tous mes rêves sont partis en fumée dans un combat douteux.

Charme piétine le champ de cendres. Une odeur de résine brûlée empoisonne l'atmosphère. Il fait le tour de sa voiture. Des pompiers lui font signe de ne pas rester ici. Par instants, des nuées de poussière grise s'élèvent et retombent.

— « Douteux », dites-vous, Combelle ? Ce sont les guerres que vous avez choisies.

— La plupart du temps, elles vous sont imposées, réplique Combelle. Vous n'entendez rien à ces choses. Bien sûr, il reste toujours la solution de les fuir, mais elles finissent par vous rattraper, même ici, dans ce coin perdu. Il est terrible de se lever le matin en se disant qu'il y a quelqu'un tapi dans l'ombre travaillant à votre perte…

Les pompiers ont installé leur poste de commandement à une centaine de mètres. Charme s'y rend d'un pas nonchalant. Je n'ai rien à me reprocher, se dit-il. J'ai fait ce que je devais. Le destin a donné un coup de pouce à Patcha. Voilà tout.

Le capitaine Hébrard, chef des pompiers, lui fait signe de venir dans sa guérite. Il s'assoit à l'étroit près d'une tablette supportant une carte plastifiée du secteur avec des annotations au feutre, rouge et bleu.

— Quinze ou vingt hectares, précise-t-il. Pour une fois, n'écrivez pas n'importe quoi.

Le journaliste a l'habitude des réflexions désobligeantes. Il hoche la tête.

— J'ai produit un rapport pour vos collègues, ajoute le capitaine.

Hébrard lui tend la feuille, mais Charme la repousse d'un air dédaigneux.

— Sur la chronologie des événements, les forces engagées, l'intervention des Canadair, je sais à peu près tout.

— C'est parfait, dit le capitaine en lui montrant la sortie.

— Attendez, se rebiffe le journaliste. Ce sinistre a une origine. Incendie involontaire ou criminel ?

Le capitaine n'a pas envie de répondre. Il lui suffit d'être harcelé par la Brigade de recherches de Mende.

— Le foyer a démarré sur le chemin forestier, à cinquante mètres d'ici.

Par la lucarne, il lui désigne l'endroit. Ça a pris dans un amas d'arbres morts. On devrait tenir les sous-bois propres et nets. Mais les propriétaires se fichent bien de ces détails. Les tempêtes, les orages, les bourrasques font des dégâts. Les pins tombent au sol dans un fouillis indescriptible. C'est une aubaine pour le feu.

— Un mégot ? Vous allez nous refaire le coup du mégot et des promeneurs imprudents ?

Hébrard joue avec sa règle millimétrée. Il pointe sur la carte les secteurs griffonnés de rouge où le feu s'est propagé.

— On a utilisé du retardant pour permettre aux hommes de pénétrer en profondeur dans l'incendie. J'ai eu trois blessés, tout de même. Mon adjoint vous donnera les noms, si ça vous intéresse. Le problème du Méjean, c'est le vent. Le foyer a pris pour une cause encore indéterminée et le vent a fait le reste. Il a poussé les flammes vers l'étendue sud. Ici, fait-il en tapotant la carte. Après tout, ce ne sont que des pins. Notre hantise, ce sont les maisons.

— Il y a trop de forêts sur le Méjean.

— Je n'ai pas d'avis sur la question, précise le capitaine.

— Le propriétaire, Richard Combelle, est dans ma voiture. Si vous voulez lui parler ?

— Il ne pourrait pas venir jusqu'à nous ?

— C'est un vieil homme qui se déplace difficilement. Imaginez son désarroi, capitaine.

Pendant ce temps, les gendarmes fouillent les abords avec un lieutenant des pompiers.

— Justement, monsieur Charme, je souhaiterais vous entendre, dit l'un des gradés.

— À quel titre ?

— Il y a des rumeurs.

— Ce sont des rumeurs.

— Notre mission est de démêler le vrai du faux. Votre déposition nous intéresse, ainsi que celles des voisins.

Il a noté des noms sur un calepin : Georges Silveyre, Marco et François Jamois, Mara Salicorne.

— Nous avons eu le propriétaire au téléphone, hier même…

— Richard Combelle.

— Oui, c'est cela. Un homme difficile d'accès. Vous le connaissez ? Nous souhaiterions entrer en contact avec lui.

— Il demeure à Rougerol. Vous ne pouvez pas vous tromper, dit Charme, amusé, il habite dans une belle demeure caussenarde.

— Quelle est sa profession ?

— Propriétaire forestier.

— On raconte dans le pays qu'il se querellait avec un éleveur. Ce pourrait être une piste, vous ne croyez pas ?

— Un incendie criminel ?

— Qui sait ? Tout doit être envisagé.

— Patcha est un homme droit, honnête, sans histoire, défend le journaliste.

— Cet individu est obsédé par la prolifération des pins sur sa propriété. C'est bien cela ?

— Je ne dirais pas « obsédé », mais attentif à la préservation de ses pacages.

— Ça nous fait un mobile ?

— Patcha n'aurait jamais allumé un feu. Son genre, ce serait plutôt de faire bouffer les jeunes plants par ses moutons.

— La Brigade de recherches est installée à la mairie de Hures. Vous vous y rendrez dans les prochaines heures pour signer votre déposition.

En retournant à son Land Cruiser, Charme éprouve une grande lassitude. Il se voit déjà au milieu de la tourmente, faisant face aux accusateurs. S'il le faut, se jure-t-il, je me ferai l'avocat de Patcha. On voudra tout lui mettre sur le dos. Pour une fois qu'il y a matière à bâtir des histoires abracadabrantesques !

— Une sale affaire ! s'écrie Hébrard en accourant vers lui.

— Quoi donc ?

— Le médecin n'a rien pu faire. Malgré le massage cardiaque...

— Je ne comprends pas...

— Votre passager, monsieur Combelle...

— Oui et alors ?

— Il est mort ! s'écrie le capitaine.

Les auditions dans la mairie de Hures se suivent et se ressemblent. Celles-ci laissent entrevoir le profil d'un accusé idéal, sans qu'aucun des témoins ait avancé le moindre nom. Le lieutenant Jacquemin ne retient qu'une fable, la guerre larvée entre Combelle et Silveyre.

— Mais qui osera accuser les moutons ? dit Charme, excédé. N'auraient-ils pas mis le feu ? Car c'est d'eux qu'il s'agit, les moutons, qui voient leur espace vital réduit par la progression de la forêt.

Une opinion iconoclaste que l'un des gendarmes note dans son procès-verbal assorti d'un commentaire selon lequel le climat autour de Recuzas est envenimé par des positions tranchées, écologistes d'un côté et conservatrices de l'autre. Mais une telle algarade entre les deux parties pourrait-elle générer un incendie criminel ? « Non », disent les témoins. Et les gendarmes, n'ayant aucune preuve, se bornent à poursuivre des heures durant un interrogatoire dans l'espoir que Patcha finira par craquer, comme ils disent en buvant café sur café.

La salle du conseil municipal de Hures contient à peine les éclats de voix, les rires et les bousculades. On se presse alentour pour assister au spectacle. Bien que la chaleur soit oppressante, rien ne décourage les badauds.

— Il est troublant, monsieur Silveyre, que l'incendie ait éclaté juste une semaine après le départ de votre troupeau de Recuzas. Curieuse coïncidence. Comment l'expliquez-vous ?

Patcha, les manches retroussées sur les coudes, la chemise ouverte sur sa poitrine luisante de sueur, se défend comme un beau diable. Depuis qu'il a appris que son ennemi intime a passé l'arme à gauche, le ciel semble s'éclaircir sur son destin.

— Le troupeau, lieutenant, c'est fait pour circuler. Questionnez les éleveurs. Nous ne faisons que le suivre sur les vaines pâtures. C'est lui qui nous guide. Ainsi, il m'a mené vers la bonne herbe. Ça a l'instinct, vous savez, un drôle d'instinct. Domino et Noiro n'ont fait que l'accompagner en toute sécurité. Tandis que le troupelier, comme moi, ne fait que lui obéir. C'est tout.

— Qui sont Domino et Noiro ? On ne les a pas entendus, ceux-là ?

— Ah, monsieur le gendarme, si vous arrivez à faire parler mes chiens, alors là, oui, je vous tire mon chapeau.

Les rires des badauds au-dehors agacent la brigade. Et le plus gradé, le lieutenant Jacquemin, commence à s'impatienter. Il craint le ridicule comme la peste. « Surtout, comme l'a dit Marco Jamois, qu'il n'y a pas mort d'homme. On ferait moins d'histoires avec un crime crapuleux. »

— Je vous concède, finit par avouer Patcha, que j'aurais pu mettre le feu. Ça se faisait, autrefois. Les bergers ne prenaient pas de gants pour nettoyer les buis, ce chancre qui dévore nos pâturages. Personne ne trouvait à redire. Il aura fallu que le Fonds forestier s'en mêle pour imposer des quotas. Et depuis, le pin devient sacré sur le Méjean, alors que ces forêts stupides ne sont que des inventions de technocrates. Alors voilà, ici, dans cette steppe asséchée par le vent d'été, un rien allume l'incendie, un petit orage, un mégot, un barbecue de campeur, une imprudence de randonneur... Les gens des villes ne comprennent rien au danger. Ils font du feu comme on respire. Ensuite, c'est facile, monsieur le gendarme, d'incriminer des pauvres types comme moi qui s'échinent à élever les moutons.

— Vous dites que vous auriez pu allumer ce feu ? Précisez votre pensée, monsieur Silveyre, questionne Jacquemin.

— Parce que je ne verserai pas une larme sur cet incendie. Même, ça me réjouit. Quant à l'avoir allumé, holà, monsieur le gendarme, vous allez vite en besogne. L'idée ne m'en est pas même venue. Le combat avec le sieur Combelle, paix à son âme, je l'ai conduit à la régulière avec mes brebis.

Faute de preuves, les soupçons de la Brigade de recherches se sont effondrés. Patcha a regagné Rougerol avec les frères Jamois, refusant les marques de sympathie de ses voisins. Même le journaliste s'est vu éconduire, comme un traître.

— Je ne crois pas que tu m'aies soutenu, Charme.

— Comment peux-tu dire une chose pareille ?

— Reconnais-le enfin que tu m'as cru coupable ! Je ne suis pas de la race des incendiaires. Et même que ça me fait de la peine que Combelle soit mort.

Lors du second interrogatoire, Mara Salicorne évoque pour la première fois la présence de Virgil et Thomas sur le Méjean.

— Qui sont ces jeunes gens ? demande Jacquemin.

— Ils se sont installés à la ferme Matteo. C'est une ruine, cet endroit, sinistre et malfaisante. Aussi je les ai invités chez moi. Enfin, chez moi, c'est vite dit, précise Mara Salicorne. Je leur ai prêté des canadiennes. Ils ont séjourné une quinzaine de jours. Et, ce qui est étrange à mes yeux, c'est que ces deux oiseaux-là ont disparu le jour de l'incendie de Recuzas.

Un avis de recherche est lancé le soir même. Ainsi, peu à peu, Jacquemin en est arrivé à la conclusion que Virgil Potel et Thomas Le Bihan pourraient être les fameux incendiaires de Recuzas.

De retour dans sa Charmette, Frédérik a pondu un long article pour *Le Devoir français*, quatre mille caractères, tout en sachant qu'on lui en supprimerait la moitié au moins. Mais sa surprise a été immense, le lendemain, en découvrant que son papier était paru intégralement, avec un portrait encadré de Georges Silveyre, celui-ci écrit dix jours plus tôt. L'accroche en page une flatta son ego. Même Mara Salicorne ne put dissimuler sa jalousie.

— Depuis que je suis avec Esther, le monde me sourit, dit-il. Et maintenant, je me sens d'attaque pour commencer enfin mon livre.

Mara, bonne joueuse, a sorti les coupes et fait sauter un bouchon de champagne.

— Les filles sont parties. Bon débarras. Je vais faire des économies d'eau dans le jacuzzi.

Charme n'a pu conserver plus longtemps son secret :

— C'est moi qui ai allumé le feu à Recuzas, dit-il dans un chuchotement.

Sur le coup, Mara Salicorne a hurlé de rire.

— Tu ne changeras pas, Frédérik. C'est ce qui fait ton charme, Charme.

28

Frédérik Charme

Un doute subsistera à jamais dans l'histoire du Méjean, que j'en ai été l'incendiaire, ce 23 juillet 2005. Du moins l'ai-je pensé si fort, ce forfait, que le destin l'a accompli. Peut-être n'est-ce point ma main qui a craqué l'allumette après avoir répandu de l'essence ? Peut-être est-ce les deux visiteurs qui ont accompli ce que je leur ai suggéré ? Ce sont maintenant des questions secondaires, me dis-je, en faisant notre petite visite chez Richard Combelle.

Esther est suspendue à mon bras. Je la sens embarrassée. Lucienne nous accueille, surprise.

— Vous êtes les premiers visiteurs, nous confie-t-elle. Et je crois que vous serez les seuls.

— Ça lui ressemble bien, dis-je. Un loup solitaire comme lui. Il ne trouvait personne digne de verser une larme sur sa dépouille, n'est-ce pas ?

Lucienne me regarde sans comprendre. Ce sont des jugements qui ne concernent que nous deux, Combelle et moi.

— Il ne parlait pas de vous, le petit journaleux, en bons termes.

— Je sais, dis-je.

— Pourquoi lui rendre une visite, alors ?

— Vous ne pourriez comprendre.

Esther Walden me fait les gros yeux. Il faudra un jour que j'apprenne à contenir mes pensées nocives si je veux la garder longtemps. Sinon, le naturel revenant au galop, j'apparaîtrai de nouveau tel que je suis, un bonhomme antipathique et par trop orgueilleux. Esther a juré de me changer. Parfois l'amour accomplit des miracles, tant qu'il perdure. Au-delà, rien n'est garanti.

— Lucienne, dit Esther, nous pouvons avoir des inimitiés dans la vie, mais devant la mort, que valent-elles ?

— C'est vrai. Il vous aimait bien aussi, mademoiselle Walden. Sauf ces derniers temps. Vous n'aviez pas entrepris un voyage pour lui, une mission sur laquelle il comptait tellement ? Il a attendu votre retour. « Ce silence me tue », disait-il.

Miss Walden ajuste son chapeau de paille, au plus près du regard, comme si elle voulait le dissimuler ou, du moins, cacher l'expression vive et blessée de ses beaux yeux bleus. Il n'est que moi, en cet instant, pour voir à ces détails l'immensité de son trouble et l'angoisse que cette visite lui inspire.

— Il était comme un second père pour toi, lui dis-je.

Elle vient se lover contre moi. Je lui saisis la taille et la presse contre mon corps. Une bouffée de désir s'empare de nous. Et nous avançons dans le hall en titubant. Le poids de nos corps enlacés contrarie notre marche. Lucienne éprouve de la honte à nous voir ainsi dans la maison d'un mort.

— Comme sa seconde fille, peut-être, murmure-t-elle à mon oreille. Je l'ai autant déçu qu'Elora. Et je m'en veux.

— La mort est comme une porte fermée sur l'éternité. C'est une étanche alcôve d'où rien ne sort. Pour les vivants, le doute persiste, c'est ce qui nous aide à exister. Mais le doute n'est qu'une vue de l'esprit.

Lucienne n'ira pas avec nous jusqu'à la chambre mortuaire. Elle en a assez de le voir, le vieux Combelle, même si maintenant elle ne le craint plus du tout.

— J'ai aidé à l'habiller. Quelle corvée. Mais je suis bien récompensée, tout de même. Il m'a laissé trois mille euros. C'est la première fois que monsieur se montre généreux.

Elle se signe et s'efface en reculant avec des courbettes, comme si nous étions des personnes importantes. Je me sens embarrassé par cette comédie. D'un signe, je lui ordonne de s'éloigner.

— Je sais où on l'a mis, dis-je à Esther. Dans le bureau.

D'un pas rapide on traverse le salon. Les meubles sont recouverts de draps, même le miroir vénitien. C'est une coutume ancestrale de masquer les glaces, par peur que les âmes des morts ne s'y mirent. Je doute que celle de monsieur Combelle s'en revienne. D'un geste, je m'en viens ôter ce camouflage. Et il n'est que nos visages qui se reflètent dans le miroir. Je m'en amuse, mais Esther reste de marbre.

La porte du bureau est à peine entrouverte. Je pose la main sur la clenche. Esther me retient.

— Je ne pensais pas revenir ici, dit-elle. Comme ça.

— Comment « comme ça » ?

— Devant sa dépouille.

— Tu peux rester dehors, si tu veux ? J'en ai pour trois minutes.

— Non, j'ai été assez lâche avec lui.

Elle s'adosse à la tenture du salon, c'est une belle toile de Jouy décolorée par le temps et ornée de plumetis et d'arabesques. Ça fait vieux siècle, comme tout ce qui touche Combelle. Elle fixe la lumière du dehors. Ici, une odeur de cire d'abeille et de térébenthine s'est incrustée dans les meubles, les boiseries et les planchers.

— Il m'avait chargée de contacter sa fille Elora.

— Tu ne l'as pas fait ?

— Bien entendu que je l'ai fait. Je devais la supplier de revoir son père avant qu'il disparaisse. Sans doute se sentait-il en bout de course.

— Elle a refusé de venir à Rougerol, n'est-ce pas ?

— J'ai cru comprendre que pour elle, son père était déjà mort et enterré.

— C'est terrible, dis-je.

— Et je n'ai pas eu le courage de venir lui faire mon rapport et lui dire que sa fille ne viendrait pas.

— Mais il a compris à ton silence que…

— Pourquoi dis-tu ça ?

— Quelques minutes avant de mourir, dans ma voiture, il m'a dit qu'il était très déçu par Esther Walden… Je comprends enfin ce qu'il voulait dire. Et moi qui croyais que c'était à cause de moi…

Esther se décide enfin à franchir le seuil. D'un pas décidé, elle va vers le lit mortuaire. Combelle a été installé sur un lit de coin, étroit, entre deux bibliothèques. On lui a mis un drap, remonté jusqu'au menton. Il a l'air grave des gens qui s'ennuient.

— Il attendait la mort, cet homme-là, dis-je. Il était impatient de quitter le monde. Et je crois que ça le distrayait, sa petite guerre avec son voisin. Mais, dans le fond, il s'en foutait, de cette querelle. Il n'aimait pas les paysans, ni les journalistes, il n'aimait personne. Comme Alceste dans *Le Misanthrope*. C'est pourquoi il est venu ici dans ce désert pour planter des arbres. La nuit, il descendait dans son parc et il allait parler à ses ormes.

— Tu devrais faire son portrait dans ton journal.

— Jamais. Ça, c'est une histoire entre lui et moi.

— Dommage. Il n'était peut-être pas tout à fait l'homme détestable qu'il aimait jouer en compagnie.

— Peut-être en parlerai-je dans mon roman ? Je lui donnerai le beau rôle, lui qui détestait avoir le beau rôle. Ce sera mon cadeau d'adieu. Ah, cher Combelle ! Nous serons passés à côté de tout, nous deux, n'est-ce pas ?

Esther se retire sur la pointe des pieds. Je ne sais pas pourquoi les morts imposent le silence. Il est des pays où la mort est une fête, objet de toutes les réjouissances. On veut la conjurer par des agapes et des chants joyeux, comme si l'on voulait ignorer qu'elle a le dernier mot.

Je m'en viens chercher sous le drap la main de Combelle. Je la trouve enfin. Lucienne a entortillé autour de son poignet un chapelet. Je le lui retire et le jette sous un meuble.

— Vous n'auriez pas aimé ça, partir avec cette bondieuserie, lui dis-je à haute voix. Bien fait. Il n'aurait pas fallu lui donner trois mille euros... Elle aura voulu faire du zèle. C'est ainsi avec les domestiques, mon cher Combelle.

Miss Walden a clôturé son compte au *Bleu Nuit*, suivant mes conseils, puis est venue vivre à Rougerol avec moi. Elle a hésité quelque temps. Puis s'est décidée d'un coup, comme une digue qui se rompt.

— J'espère que je ne le regretterai pas.

— Toujours des suspicions, m'étonné-je. Notre amour ne survivra pas dans le soupçon.

Elle vient caresser mon visage avec douceur. Ce geste suffit pour réveiller en moi tous les désirs. Car il suffit que nous nous effleurions pour que l'envie de faire l'amour nous gagne. C'est le signe que nos corps sont faits l'un pour l'autre et que nos esprits, aussi libres soient-ils, trop accoutumés à la solitude et pour ainsi dire déformés par celle-ci, vont s'accorder aussi.

— Je n'ai jamais aimé le sexe pour le sexe, m'avoue-t-elle pour me rassurer.

Sans doute trouve-t-elle que je ne suis pas un amant assez expérimenté. C'était déjà l'avis d'Adèle, qui courait à droite et à gauche, toujours en quête d'un bon coup, comme elle disait.

— Peut-être t'ai-je déçue ?

Elle me contemple en souriant.

— C'est à cause des Mara Salicorne que les hommes ont fini par douter d'eux-mêmes. Jouir sans entraves, n'était-ce pas le slogan des années 70 ? Les hommes y ont perdu leur latin, dans ce désordre amoureux.

— Aujourd'hui, Mara est seule, sans entraves, dis-je. Les filles qu'elle hébergeait sont parties. L'une convole avec Fiona. Et l'autre console son chagrin sous d'autres cieux.

— J'ai mis longtemps à imaginer que nous pourrions être ensemble, dit-elle. Je m'étais trompée sur toi. Je croyais que tu étais un garçon cynique et velléitaire. Lorsque j'ai perçu ta fragilité, alors l'émotion m'a saisie. J'avais besoin de cette émotion pour partager nos premiers moments d'amour. Ce n'est qu'une histoire qui commence... Il faut se garder de tirer des plans sur la comète.

Comme la chaleur a décliné d'un cran, que des nuages s'accumulent sur le nord du Méjean, sans que ceux-ci nous menacent pour autant de pluie, miss Walden me propose d'aller voir Patcha. Je reconnais que c'est une bonne idée et que, peut-être, il est temps pour moi de lui dire adieu. Elle veut que nous prenions sa voiture.

— Tu ne sais pas conduire, justifie-t-elle. Et tu ne connais pas les pistes du causse, comme moi. Heureusement, ton ignorance m'a porté chance, reconnaît-elle, le jour où tu t'es égaré vers les Lattes. J'ai dû me faire violence pour te prendre sur ma jument.

— Mon air ténébreux ?

— Tu ne m'inspirais qu'à moitié confiance.

— Je sais, dis-je, c'est un de mes défauts, les apparences me desservent.

Nous roulons à vive allure dans un nuage de poussière. Miss Walden a noué ses cheveux à l'arrière avec un fichu rouge. Elle porte un tee-shirt

Chanel avec des brillants sur la poitrine. Et elle pilote sa Rover comme une amazone.

Après Nivoliers, la piste est incertaine. Il y a des passages difficiles et hasardeux dans la steppe du Bon Matin, mais il nous suffit de prendre en ligne de mire la barre sinistre des forêts de Gressette pour garder le cap. C'est là que Patcha a conduit son troupeau à plus de onze cents mètres d'altitude, si près du ciel. Les nuages se sont assombris bien que le vent les chasse vers le sud. Selon Esther, nous ne prendrons que la queue de l'orage.

De grosses gouttes viennent frapper le pare-brise. La brume ralentit notre allure. Je lui conseille de faire demi-tour. Mais elle refuse.

— Un petit grain, dit-elle.

Puis elle se met à chantonner un air des Rolling Stones. Je tente de l'accompagner mais ma diction suscite un fou rire. Roulement d'orage, éclairs zébrant le ciel, l'ambiance est de la partie. Heureusement, nous rejoignons une draille bien pavée. Il n'est plus qu'à se laisser guider.

À force de tourner en rond autour de Gressette, nous finissons par trouver le campement de Patcha. Son troupeau est rassemblé dans un repli du terrain, sous la garde des chiens et des Jamois. Je ne comprends pas pourquoi ces deux-là continuent à suivre ce berger fou, à obéir à ses ordres insensés.

— Tu te compliques l'existence, dis-je.

— C'est une tradition du 25 juillet, qu'il pleuve, qu'il vente ou qu'il tombe des hallebardes, je mène mes moutons à Gressette. Si je ne le faisais pas, ils m'en voudraient.

Marco ricane dans son coin. François vient le prévenir que l'orage est passé, et qu'il a tourné vers l'Aigoual. Patcha l'écarte d'un geste.

— J'appelle pas ça un orage, moi. Une petite colère du ciel, sans conséquence.

Les types sont intrigués par miss Walden.

— Vous êtes ensemble, maintenant ? demande Silveyre.

Mais je ne réponds pas.

— Ne fais pas comme moi avec Adrienne.

— Merci du conseil.

Patcha me donne une tape sur l'épaule.

— Sans rancune ? dis-je.

— Maintenant que le vieux lion est mort.

Il se met à chantonner la complainte, doucement, avec des larmes dans les yeux.

— Je ne suis pas allé à l'enterrement. Il m'en aurait voulu, dit Patcha. Mais à l'occasion, tout de même, j'irai lui porter un petit bouquet de bleuets. On n'est pas des sauvages.

— Et les gendarmes ? Tu as des nouvelles ?

— Ils m'ont soupçonné. Mais ils n'avaient aucune preuve contre moi. Alors, basta. La vie continue. Je leur ai dit que la forêt finirait par repousser et que je reconduirais mon troupeau à Recuzas. Peut-être qu'un jour elle finira par envahir mes pacages, de nouveau. Mais il y aura une âme charitable pour y mettre le feu.

Miss Walden et moi, nous avons regagné Rougerol par les Caoucorios et la D 63 sans nous dire un mot. Je me suis senti malheureux à l'idée de ne plus revoir ni Patcha, ni Combelle, ni Mara Salicorne.

Le lendemain, dès l'aube, j'ai ouvert mon ordinateur et activé le fichier Word. Une page blanche et un curseur de souris qui clignote... Cette fois, ce sera une longue affaire, me dis-je, des mois de travail.

Esther m'a apporté un café et a ouvert la porte en grand sur la campagne.

— Le beau temps est revenu, dit-elle.

Elle est simplement vêtue d'une camisole de nuit blanche. En contre-jour son corps s'offre à mon regard. Elle virevolte d'un coup en enroulant sa chevelure entre ses doigts.

— Déjà au travail ?

— Oui. Je vais commencer mon roman ici, à cette seconde. Puis je l'achèverai à Palerme, dans trois mois au moins, à raison de cinq à six pages par jour d'un rythme soutenu.

Elle me fixe avec gourmandise.

— Villa Paladio, dans le chic quartier Mondello. C'est mon père qui a tenu à nous offrir cette location.

— Ton père que je ne connais pas, dis-je.

— Ce n'est pas indispensable. Je ne crois pas qu'il t'apprécierait.

— Comment peux-tu dire ça ?

— Je crois que, selon son avis, jamais aucun garçon ne me conviendra.

— Nous nous passerons de son avis, alors ?

— Oui. Je suis une grande fille. J'ai coupé le cordon. Mais mon père n'est pas tout à fait un Richard Combelle. Et moi, je ne suis pas une Elora. Dans l'existence, il est des apparentements trompeurs.

Tu devrais te souvenir de cela au moment de commencer ton récit.

Je tape au hasard des mots sans suite pour vérifier que la police me convient, ainsi que la taille des lettres. Finalement, j'opte pour le Garamond et un caractère de taille 14. Ce sont des petits détails qui ont leur importance. Histoire de confort, me dis-je. Puis je me lance enfin, résolument, les premiers mots ainsi ordonnés :

Charme s'ennuie ferme depuis que sa dulcinée est rentrée sur Toulouse. Les jours n'en finissent plus et, pire encore, il n'a aucune envie d'entreprendre quoi que ce soit...

Dans la même collection

www.deboree.com
livres@centrefrance.com

Imprimé en France par CPI
en janvier 2024
N° d'impression : 2074858
Dépôt légal : janvier 2024
ISBN : 978-2-8129-3937-2
ISSN : 1627-6779